诗词中的

红色故事

王青峰 编著

山西出版传媒集团
山西教育出版社

图书在版编目（ＣＩＰ）数据

诗词中的红色故事／王青峰编著. — 太原 ： 山西
教育出版社，2024.5
ISBN 978-7-5703-1066-1

Ⅰ．①诗… Ⅱ．①王… Ⅲ．①诗歌欣赏—中国—近现
代 Ⅳ．①I207.22

中国版本图书馆 CIP 数据核字（2022）第 046653 号

诗词中的红色故事

SHICI ZHONG DE HONGSE GUSHI

责任编辑	郭志强
助理编辑	晋晓敏
复　审	刘晓露
终　审	李梦燕
装帧设计	薛　菲
印装监制	蔡　洁

出版发行 山西出版传媒集团·山西教育出版社
（太原市水西门街馒头巷 7 号　电话：0351-4729801　邮编：030002）

印　装	山西人民印刷有限责任公司
开　本	720 mm×1020 mm　1/16
印　张	14.5
字　数	207 千字
版　次	2024 年 5 月第 1 版　2024 年 5 月山西第 1 次印刷
书　号	ISBN　978-7-5703-1066-1
定　价	59.00 元

如发现印、装质量问题，影响阅读，请与出版社联系调换。电话：0351-4729718

目　录

前言　1

周恩来的壮志诗

《大江歌罢掉头东》周恩来 1917 年 ——————— 1

革命家的爱憎分明

《过洞庭》（二首）邓中夏 1920 年 ——————— 7

毛泽东送给妻子的爱情词

《虞美人·枕上》毛泽东 1921 年 ——————— 14

青年毛泽东对秋的赞歌

《沁园春·长沙》毛泽东 1925 年 ——————— 21

震撼世界的一声霹雳

《西江月·秋收起义》毛泽东 1927 年 ——————— 26

"知州少爷"的临终遗言

《就义诗》夏明翰 1928 年 ——————— 32

逆境者眼中的秋光

《采桑子·重阳》毛泽东 1929 年 ——————— 38

留得豪情作楚囚

　　《狱中诗》恽代英 1930 年 ———————— 45

中央机关"红色管家"的被捕感言

　　《入狱》熊瑾玎 1933 年 ———————— 51

风景这边独好

　　《清平乐·会昌》毛泽东 1934 年 ———————— 58

书生政治家的坚定信念

　　《卜算子·咏梅》瞿秋白 1935 年 ———————— 63

长征途中最为悲壮的诗句

　　《忆秦娥·娄山关》毛泽东 1935 年 ———————— 69

人类历史上最壮丽的史诗

　　《七律·长征》毛泽东 1935 年 ———————— 75

抒写长征途中好心情的词

　　《清平乐·六盘山》毛泽东 1935 年 ———————— 84

数风流人物，还看今朝

　　《沁园春·雪》毛泽东 1936 年 ———————— 91

我是斗争好儿郎

　　《赣南游击词》陈毅 1936 年 ———————— 100

陈毅元帅的"绝笔"诗作

　　《梅岭三章》陈毅 1936 年冬 ———————— 108

孤军奋战念故友

　　《七律·寄友》陈毅 1937 年 ———————— 117

东进江南第一曲

　　《卫岗初战》陈毅 1938 年 ———————— 123

爱国者的心志和抱负

　　《太行春感》朱德 1939 年 ———————— 129

为救国铤而走险

　　《出太行》朱德 1940 年 ———————— 135

周恩来为皖南事变的题诗

《千古奇冤》周恩来 1941 年 —————————— 143

监狱里写下的自白歌

《囚歌》叶挺 1942 年 —————————— 149

悼念捍卫自由中国的好男儿

《满江红·悼左权同志》叶剑英 1942 年 —————————— 156

万众瞩目清凉山

《七大开幕》陈毅 1945 年 —————————— 163

气势磅礴的时代颂歌

《莱芜大捷》陈毅 1947 年 —————————— 169

开国元帅的剑侠情

《记羊山集战斗》刘伯承 1947 年 —————————— 174

纪念那个怕死不当共产党的女孩

《刘胡兰同志流血一周年》熊瑾玎 1948 年 —————————— 181

诗友间的深情唱和

《七律·和柳亚子先生》毛泽东 1949 年 —————————— 186

人间正道是沧桑

《七律·人民解放军占领南京》毛泽东 1949 年 —————————— 191

绝唱送给最重要的人

《蝶恋花·答李淑一》毛泽东 1957 年 —————————— 199

井冈山会师的颂歌

《井冈山会师》朱德 1957 年 —————————— 204

敢教日月换新天

《七律·到韶山》毛泽东 1959 年 —————————— 210

意志坚定的报春使者

《卜算子·咏梅》毛泽东 1961 年 —————————— 215

前言：红色诗词的历史意义和时代价值

　　我们为什么要读红色诗词？不单单因为它是革命先烈为国家奋斗、为民族奋斗、为革命奋斗的最好的爱国宣言；也不仅仅因为它的思想精髓与"红船精神"等红色革命精神一脉相承，与影响着当代的"大庆精神"等民族精神蕴藏着同样的力量，闪耀着无私奉献、艰苦创业的爱国主义精神；更因为它是先烈对革命"初心"的诗化诠释与诗意践行。感悟红色诗词中革命者对"初心"的诠释与践行，于己可以增强斗志、牢记使命、坚定信心，于国可以转化为实现中华民族伟大复兴的强大动力，以及积极践行社会主义核心价值观，弘扬爱国奋斗、爱岗敬业、求实创新、造福社会的正能量。

红色诗词的历史意义首先在于其对革命"初心"的诗化诠释

　　"初心"人皆有之，对其以诗表述者也有之。古往今来，揭竿而起且能赋诗坦露"初心"者代不乏人。汉高祖刘邦在《大风歌》中曰："大风起兮云飞扬，威加海内兮归故乡，安得猛士兮守四方？"诗人的立国"初心"虽然雄放豪迈，但又有一些无助与担忧。唐代黄巢的《题菊花》云："飒飒西风满院栽，蕊寒香冷蝶难来。他年我若为青帝，报与桃花一处开。"黄巢的"初心"中流露出要改变受到不公平待遇者命运的观念。《水浒传》第 39 回中所写的宋江的诗："心在山东身在吴，飘蓬江海谩嗟吁。他时若遂凌云志，敢笑黄巢不丈夫"，更是局限于仅仅从个人功名富贵的小视野来表述"初心"。相比之下，红色诗词中记述的"初心"是革命者对黎民百姓身处疾苦的深切关注和忧虑，书写了人民群众期盼获得福祉的美好愿景，表现了一批无产阶级革命家破旧立新的强烈感情和为民谋福祉的意识。如，"遍地哀鸿满城血，无非一念救苍生"（毛泽东《七律·忆重庆谈判》）；"愿与人民同患难，誓拼热血固神州"（朱德《和董必武同志七绝五首》）；"投身革命将何事，老者安之少者怀"（叶剑英《寄续范亭司令并呈怀安诸老二首》）；"只为人民谋解放，粉身碎骨若等闲"（许光达《百战沙场驱虎豹》）。在这种精神指引下，红色诗词的创作者们不仅能致力于"收拾金瓯一片，分田分地真忙"的根据地发展，也能够决胜于"二十万军重入赣，风烟滚滚来天半"的军事围剿，更能够着眼于关系民生民瘼的微观问题。譬如，毛泽东针对江西省的血吸虫病就赋诗《七律二首·送瘟神》，他在"小序"中写道："读六月三十日《人民日报》，余江县消灭了血吸虫。浮想联翩，夜不能寐。微风拂煦，旭日临窗。遥望南天，欣然命笔。"寥寥数语，显示了伟人诗词创作时关照的全面性和丰富性。这些无不反映和增加了红色诗词对国家记忆的广度与深度。红色诗词对"初心"的诗化诠释无疑使之成为国家记忆的重要组成部分。

　　与国家记忆的其他内容相比，红色诗词对"初心"的诗化诠释更具催人奋进、鼓舞士气的特殊价值。红色诗词反映的时代是国家遭受深重灾难的时代，面对中华民族的内忧外患，以毛泽东为首的红色诗词创作群体唱出了迥异于前人的全新论断："六亿神州尽舜尧"（《七律二首·送瘟神》），"问苍茫大地，谁主沉浮"（《沁园春·长沙》），"俱往矣，数风流人物，还看今朝"（《沁园春·雪》）。这些充满人民至上、群众至上的真切之语激励着无数中国人全身心地投入解放全中国、建设新中国的伟大洪流中来。邓恩铭16岁就写下了"男儿立下钢铁志，国计民生焕然新"，陈赓则写下"为扫人间忧患事，小住南牢试作囚"。可以说，红色诗词唤醒的不仅仅是诗词作者身边的一部分人，而是广大民众，使他们选择走上革命道路，一起参加革命，参与到改造中国与世界的变革之中。正所谓"引无数英雄竞折腰"。诗人将自己的人生追求同全中国、全人类的命运联系在一起，红色诗词具有的崇高理想和奋斗目标，无疑成为革命年代最鲜明的时代记忆与国家记忆。

红色诗词的历史意义更在于其记录了革命者对"初心"的诗意践行

先烈对革命"初心"的诗意践行，是复杂的、多元的、丰富的和立体的。这直接表现为诗词内外双重光辉的人物形象，即红色诗词中塑造的集体形象与诗人的自身形象。红色诗词的成功首先在于其塑造出四个"一批"鲜活的人物形象，即一批志士、一批斗士、一批雅士、一批旷士。红色诗词塑造出一批对生活、对未来充满激情的热血人。"多少英才一时见"（朱德《感时》），"亿万愚公齐破立"（叶剑英《八十抒怀》），从社会广度上来看，红色诗词塑造的不是一个人，而是一批人、一代人，是无数的人；不仅仅是抒情主人公"小我"，而是代表整个人民大众的"大我"。"遍地英雄下夕烟"（毛泽东《七律·到韶山》），不仅充分反映出红色诗词中所塑造的形象不是孤立作战的个别人，而且反映出其为国为民、无私奉献的具体作为。这一点与古代诗词中抒情主人公茕茕孑立、向隅独泣的伤心人、孤独者呈现出迥然不同的艺术形象。

红色诗词之所以能够塑造出一批光辉的人物形象，是因为诗人们自身就是一个个闪耀着人格光芒的"巨星"，是一个个不折不扣的志士、斗士、雅士与旷士。在工作中，他们是一批志士；在革命中，他们是一批斗士；在艺术中，他们是一批雅士；在生活中，他们是一批旷士。特别是诗人们在诗词之外对待生活的旷士情怀，尤其值得后代人学习。这一点，与历史上不同时期的作家群体比较，红色诗词的创作群体风格特征更加鲜明。建安时期的"三曹七子"、魏晋时期的"竹林七贤"、唐代的"珠英学士"、宋代的"苏门四学士"等等，都无法与之比肩。这使得红色诗词塑造的形象不仅在情感上、气概上洋溢着豪迈之气、浩然正气，较之"盛唐气象"等可谓有过之而无不及，而且在奋斗旨趣上也是超越前人的。"慰祝苍生乐大同"（叶剑英《油岩题壁》）无疑是其所追求的社会理想，这些理想在当代正一步一步变成现实并进一步得到延伸。国家现在完成的一些重大建设项目，都是红色诗词中曾经被诗人们做过远景展望和擘画的。如"更立西江石壁，截断巫山云雨，高峡出平湖"（毛泽东《水调歌头·游泳》）与"四级梯型多发电，层堤水利用无余"（朱德《和谢老〈泛舟古田水库〉原韵》）的治水工程，"一桥飞架南北，天堑变通途"（毛泽东《水调歌头·游泳》）的各类桥梁都已变成了实实在在的基建工程；"广厦万间粮亿吨"（叶剑英《成都草堂》），"丰衣足食万家欢"（朱德《步董必武同志原韵两首》），"千门万户喜朝晖，处处村头现紫微"（朱德《新农村》）等等一切，都成为事实。可以说，"芙蓉国里尽朝晖"（毛泽东《七律·答友人》）的美好社会正在变成现实。

红色诗词的时代价值

在充满变数与挑战的今天，红色诗词仍具有重要的时代价值。这不仅体现在艺术上我们需要从中汲取审美滋养，更反映在生活中我们需要从中获取精神力量。正所谓"东方风格千秋在，举世嚣嚣亦枉然"（叶剑英《敬赠胡志明主席湘妃扇》）。

在精神生活方面，红色诗词对革命"初心"的诠释与践行，无疑是后人需要深刻体认的。我们要学习红色诗词中表达的革命者艰苦奋斗、迎难而上的旷达情怀。南朝诗人鲍照在《代放歌行》中说："小人自龊龊，安知旷士怀。"红色诗词中蕴含的价值观、世界观在当代仍然熠熠生辉、常读常新。阅读红色诗词不仅可以重温革命志士吟诗作赋的逸才神思，更能够在艺术审美享受中学习革命旷士的达观情怀。"丈夫何事足萦怀，要将宇宙看稊米"（毛泽东《七古·送纵宇一郎东行》）；"不管风吹浪打，胜似闲庭信步"（毛泽东《水调歌头·游泳》）；"丈夫一怒安天下，横刀跃马取东瀛"（陈毅《席间谈国共往事》）。有了这样的旷达胸怀，革命者自然能够藐视困难，刚毅果敢。即使面对革命遭遇挫折的严峻局势，他们也能够"我自岿然不动"，能够"冷眼向洋看世界"，能够"乱云飞渡仍从容"，能够气定神闲而"把酒酹滔滔，心潮逐浪高"，乃至"但看黄花不用伤"。唯有如此，才能在身处逆境时乐观积极、洒脱豁达，做到"牢骚太盛防肠断，风物长宜放眼量"。当下，在这个高负荷、快节奏、生存压力与生活压力急剧增长的时代，许多人面对工作压力畏首畏尾、瞻前顾后，在工作中畏葸不前、得过且过，更有甚者"戚戚怨嗟，有不堪之穷愁"。在这种情况下，我们更应该从红色诗词中汲取提振信心、激发斗志的正能量，培育百折不回、斗志昂扬的精神。我们要以红色诗词中蕴含的旷士情怀来面对中国社会与国际社会正在发生的种种变革。

在艺术创作中，我们更要向红色诗词学习。红色诗词与传统文化特别是唐诗宋词是一脉相承的。红色诗词是用古体诗词格律摹写现实内容，反映鲜活的革命生活，绝非为写诗而写诗。正所谓"会将剑匣拼孤注，又向毫锥泪绮情"（叶剑英《雨夜衔杯》）。红色诗词之所以能够广为传颂、感人肺腑的根本原因之一，也是因为创作者们是一批"为人民抒写、为人民抒情、为人民抒怀"的雅士。"停骖问我意何如？词婉情真再致书"（陈毅《送人赴泰州谈判抗日合作》），红色诗词大多数是革命者在戎马倥偬之际横槊赋诗，一展"书生意气"，记录了"犹记当时烽火里，九死一生如昨"（毛泽东《念奴娇·井冈山》）的革命生涯；描述了"恶风暴雨住无家，日日野营转战车。冷食充肠消永昼，禁声扪虱对山花"（陈毅《野营》）的艰苦岁月。创作者们正是做到了这一点，才使红色诗词成为时代的扛鼎之作。正因为此，他们的作品才能引起时代共鸣，被群众喜闻乐见。所以，我们要从红色诗词中汲取艺术滋养，学习红色诗人们贴近生活、反映民生的创作态度、创作取向和创作方法。正如习近平总书记在文艺工作座谈会上所要求的那样："始终把人民的冷暖、人民的幸福放在心中，把人民的喜怒哀乐倾注在自己的笔端""与人民同呼吸、共命运、心连心，欢乐着人民的欢乐，忧患着人民的忧患"。

总之，红色诗词字里行间凝集着国家记忆，洋溢着时代气息，蕴含着催人奋进的震撼力和感召力，是中国精神的集中体现。我们一定要继续重温经典，并使之成为不断推动中华民族实现伟大复兴的重要精神动力。

周恩来的壮志诗

《大江歌罢掉头东》

周恩来　1917 年

大江歌罢掉头东，邃密群科济世穷。
面壁十年图破壁，难酬蹈海亦英雄。

周恩来是杰出的无产阶级革命家，也是一位优秀的诗人。他一生留给我们的诗作并不算多，但被人们视为励志诗作而传唱的却不少。其中最为人所熟知的要算是"大江歌罢掉头东，邃密群科济世穷。面壁十年图破壁，难酬蹈海亦英雄"这首诗。

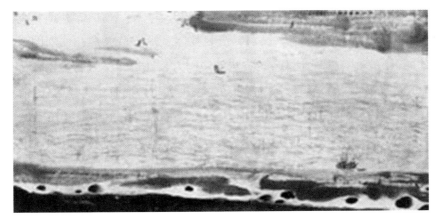

大江歌罢掉头东

这首诗是诗人所处时代的真实反映，也是诗人生活的真实再现。《大江歌罢掉头东》反映的就是诗人在特定的时代背景下面临的社会问题与人生抉择。

周恩来在南开中学刚毕业准备去日本留学期间，社会发生了大的动荡。1917年6月，张勋在德、日帝国主义支持下，以调停黎元洪总统府与段祺瑞国务院发生的"府院之争"为借口，率领"辫子军"入京，逼迫黎元洪解散国会，撵走黎元洪。7月1日，张勋率领复辟群丑三百余人，入故宫拥戴清废帝溥仪复辟。段祺瑞借全国人民的反复辟怒潮，起兵驱逐张勋。7月12日，张勋兵败，溥仪再次宣告退位，段祺瑞又重掌北京政权。不过，段祺瑞驱走张勋后，却拒绝恢复《临时约法》和国会，只是宣布要召开由各省军阀指派代表组成的临时参议院会议，借此实现军阀统治。段祺瑞的军阀作风使他习惯于以武力压制人，暗杀政治异己的丑闻时有发生，警告性的暗杀行动司空见惯，白色恐怖闹得全国上下人心惶惶。

　　面对如此动荡不安的社会，学生时代的周恩来就发出过"为中华之崛起而读书""志在四方""愿相会于中华腾飞世界时"的鸿鹄大志。12岁时，周恩来远离故乡，随伯父来到沈阳读小学。1913年8月，周恩来考入南开中学。在南开求学时，他的学习成绩一直名列前茅，同时，在学习之余，周恩来还经常从事学生革命活动。他和两个同学一起组织了敬业乐群会，创办了《敬业》会刊，组织学员大量阅读进步书籍和报刊，经常开座谈会和演讲会，抨击黑暗社会和腐败政治，唤醒民众，奋起救国。张鸿诰就是在此期间成了周恩来的同窗好友。在那个时代，"先进的中国人，经过千辛万苦，向西方国家寻找真理"，"日本人向西方学习有成效，中国人也想向日本人学习"。在学习先进探索救国道路的时代大潮下，周恩来决定于1917年6月从南开中学毕业后赴日本留学。在同学、师友的支持和帮助下，他筹集到一笔赴日本官费留学所需的最低限度的费用。1917年9月，周恩来取道东北，乘火车到沈阳，辞别了亲友，后经安东过鸭绿江，穿过朝鲜从釜山乘轮船到达日本。《大江歌罢掉头东》正是周恩来在东渡临行前对留学的目的与前景所作的文字表述。那时的周恩来只是将这首诗默默地记在脑海里，作为激励自己勤奋学习、报效祖国的箴言。

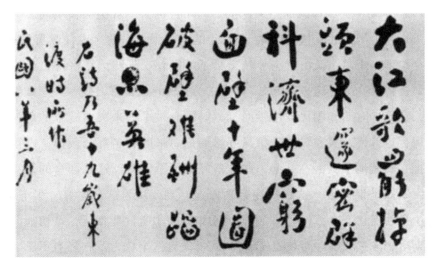

周恩来东渡日本留学时写的诗

　　周恩来在日本学习期间，深切地感受到了日本帝国主义统治的黑暗腐朽和要灭亡中国的野心。于是，他积极参加了旅日中国留学生的爱国组织，积极从事反对日本帝国主义、反对中国封建军阀的运动，为反日爱国斗争四处奔忙。1919 年，由于十月革命的影响和马克思主义在中国的传播，一场新的革命、一种新思潮正在中国蓬勃兴起。为了迎接革命风暴，投身革命激流，周恩来毅然决定放弃在日本学习的机会回国。在他回国前夕，他的同学兼好友张鸿诰等人为他饯行，张鸿诰知道周恩来擅长书法，席间特备宣纸，请他挥毫留念。在当时的情形下，周恩来便立刻挥笔把他两年前东渡日本时在脑海里记下的《大江歌罢掉头东》这首诗写成了条幅，并在诗后注明"返国图他兴，整装待发，行别诸友"等字句。

　　张鸿诰当年留学日本学习工科，学成回国后在哈尔滨电业局做工程师。20 世纪 30 年代与周恩来胞弟周恩寿来往密切，并为周恩寿做媒，促成了周恩寿与年轻姑娘王士琴的美满姻缘。20 世纪 50 年代，身为国家总理的周恩来，仍不忘旧交，数次将他在南开时的几位老同学邀请到北京西花厅相聚。一次在席间，张鸿诰对周总理说，你离开日本前写给我的诗我还保存着，将来我要拿出来交给博物馆。周恩来却谦虚地说他那首诗交给博物馆不够格。

1977 年初，为了悼念周恩来逝世一周年，也为了看望邓颖超同志，张鸿诰郑重地将他历经战乱精心珍藏了 58 年的周恩来手书的《大江歌罢掉头东》条幅交了王士琴，又由王士琴转交给了邓颖超。张鸿诰在将诗文交给王士琴时，还特意介绍了这一段历史。他说："恩来的这首诗，我一直珍藏着。回国后，在日伪时期和国民党统治时期，时常有被军警来突然搜查的危险，我为了保存这首诗，实在没办法，只好忍痛把恩来的签名部分裁掉，再裱糊起来，把它和其他字画混在一起，并准备好如果军警问到这是谁写的，就回答说，我不知是谁写的，这是我在字画摊上看到，认为这字体好，买下来的。手迹这样才保存下来。"不久，中国博物馆的同志听说此事后，恳切地向邓颖超征集这一珍贵文物。邓颖超表示："我可没有这个权力，它是当年恩来送给张鸿诰先生的，所有权属于他。你们还是去找张鸿诰先生吧。"于是，邓颖超又将这一手迹退还给了张老先生，后由张鸿诰亲自捐赠给了中国革命博物馆收藏。至此，这首诗在 58 年后展示在了世人面前，先是在《光明日报》上公开发表，之后才得以流传。

"大江歌罢掉头东"首句气势雄壮，有中国古代豪放派的气概，表达了周恩来负笈东渡寻求真理的坚定决心。"大江歌罢"指刚唱罢令人豪情四起的苏轼词《念奴娇·赤壁怀古》，其词开篇有"大江东去，浪淘尽，千古风流人物"的句子。周恩来此处用典，一是表明其志向的豪迈，二也是为了照应东渡日本横跨大洋的经历。"掉头东"则表明其认定目标、义无反顾的抉择。梁启超在 1898 年戊戌变法失败后流亡日本时，曾有诗句曰："前路蓬山一万重，掉头不顾吾其东。"梁启超表达的是去国离家寻求真理的决心，周恩来这句诗反映的也正是他 1917 年东渡时立志救国的伟大抱负。

"邃密群科济世穷"，说的是周恩来到日本求学的目标，即要系统化地学习和研究多门科学以便回国后拯救处境危急、濒临绝境的落后中国。周恩来在中学读书时就有"为中华之崛起而读书"的宏大理想，他所处的时代也正逢国内"实业救国""科学救国"呼声高涨的时期，身处留学潮中的知识青年大都抱有到国外寻求先进思想、先进技术以报效国家、拯救民族的愿望。

因此，周恩来在 1917 年赴日本留学，后来又为了革命的需要于 1920 年到欧洲勤工俭学。

"面壁十年图破壁"，是周恩来借达摩面壁修禅的故事来反映他要潜心钻研学问，学成之后回国干一番事业的追求。自西而来的达摩禅师从长江之南一苇渡江到达嵩山少林寺，在山洞里面壁十年默默修禅，终于将印度佛教成功传入中国，被尊称为中国佛教禅宗的始祖。周恩来这里就是表示他东渡留学也要有达摩面壁的刻苦精神，而且，学成之后要达到如巨龙破壁腾飞的境界。"破壁"之说源自《历代名画记》中所记载的传说。传说南朝时期的著名画家张僧繇在金陵安乐寺的墙壁上画了四条没有眼睛的龙，这四条龙栩栩如生，形象极为生动，一经他点出龙的眼睛，巨龙就破壁而出，腾空飞去。周恩来将"面壁"和"破壁"两个故事巧妙地结合起来，不仅在修辞手法上是一种艺术创造，更重要的是表达出一种不同凡响的人生追求。

"难酬蹈海亦英雄"则表明周恩来对留洋求学可能会达不到心理预期结果的远见卓识与达观豪迈。"蹈海"一词出现的很早。如《史记·鲁仲连邹阳列传》中云："彼秦者，弃礼义而上首功之国也，权使其士，虏使其民。彼即肆然而为帝，过而为政于天下，则连有蹈东海而死耳，吾不忍为之民也。"《后汉书·逸民传序》中说："故蒙耻之宾，屡黜不去其国；蹈海之节，千乘莫移其情。"西晋陆机《演连珠》中云："是以吞纵之强，不能反蹈海之志"。"蹈海"一词有三个方面的意思。第一个方面的意思是投海、跳海，是专指跳海自杀而言；第二个方面的意思是移驾海上避难，或航海，故而多比喻危险。如，南宋胡铨在《戊午上高宗封事》中说："较之前日蹈海之危，已万万矣"。"蹈海之危"是指建炎三年（1129），金兵攻陷临安，宋高宗赵构被迫无奈逃上海船一事。"蹈海"的第三个方面的意思是专指留学。到了近代，出洋亦称"蹈海"。如章太炎在 1902 年曾出洋到日本，归国后因"苏报案"被捕入狱。梁启超在《广诗中八贤歌》中即说他"蹈海归来天地秋"。周恩来目睹了许多当时的文化名流如章太炎、梁启超等人出洋寻求真理的"蹈海"之行，又有感于自己的"蹈海"之行，于是发出了"难酬蹈海"的慨叹。事实上，前人已有留学归来学非所用的例子。如梁启超在 1898 年戊戌变法失败后流亡日本，希冀离开中国而到日本寻求真理，"前路蓬山一万重，掉头不顾吾其东"（《去国行》），表达了当时诗人对留学的满心期待与坚毅决心。但是，梁启超的经历告诉世人：他留学归来之后带回来的外国"法宝"不能完全适用于当时的中国革命，或者说外国的经验对当时中国革命的帮助作用并不明显。周恩来此诗句反映的也正是他在 1917 年东渡时对未来以及对当时方兴未艾的"留洋热"的远忧。周恩来对负笈东渡寻求真理及其客观效果的认识在当时是很少见的，而后来中国革命的实践不仅证明了周恩来这一思想的深刻性与前瞻性，也表明外来文化必须与中国革命相结合才是实现文化汇通的必由之路。当然，"难酬蹈海亦英雄"在表明周恩来对出国留学寻求真理及其客观效果的清醒认识时，也在一定程度上肯定了出国留学在扩大见闻、增长阅历等方面的积极意义，所以，即使是留学达不到救国的初心，但也是人生难得的宝贵经历。从这个角度来理解周恩来远赴法国留学的英雄岁月也就自然顺畅多了。

周恩来的一生，是矢志不渝追求革命真理、为党和人民无私奉献的光辉一生。2018 年 3 月 1 日，中共中央在北京人民大会堂举行纪念周恩来同志诞辰 120 周年座谈会。座谈会上，习近平在讲话中特别强调说："周恩来，这是一个光荣的名字、不朽的名字。每当我们提起这个名字就感到很温暖、很自豪。周恩来同志在为中国人民谋幸福、为中华民族谋复兴、为人类进步事业而奋斗的光辉一生中建立的卓著功勋、展现的崇高风范，深深铭刻在中国各族人民心中，也深深铭刻在全世界追求和平与正义的人们心中。"可以说，周恩来等老一辈革命家为我们留下了伟大的精神宝藏。《大江歌罢掉头东》表现了青年时代的周恩来为拯救民族危亡而甘愿献出一切的豪迈气概。近现代革命先驱为挽救陷于危难的中国，他们的志向都是非常高远的，他们绝不会因为个人的利益而目光短浅，为了救国救民，他们不仅具有坚定的革命信念，更具有敢作敢为、百折不挠、舍生忘死的勇气与胆识。革命先辈的这些高贵品质永远值得我们后人敬仰和学习。

革命家的爱憎分明

《过洞庭》

邓中夏　1920 年

莽莽洞庭湖，五日两飞渡。雪浪拍长空，阴森疑鬼路。
问今为何世？豺虎满道路。禽猕残除之，我行适我素。
莽莽洞庭湖，五日两飞渡。秋水含落晖，彩霞如赤炷。
问将为何世？共产均贫富。惨淡经营之，我行适我素。

邓中夏（1894—1933），湖南宜章人，是中国共产党早期党员之一，中国工人运动最早的领导人之一。邓中夏十几岁就参加了革命活动，曾担任中共中央委员、红二军团政委等职务。

邓中夏的父亲邓典谟是清光绪二十八年（1902）举人，先后在清政府、北洋政府及民国政府任职。在邓中夏大学快要毕业的时候，父亲邓典谟托人替邓中夏在北洋政府农商部讨了一个舒适差事。然而，在接到聘书的第二天，邓中夏就将聘书寄还给了农商部，因为他有更重要的事情要做，那就是帮助他的老师李大钊发展共产主义事业。

邓中夏和李大钊是 1917 年认识的，这一年，邓中夏考入北京大学国文门（文学系），而李大钊此时正在北大当老师。于是，在老师的影响下，邓中夏接触到了马克思主义。后来，经过五四运动洗礼的邓中夏，逐步接受了马克思主义，树立了共产主义的世界观，并为宣传马克思主义、组建马克思主义社团而忙碌奔波着。1920 年 3 月，邓中夏与李大钊等人组织了马克思学说研究会，发挥了吸引群众扩大影响的作用。10 月，邓中夏又参加了北京共产主义小组。通过不断地学习、不断地实践，他最终确立了对共产主义的坚定信念。

1920 年，邓中夏刚从北京大学毕业，就被党组织派到铁路工人较集中的北京长辛店，向工人们宣传革命思想。邓中夏在长辛店铁路工厂创办了劳动补习学校。然而，最初工人们并不关心谁革谁的命，他们只关心今天谁能给他们发窝窝头。于是，邓中夏就耐心地用浅显易懂的事例告诉他们，只有识字学文化才能不受资本家的愚弄欺压。工人们听后，恍然大悟，都开始跟着邓中夏积极学习文化知识。邓中夏以通俗的语言，鲜活的事例讲解阶级斗争，无产阶级政党等知识，深受广大工人欢迎。

洞庭湖古时称"云梦""九江"，湖面十分宽广，曾号称"八百里洞庭"，位于中国湖南省北部，长江荆江河段以南，是中国第三大湖，也是中国第二大淡水湖。洞庭湖之名始于春秋战国时期，因湖中有洞庭山（即今君山）而得名，湖区内有岳阳楼、封山印、柳毅井等名胜。唐代诗人李白有诗句曰："洞庭西望楚江分，水尽南天不见云"，描写洞庭湖湖面的辽阔无际和气势的雄壮不凡。刘禹锡也曾用朗朗上口的诗歌《望洞庭》描写秋夜月光下洞庭湖的平静和美丽："湖光秋月两相和，潭面无风镜未磨。遥望洞庭山水翠，白银盘里一青螺。"

洞庭湖

彩霞绚丽的洞庭湖

　　1921 年前后，邓中夏因为革命工作奔走于长沙、汉口之间，曾于数日内两次渡过洞庭湖。他目睹洞庭湖景色，有感而发，写下了《过洞庭》，高歌自己的信仰与奋斗目标。第一次他在诗中写道："雪浪拍长空，阴森疑鬼路。问今为何世？豺虎满道路。禽猕残除之，我行适我素。"从诗人所见景色反映出当时社会的黑暗与作者力求改变旧社会的愤怒。第二次路过洞庭湖时，他又写下了"秋水含落晖，彩霞如赤炷。问将为何世？共产均贫富。惨淡经营之，我行适我素。"在《过洞庭》的这部分内容中，作者更多的是以理性和冷静的思考来提出解决现实问题、改造社会的基本方案，那就是以共产主义事业来解决一切旧社会的黑暗现象。

　　1922 年 6 月，邓中夏带领工人们向铁路局提出涨工资等要求，但工人们的要求迟迟没有得到答复，邓中夏便召集工人代表开会决定罢工。当年 8 月 24 日罢工开始，随后在郑州铁路工人的罢工声援下，京汉铁路交通完全中断。两天以后，铁路局妥协退让，和工人代表进行谈判。此次罢工后来被认定为中国共产党真正领导和发动的第一次取得胜利的工人运动。这次罢工也成为全国工人组织竞相模仿的样板。此后，在邓中夏的帮助下，全国掀起了工人

邓中夏开展工人运动的历史资料图

运动高潮。国民党左派领袖廖仲恺都对他称赞有加，认为邓中夏是个牛人。

1925年上海五卅惨案发生后，邓中夏和苏兆征等人一同组织发动了震惊中外的省港大罢工。这场大罢工从1925年6月19日开始，1926年末结束，中间持续16个月，前后共25万工人参与，创造了全世界罢工持续时间之最，在中国工人运动史乃至世界工人运动史上都留下了深远的影响。能组织如此大规模的罢工是非常困难的，尤其是罢工开始前，全香港的共产党员不到10人，共青团员也只有十几人，还有130多个缺乏统一组织的工会。但所有的一切都难不倒有勇有谋的邓中夏：一方面，他利用自己在香港工会中的威信与各工会的领导人接头，另一方面组织党团员在各工厂散发传单。不到数日，罢工情绪就在工人当中酝酿和高涨，震惊中外的省港大罢工就在邓中夏的组织下如期开始了。后来，邓中夏将他的这些经验，全部写入了《中国职工运动简史》，成为最早总结中国工人运动经验和规律的著作。

1933年5月15日，邓中夏在上海工作时不幸被帝国主义租界的巡捕房逮捕。国民党特务机关花了10多万元现大洋，把他"引渡"到国民党军事机关进行审理。敌人企图诱降邓中夏，对他采取了威逼利诱、软硬兼施的手段。有个国民党中央委员别有用心地对邓中夏说："你是共产党的老前辈，现在受到你们党内的欺压，我们都为你不平。中共现在已经日暮途穷，你这样了不起的政治家，何必为他们牺牲呢？"邓中夏看透了敌人挑拨离间的阴谋，当即痛斥："我们懂得：错误较诸我们的正确主张，总是局部的、有限的。你们呢？背叛革命，屠杀人民，犯了人民不能饶恕的罪恶，你们还有脸来说别人的缺点与错误，真是不知人间有羞耻事！"

在国民党宪兵司令部秘密审判的法庭上，邓中夏义正词严地说："法官你们可以休息了，这样没有观众的戏何必再演下去！"有个法官说："你这样强硬，难道不想出去，不想获得自由吗？"邓中夏干脆利落地回答："我未来前，就想到有一天会进来，现在进来了，倒从未想到会出去！"法官拍着桌子愤怒地狂吼道："关你 10 年！"邓中夏笑着说："我看你们在南京坐不了 10 年！你们活着狂吠的日子已经不久了，中国人民和英勇的红军会结束你们的一切罪行！"此后，国民党反动派又多次对邓中夏进行严刑审讯，但任何刑具在邓中夏身上都不能奏效。蒋介石见邓中夏如此坚贞不屈，下令杀了他。

临刑前，邓中夏对难友们说："同志们，我快要到雨花台去了，你们继续努力奋斗吧！最后的胜利终究是属于我们的。"1933 年 9 月 21 日黎明前，邓中夏被敌人从阴冷的监狱中押解出来。敌人问他："这是你最后的悔过机会，你还有话说吗？"邓中夏大声回答道："我一生未做过需要后悔的事，我也没有什么话要对你们说。"当敌人第二次问邓中夏还有没有话说时，他对抓着自己的一个宪兵说："对你们当兵的人，我有一句话说：请你们睡到半夜三更时好好想一想，杀死了为工农兵谋福利、为人民谋翻身的共产党人，对你们自己有什么好处？"敌人气急败坏地说："死到临头了还要宣传赤化，拉出去！"邓中夏大笑起来："你们在发抖了！总有一天，你们的士兵都要觉悟起来的，到那时候你们的死亡便到来了。"邓中夏慷慨激昂，高呼着革命口号，唱着令人奋进的《国际歌》，在南京雨花台英勇就义。

斯人虽已逝，音容宛在。今天，我们通过邓中夏的《过洞庭》，依然能够清晰地看到他的情感世界，能理解他所要表达的思想内容。此诗最明显的特征，就是作者在抒发自己的情感时，善于通过对比的手法，来塑造一个现实世界和一个理想世界。"莽莽洞庭湖，五日两飞渡。"既表明作者奔波于革命工作的辛劳，风雨兼程，来也匆匆去也匆匆，又点明两次飞渡时间相隔很近，为下文抒发不同的感受作铺垫。在诗中，作者还巧妙地运用了得志与不得志的两种意境，来形容两个不同的世界，以此表达了他坚决与黑暗势力作斗争的气概，以及追求真理向往光明的积极心态。

全诗分为上下两部分，上段描述现实社会，下段提出解决社会问题的办法。从洞庭湖的两种截然不同的景色，引发两种不同的感慨。上段的洞庭湖，狂风怒吼，乌云密布，阴森可怕，好像有无数的恶鬼在嚎叫。"雪浪拍长空，阴森疑鬼路。"这是什么世道啊？接下来作者就自问自答，"问今为何世？豺虎满道路。"这是一个豺狼当道的凶残世界，军阀横行，民不聊生，中国社会一片黑暗，作者引用洞庭湖的自然景色，形象地揭露了现实世界的黑暗，表达了他对现实社会的愤懑之情。那么，面对现实社会的黑暗应该怎么办呢？作者写道："禽狝残除之，我行适我素。"凡是社会上一切黑暗的、邪恶的东西，都要统统把它们消灭掉，我要做的就是向着我的目标不断前进，为革命奋斗不息。下段则是写作者第二次过洞庭湖时看到的另一番景色，"秋水含落晖，彩霞如赤炷。"这是多美的一幅写实图画，夕阳映照着秋水，彩霞如同红色的火炬，照得天地一片红彤彤，象征着蓬勃的革命力量。秋水脉脉，落晖悠悠，反映出作者身处在这幅美丽的画面中时，那祥和恬淡的心境。为什么这次作者的心境与上次过洞庭湖时的心境反差如此之大呢？因为作者已经明确了自己奋斗的目标，勾勒出一幅未来世界的美好蓝图："问将为何世？共产均贫富。"他认为，要消灭"豺虎"，要改天换地，就必须走革命的道路，让每个劳动者都过上幸福美满的生活。为了这个理想，作者不怕艰难困苦，不怕流血牺牲为之奋斗，正所谓"惨淡经营之，我行适我素"。

在情感上，这首诗的鲜明特征就是层次分明，对比强烈。读完这首诗，我们不由得会想起范仲淹的《岳阳楼记》，他也描写了洞庭湖两种截然不同的景色，"淫雨霏霏，连月不开，阴风怒号，浊浪排空"及"春和景明，波澜不惊，上下天光，一碧万顷"，以此来刻画世人得志与不得志的心境。邓中夏则巧妙地运用了两种不同的意境来形容两个不同的世界，形象地描绘了现实世界的丑恶和未来世界的美好，表达了鲜明的爱憎情感，以此表达他坚决与黑暗势力作斗争的气概以及追求真理向往光明的心态。

在表现手法上，诗中移情手法鲜明，作者善于将个人情感与外在景物融为一体。明显继承了古诗词的写法。比如，同样是写花，当作者心里高兴时会觉得"山花向我笑"，心情悲伤时又会觉得"感时花溅泪"，把自己的感情移于花朵上，仿佛花朵也有了人的喜怒情感。邓中夏的《过洞庭》，在描写洞庭湖景象的同时，完美地运用了移情于景的手法。他心情好时，觉得洞庭湖"秋水含落晖，彩霞如赤炷"；心情不好时，则觉得"雪浪拍长空，阴森疑鬼路"。我们从作者对景物赋予的象征意义里，就能够窥探到他丰富的情感世界，了解他所要表达的思想内容。

《过洞庭》意象鲜明，意境通透，用词朴实，通俗易懂，尤其是前后呼应，每段的开头结尾相呼应，不但朗朗上口，而且有利于读者对作者思想的理解。朴实的词句包含着丰富的内容，表达了作者坚定的信念，显示了作者不受外部环境的影响，不畏艰难险阻、一往无前的英雄气概。

毛泽东送给妻子的爱情词

《虞美人·枕上》

毛泽东　1921 年

堆来枕上愁何状，江海翻波浪。

夜长天色总难明，寂寞披衣起坐数寒星。

晓来百念都灰烬，剩有离人影。

一钩残月向西流，对此不抛眼泪也无由。

　　杨开慧（1901—1930），号霞，字云锦，出生于湖南长沙板仓的一个进步知识分子家庭。在她不满 3 岁时，父亲杨昌济怀着救国救民的伟大抱负，远赴重洋出国留学，杨开慧在母亲向振熙的精心抚养下度过了无忧无虑的童年生活。杨昌济是全国闻名的学者、教授，他思想先进、博学多才、充满智慧。杨开慧虽为女儿身，但父亲却为她取了颇有文化内涵的名、字、号。受父亲的影响，出自书香门第的杨开慧从小就表现出不同寻常的才气，7 岁时破例进入长沙第四十初级小学读书。

　　1913 年，杨昌济从国外学成归来，任教于湖南省立第一师范学校，全家从乡下搬到了长沙大鹅塘居住。正是在这段时间，杨开慧第一次见到她生命中至关重要、后来与她伉俪情深的毛泽东。那时的毛泽东不仅是杨开慧父亲杨昌济先生的学生，而且是杨昌济最赞赏的学生。按当时的师生之礼，毛泽东常去杨昌济家。在这里，他第一次见到后来成为他妻子，成为他三个儿子的母亲的杨开慧。当时，杨开慧还是一个 13 岁的小姑娘。学高为师，德高为范。杨昌济以渊博的学识和高尚的品德吸引了毛泽东、蔡和森、萧子升等许多积极向上、奋发有为的学生，这些学生经常去杨昌济家向老师请教各种各样救国救民的大道理。当毛泽东等人来家向杨先生请教时，杨开慧总是搬一条小板凳安安静静地坐在旁边，仔细听他们谈论治学、做人之道，研讨朝代兴衰和探寻救国救民的真理。她对毛泽东从最初的好奇，到后来对他精湛学识产生仰慕。随着接触的频繁，毛泽东和杨开慧日渐熟悉，毛泽东就像兄长一样喜欢并照顾这个比自己小8岁的冰雪聪明、才学过人的师妹。

　　1918年夏，杨昌济被聘为北京大学教授，后举家北迁。1918年秋，为了组织新民学会会员赴法国勤工俭学，毛泽东第一次来到北京，前去看望老师杨昌济并在杨家小住。经恩师介绍，毛泽东在北京大学图书馆任助理员，每月工资8块大洋。在这里，毛泽东再次见到了杨开慧，两人惊喜相逢很快便生出了别样的情愫。这次虽是暂住杨家，但毛泽东和杨开慧接触的机会更多了。毛泽东的言谈举止，特别是他那忧国忧民、立志救国救民的宏图大志，使杨开慧深感他是一个不平凡的男子，有着非凡的才干和令人着迷的吸引力。她已经暗暗地喜欢上毛泽东，愿意和他接触，听他讲话。在北京的这段时间，毛泽东每天清晨起来坚持洗冷水澡锻炼身体，而且，寒冬腊月都是这样坚持着，这也使杨开慧从内心深处对他产生了一种敬佩，也就是在这个时候，毛泽东和杨开慧开始默默相爱，爱情的种子悄无声息地在两人的心中生根发芽。杨开慧自小聪慧好学、一身傲骨，超凡脱俗的个性和睿智使她对生活与爱情有着自己非同寻常的见解。17岁的杨开慧，不仅树立了自己的人生观，而且有了自己的爱情观。她认为，对爱不能一厢情愿刻意去追求，那样很容易会失去真挚的、神圣的、高尚纯洁的爱情。她用一句话来概括自己的态度："不完全则宁无。"杨开慧的父母将这一切看在眼里，记在心里，也有意识地给二人更多的接触机会。两情相悦，爱情之神同时打开了两个年轻人的心扉，两颗真挚的心越来越靠近了，越来越贴紧了。在故宫河畔、北海公园、香山，常常会看到他们快乐的身影。秋天的红叶、冬天的白雪，在这一对年轻人的心中留下了美好的记忆。他们的爱情像红叶那样艳丽，像白雪那样纯洁……他们越走越近，互相之间连称呼也渐渐由"开慧""润之"改成"霞"

"润"了。

1919 年 12 月 8 日，毛泽东率领湖南驱逐军阀张敬尧的代表团再次来到北京。分别大半年来，鸿雁传书，他们的关系更加亲密了。毛泽东正是在北京遇见了他人生的挚爱，在他风华正茂时，遇上了浪漫爱情的另一半，出落成亭亭玉立的少女、意志与内心十分坚定的恩师的女儿杨开慧。而杨开慧在少女灿烂如花的岁月里，遇到了一位有大情大爱、胸怀天下，后来成为伟大的无产阶级革命家的毛泽东，如此绚丽的爱情汇入了中国历史的长河中，命中注定两人的爱情必将会是惊天动地、震撼人心的。人生最美好的事情莫过于在最美好的年纪，遇到最美好的彼此。在最美好的年纪遇到最美好的人，而且成为彼此生命中最重要最不可或缺的一部分。杨开慧对毛泽东的感情极为真挚，她视毛泽东为珍宝。杨开慧在日记里写道："不料我也有这样的幸运，得到了一个爱人！我是十分的爱他，自从听到他许多的事，看见他许多文章、日记，我就爱了他"。

1919 年 12 月底，杨昌济先生不幸身染重病，杨开慧日夜侍奉于病榻之侧，并为父亲读书读报。每期的《新青年》是必读之刊物，在阅读的过程中，杨开慧也汲取了许多新思想。1920 年 1 月 17 日，杨昌济因病医治无效在北京逝世，临终前，他给老友章士钊写信推荐毛泽东和蔡和森，信中说："二子海内人才，前程远大，君不言救国则已，救国必先重二子。"北京和长沙的教育界都为杨昌济开了追悼会，毛泽东以"半生半婿"的特殊身份参加葬礼，帮助料理后事。父亲病逝后，杨开慧在毛泽东的安排下随母亲、哥哥回湖南居住。

1920 年的冬天，没有嫁妆，没有花轿，"不作俗人之举"，20 岁的杨开慧与年长自己 8 岁的毛泽东在长沙市望麓园附近的船山书院内举行了简单的婚礼，仅仅花了 6 块大洋请至亲好友吃了一顿饭。婚后，夫妻俩将家安在了长沙清水塘。在这里，毛泽东主持成立了中共湘区执行委员会，并出任第一任书记。信仰的强大力量和对事业的执着追求，使得这对恩爱夫妻的生活常常是聚少离多。毛泽东经常外出开会或工作考察，离别成了这对夫妻之间婚后生活的常态。杨开慧的性格非常刚毅、坚强，但在情感世界里，她又是那样多愁善感。这便注定了杨开慧曲折复杂的心情，理智上她坚定地支持丈夫的事业，情感上又无法不被离别折磨，而这又是和毛泽东身份的特殊性联系在一起的，毛泽东的内心也同样埋藏着许许多多对杨开慧的依依不舍。

　　1921年春夏间，毛泽东在外考察。一天晚上，他整理好白天考察所做的笔记，写完了寄给报社的通讯稿，夜色便已经很深了。他熄灯上床，但一想起家里新婚的妻子杨开慧，就翻来覆去怎么也睡不着。那娇好的身影、温馨的笑靥，总是在他眼前时隐时现，定睛观看，却又不见她的美丽身影，只剩下室内空静寂寥。毛泽东情思涌动，便披衣起身写了这首感人至深的《虞美人·枕上》，来抒发他新婚离别的愁绪："堆来枕上愁何状，江海翻波浪。夜长天色总难明，寂寞披衣起坐数寒星。晓来百念都灰烬，剩有离人影。一钩残月向西流，对此不抛眼泪也无由。""枕上"，取自首句中语词，表明作者是要写枕上思念之情和别离失眠之苦。上阕主要写两人惜别之愁。一个"堆"字，形象地表现了愁闷之多；一句"愁何状"的设问，又自然而然地引出了"江海翻波浪"。诗人因愁闷而失眠，更感长夜漫漫，于是只好披衣起坐，仰望夜色苍穹，寂寞无奈中数起夜空中的寒星。那夜空中的"寒星"正像是爱人的眼睛。下阕抒发伤别之苦。开头两句，直抒胸臆，一个"晓"字点出是彻夜未眠；一个"影"字写出有情人之间那难以相见的别样之苦，"烬"与"剩"的鲜明对比写出伤别的深重。辗转反侧，彻夜无眠，好不容易等到破晓，一切想法都化作了灰烬，只有爱人的身影依然浮现在眼前，拂也拂不去，唤又唤不来，让人十分伤心和无奈。

　　1927年8月，八七会议后秘密潜回湖南的毛泽东日夜进行武装起义前的准备工作，杨开慧则照料着丈夫的生活。8月底，毛泽东去指挥秋收起义，临行前嘱咐杨开慧照顾好孩子。杨开慧给丈夫带上早已准备好的草鞋，并叮嘱毛泽东最好扮成郎中。但谁也没有想到，此次话别，竟成了这对恩爱夫妻之间的诀别！

　　1927年9月，毛泽东领导了秋收起义，最终辗转来到湘赣边界的井冈山。

杨开慧怀抱毛岸青、旁边是毛岸英

此时，湖南已陷入国民党反动派包围的白色恐怖之中，国民党反动派对共产党进行大面积搜捕。湖南省的党组织遭到严重破坏，杨开慧失去了与组织的联系，但坚强的她独自带着三个孩子，悄悄避居到老家长沙县板仓乡。

1929年12月26日是毛泽东36岁的生日。杨开慧更加思念丈夫，担心他的身体和安危。她在日记中曾写道："今天是他的生日，我格外的不能忘记他……家人烧了一点菜，晚上又下了几碗面，妈妈也记着这个日子。"关切和思念之情溢于言表。而远在井冈山的毛泽东，又何尝不思念自己心爱的妻子。毛泽东深知妻儿的艰难处境，试图以书信的方式与杨开慧取得联系，但他的信花了一年半的时间才最终辗转到杨开慧的手里。在白色恐怖弥漫湖南大地的日子里，毛泽东曾多次派人到长沙打探妻儿的情况，却意外得知杨开慧已被敌人残忍杀害的消息，毛泽东信以为真，悲痛万分。而事实上，这只是当地好心群众为了更好地保护杨开慧母子而故意到处传播杨开慧已死的消息，以便迷惑敌人，不让敌人伤害她。1929年11月，毛泽东意外得到杨开慧还活着的消息，他十分高兴，急忙写信给上海的中央政治局常委李立三，询问杨开慧通信的地址，但与被敌人严密监控的地区通信谈何容易，他们还是没能联系上。因关山远隔，音信不通，杨开慧只能从国民党的报纸上看到屡"剿朱毛"却总不成功的消息，每次看到这样的内容，她是既受鼓舞又心生牵挂。同时，她自己的处境也极其险恶。敌人到处在搜捕她，但她仍勇敢无畏地奔走于板仓乡方圆数十里的地方，顽强地坚持地下工作。

在敌人到处横行的长沙板仓，杨开慧和孩子们的生活十分艰难，最终也未能逃脱敌人的抓捕。

1930年10月24日，杨开慧和年仅8岁的儿子毛岸英不幸被军阀何键抓捕入狱。面对爱人，她是那样的温柔，但面对敌人，她又是那样的刚强。出身书香门第、举止温婉的杨开慧几乎每天都被提去受审，遭到皮鞭、木棍的毒打，还被施以酷刑"压杠子"，被打昏后又用凉水泼醒……她带着儿子毛岸英在狱中渡过了一段极其黑暗的日子。曾任中共湖南省委书记的叛徒任卓宣向何键献策称："杨开慧如能自首，胜过千万人自首。"于是，审讯官提出，杨开慧只要登报声明和毛泽东脱离夫妻关系就可以获得自由。面对敌人的威逼利诱，杨开慧毫不动摇、誓死不屈，勇敢而坚决地拒绝了这个可以给她带来生路的唯一选择。由于屡次审讯无果，凶狠的敌人最终在1930年11月14日，残忍地杀害了杨开慧。杨开慧英勇就义，时年29岁。她牺牲前，只说了一句话："（我）死不足惜，惟愿润之革命早日成功！"

杨开慧牺牲的当晚，7岁的毛岸青和年仅3岁的弟弟毛岸龙抱着妈妈的尸体大哭不止。杨开慧的尸体后来被远房舅舅偷运回家。过了十几天，毛岸英被营救出狱后，才准备掩埋杨开慧的遗体，三兄弟与妈妈难舍难分，痛哭不已，毛岸龙还非要和妈妈"睡"在一起。在场的人无不痛哭失声。毛岸英是第一个止住眼泪的，他擦了一把眼泪对两个弟弟说："我们要懂事，要为妈妈报仇！"一个月后，正在江西指挥红军反"围剿"的毛泽东，得知妻子牺牲的消息，他心中万分悲痛和内疚，在给杨家的信中伤心地说，"开慧之死，百身莫赎"。

杨开慧纪念馆

　　时至 27 年后的 1957 年，毛泽东以一首《蝶恋花·答李淑一》来缅怀和赞颂他的"人间知己"杨开慧："我失骄杨君失柳，杨柳轻飏直上重霄九。问讯吴刚何所有，吴刚捧出桂花酒。寂寞嫦娥舒广袖，万里长空且为忠魂舞。忽报人间曾伏虎，泪飞顿作倾盆雨。"诗句情真意切，荡气回肠，读之使人热泪盈眶。而一句"我失骄杨"更是含蓄地寄托了毛泽东对亡妻无尽的哀思之情。

青年毛泽东对秋的赞歌

《沁园春·长沙》

毛泽东　1925 年

独立寒秋，湘江北去，橘子洲头。

看万山红遍，层林尽染；

漫江碧透，百舸争流。

鹰击长空，鱼翔浅底，万类霜天竞自由。

怅寥廓，问苍茫大地，谁主沉浮？

携来百侣曾游。忆往昔峥嵘岁月稠。

恰同学少年，风华正茂；

书生意气，挥斥方遒。

指点江山，激扬文字，粪土当年万户侯。

曾记否，到中流击水，浪遏飞舟？

　　1925 年，在中国共产党的领导下，全国工农运动形势高涨，革命的发展势头异常迅猛。震惊世界的五卅运动和省港大罢工也遍及十几个省，各种形式的反帝反封建斗争正风起云涌地开展着。这时候，一方面是工农革命运动在蓬勃发展，另一方面是反动势力为了维护其反动统治对革命力量进行疯狂的镇压。在这种形势下，中华民族的命运将走向何方？是继续维护黑暗腐败的反动统治，还是冲垮黑暗统治走向民主光明？谁将成为主宰中国社会未来发展方向的力量？这些都是当时人们所关注的焦点问题。

长沙橘子洲头

　　长沙是湖南的省会，是中国农村革命的发源地之一，也是毛泽东求学和早期从事革命活动的中心。1911 年，毛泽东来到湖南长沙读书。由于当时的社会背景，通过学习、与进步师生交流思想，毛泽东更清晰地形成了自己的世界观。1917 年，毛泽东组建新民学会，怀着救国救民的理想积极开展早期的社会活动，通过在社会中的磨炼，他接受了马克思辩证唯物主义的思想，获得了社会活动的初步经验，结交了一批志同道合的朋友。1920 年，毛泽东再度返回长沙，那时他已经成为坚定的马克思主义者。1922 年，毛泽东领导长沙工人罢工，促进了湖南省工团联合会的成立。1923 年 4 月，毛泽东遭到湖南军阀赵恒惕的通缉，被迫离开长沙，在 1925 年又辗转回到湖南继续从事革命活动。1925 年夏季，他回乡组织农民运动，因毛泽东组织领导的农民运动在韶山地区迅猛地开展起来，令这一带的地主豪绅们惶惶不可终日，他又遭到湘潭县团防局缉拿。1925 年 8 月 28 日，毛泽东在韶山共产党组织和人民群众的掩护下，摆脱了敌人的追捕，经长沙等地去广州主持农民运动讲习所工作。在长沙，毛泽东重游了学生时代常去的岳麓山、橘子洲等地。面对山河壮美的金秋之景，时值而立之年的他，站在橘子洲头，回忆自己的经历，回忆起在长沙的求学生活和社会活动，想起1911年以来发生的辛亥革命、五四运动、五卅惨案、国共合作，不禁感慨万千，情不自禁地写下这首《沁园春·长沙》来抒发自己的豪情壮志和远大的理想抱负。毛泽东在词中描述，在深秋一个秋高气爽的日子里，我独自伫立在橘子洲头，眺望着湘江碧水缓缓北流，看万千山峰全都变成了红色，一层层树林好像染过颜色一样，江水清澈碧绿，一艘艘大船乘风破浪，争先恐后。鹰在广阔的天空中翱翔，鱼在清澈的水里畅游，万物都在秋光中争着过自由自在的生活。面对着无边无际的宇宙，千万种思绪一齐涌上心头，不由得要问：这苍茫大地的盛衰兴废由谁来决定主宰呢？回想过去，我和我的同学，经常携手结伴来到这里游玩。在一起谈论国家大事，那无数不平凡的岁月至今还萦绕在我的心头。同学们正值青春年少，风华正茂；大家踌躇满志，意气奔放，正劲头十足。评论国家大事，写出激浊扬清的文章，把当时那些军阀官僚看得如同粪土。还记得吗？那时我们在江深水急的地方游泳，那激起的浪花几乎挡住了疾驰而来的船。

　　《沁园春·长沙》通过对长沙秋景的描绘和对作者青年时代革命斗争生活的回忆，抒写出革命青年对国家命运的感慨和勇于担当、以天下为己任力争改变旧中国的豪情壮志。毛泽东还十分形象地指出，主宰中国革命的领导力量是马列主义武装起来的中国共产党。

　　其实，中国古典诗词大都善写悲秋。欣赏毛泽东的诗词时，觉得其对秋天更是情有独钟，可能是因为秋天寥廓、苍凉、大气，与战士的胸襟和英雄的气概较吻合。毛泽东这首词的开始，就是一首秋的赞歌，自由的赞歌，风华少年的赞歌。他在此赞美的秋天，是一种"万类霜天竞自由"的秋天，大自然中的"万类"：如"山""林""江""舸""鹰""鱼"都在这"霜天"中"竞自由"，逍遥自在，无拘无束。"虽万类之众多，独在人而最灵。"而作为万物之灵的人呢？他们却没有自由！于是，诗人为之"怅寥廓"。在这寥廓的秋天，诗人的惆怅像秋天一样"寥廓"，面对自由的"万类"和不自由的人类，不禁像《天问》中屈原抛出问题一样发问：问苍茫大地，谁主沉浮？

这只是由于当时全国的革命形势还不明朗，所以，诗人才会"怅寥廓"。

由于所处的时代背景不同，屈原作《天问》时，是等待"天"的回答。而毛泽东在这首词里设问时，他的答案却是了然于胸的，那就是：这些风华正茂的革命青年，将会唤起万千民众来主宰沉浮。也许有人会觉得奇怪，毛泽东这首词怎么没提国家和人民？其实，那"问苍茫大地"，就是在问当时积贫积弱的中华大地。诗人因不能"竞自由"而为之"怅寥廓"的，不就是我们那曾经不自由的国家和人民吗？诗人爱国、忧国、报国的情怀，与古往今来的仁人志士和历代慷慨悲歌的诗人是一脉相承的，并随着社会的发展注入了新的时代精神。

那些风华正茂的革命青年是时代的弄潮儿，也正是诗人的好友。他们"指点江山，激扬文字"，他们"到中流击水，浪遏飞舟"，他们将为中华民族"竞自由"，为苍茫大地"主沉浮"！很有意思的是"粪土当年万户侯"这一句。中国传统社会"学而优则仕"，历代青少年诗人，大都以"万户侯"为人生奋斗的目标。爱国诗人陆游说自己"当年万里觅封侯，匹马戍梁州"；南宋杰出词人刘克庄酒醉后仍感叹"使李将军，遇高皇帝，万户侯何足道哉"，而毛泽东在这里是反其意而用之，表示自己要与旧世界彻底决裂。

《沁园春·长沙》这首词的立体感、"入境"感、动态感十分强烈。当我们品读它时，最初会觉得，从"独立寒秋"至"鱼翔浅底"是一幅湘江秋色图，有一位青年正在湘江边独自欣赏秋光，一切仿佛是静止的、凝固的，青年仿佛很久以前就站在那里了。他是谁呢？在想些什么？他是被贬长沙的贾谊吗？他是在这"沅湘流不尽，屈子怨何深"的湘江凭吊屈原吗？人类想象的领域和内容是无穷无尽的。而"万类霜天竞自由"一句如奇峰突起，使前面所描绘的一切内容都有了灵性，景动了起来，人也活了起来，那看似千年凝固的"万类"和"霜天"，原来并没有凝固，而"鹰击长空，鱼翔浅底"，天上地下，它们都在"竞自由"！动静切换是这样自如，动静反差是如此强烈，而这一切都由"竞自由"三个字来体现，可以说，这真是"神来之笔"！"竞自由"反映了当时的时代精神，物竞天择，自由平等正是那个时代的不懈追求。在全词中，这三个字不仅完成了动静切换，而且承接了由"万类"到人类的转换。随后的"问苍茫大地，谁主沉浮"更是把全词主旨推向高潮。

《沁园春·长沙》是一首秋的赞歌，自由的赞歌，风华少年的赞歌。这三者是相辅相成的，自由是灵魂，秋天的万物因"竞自由"而充满生机，风华少年因"竞自由"，为自由奋斗而英气勃发。《沁园春·长沙》这首词作实际上是诗人改造旧世界的宣言书，但诗人寓动于静，寓张于弛，其锋藏而不露，其势引而不发，其词雅而不激。诚如古人所言"君子引而不发，跃如也"。

《沁园春·长沙》是毛泽东同志的优秀诗篇，抒发了他青少年时代的理想抱负，整首词虽是写寒秋，但我们读后却无一丝萧瑟和悲凉之感，反而有一种豪迈、洒脱、壮阔的崇高美，词中犹如有万丈豪气要喷薄而出，能够激发和鼓舞读者追求自由的心理冲动，让读者与作者在不经意间产生互动与共鸣。可见诗人与这首词的感召力和影响力。"问苍茫大地，谁主沉浮"，毛泽东在这首词中体现出的领袖式的气度与魄力，是他个人禀赋与时代背景共同作用的结果。在这首掀起改天换地新浪潮的词作中，也使我们看到了毛泽东同志身处险境却坦荡从容、临危不惧的英雄气概。

震撼世界的一声霹雳

《西江月·秋收起义》

毛泽东 1927 年

军叫工农革命，旗号镰刀斧头。

匡庐一带不停留，要向潇湘直进。

地主重重压迫，农民个个同仇。

秋收时节暮云愁，霹雳一声暴动。

秋收起义是中国共产党于 1927 年 9 月在湖南东部和江西西部领导的工农革命军发动的一次农民武装起义，是继南昌起义之后，中国共产党领导的又一次著名的武装起义，也是中国共产党建军史上的三大起义（南昌起义、秋收起义、广州起义）之一。自此，中国革命迎来了具有决定意义的新起点。

1927 年，蒋介石和汪精卫先后背叛革命，国内政局突然逆转，国共合作彻底破裂，国民党反动派开始了大屠杀，第一次国内革命战争（也称"大革命"）惨遭失败。面对大屠杀，中国共产党不得不摸索复兴革命的新道路，全党都在进行深刻反思，思索大革命失败的原因及其经验教训，希望从中找出挽救革命的方针。

为了挽救革命，给遇到前所未有的困难和正处于思想混乱中的中国共产党指出新的出路，1927 年 7 月，中共中央在湖北汉口召开了临时政治局常委会议，决定在共产党力量较强、工农运动基础较好的湖南、湖北、江西、广东 4 个省举行秋收起义，领导农民进行土地革命，彻底解决农民的土地问题，推动革命深入发展。而第一次国内革命战争的失败，使中国共产党彻底认识到直接掌握武装部队进行武装斗争的重要性。1927年8月7日，中共中央又在汉口召开紧急会议（即八七会议），纠正了陈独秀的右倾投降主义路线，确定了武装反抗国民党反动派屠杀政策和开展土地革命的总方针。毛泽东在会上提出"须知政权是由枪杆子中取得的"的正确主张，并在会上当选为中共中央临时政治局候补委员。

八七会议开完后，当时主持中央工作的瞿秋白向毛泽东征求意见，要他到上海中共中央机关去工作。毛泽东回答说："我不愿跟你们去住高楼大厦，我要上山结交绿林朋友。"就这样，在中央决定派干部到各地去传达八七会议精神，恢复和整顿党组织时，毛泽东便被派回湖南，以中央特派员的身份传达八七会议决议，改组湖南省委，领导秋收起义。正如毛泽东后来所说："从此找到了出路。"

1927年8月12日，由中国共产党党员卢德铭任团长的国民革命军第四集团军第二方面军总指挥部警卫团和平江工农义勇队到达湘、鄂、赣三省交界的三不管地区修水县城，并于8月下旬统编成工农革命军第一军第一师，由余洒度、余贲民任正副师长，下设四个团，一团、四团驻修水，毛泽东任前敌委员会书记。卢德铭任总指挥，总指挥机关设在修水县城，修水地方党组织积极配合，发展武装，组织群众支持起义军。

在1927年9月初的一个夜晚，修水商会东厢房里灯火通明，在师部参谋处一张宽大的八仙桌上，师部参谋何长工、副官杨立三、参谋处长陈树华三人在制作军旗，他们反复比较、推敲，最后确定旗底为红色，象征革命，旗中央的五角星代表中国共产党，五角星内的镰刀斧头代表工农联盟，旗面左边白色套管上写有"工农革命军第一军第一师"字样，整体含义是：中国工农革命军第一军第一师是中国共产党领导下的工农革命武装。

1927年9月9日，震撼全国的秋收起义爆发，工农革命军分别从修水、安源、铜鼓等地出发，向长沙进击，先后占领醴陵、浏阳县城和平江等地。由于当时革命形势还处在低潮，敌强我弱，加上群众缺乏作战经验，起义军某些指挥员指挥失当，新收编的第四团在战斗中又临阵叛变，致使起义军受到严重挫折。1927年9月14日，毛泽东在浏阳东乡上坪召开紧急会议，他审时度势，决定改变攻打长沙的计划，命令第一、三团与第二团余部迅速到浏阳文家市集中。1927年9月19日晚，在文家市召开了前敌委员会会议，决定起义军撤离湘东地区，进入江西，沿罗霄山脉南移，以便保存革命力量。起义军在向南进军途中，处境十分艰难，这时的工农革命军已经锐减到1500余人。9月20日，毛泽东在文家市镇里仁学校操场上向全体官兵宣布中共前敌委员会关于不打长沙而转头向南的决定。毛泽东说，这次秋收起义虽然受了挫折，但算不了什么！胜败乃兵家常事。万事开头难，干革命就不要怕困难。我们有千千万万的工人和农民群众的支持，只要我们团结一致，继续勇敢战斗，胜利是一定属于我们的。他还打了个生动的比喻：我们现在力量很小，好比一块小石头，蒋介石好比一口大水缸，总有一天，我们这块"小石头"要打破蒋介石那口"大水缸"。

在形势危急、处境十分困难的情况下，起义军迫不得已于1927年9月21日，由文家市出发，沿湘赣边界罗霄山脉南下。当起义军到达芦溪时，突然遭到敌军的猛烈袭击，总指挥卢德铭为掩护主力撤退而牺牲了。许多人悲观失望、情绪低落，不少人纷纷离队。1927年9月29日，部队到达江西永新三湾，毛泽东在这里进行了著名的"三湾改编"：把部队由原来的一个师缩编为一个团；将党的支部建立在连上；在部队内部实行民主制度，官兵平等，成立士兵委员会。

"三湾改编"后，毛泽东开始考虑上井冈山的问题。他写信给当地领导地方武装力量的袁文才及中共宁冈县委负责人龙清超，并指挥部队向宁冈方向前进。1927年10月3日，部队转移到宁冈北部古城，毛泽东在这里召开了前敌委员会扩大会议，做出了向井冈山进军的决策。1927年10月7日，部队进驻井冈山的茅坪，1927年10月27日，到达井冈山的中心地茨坪，开始创建以宁冈为中心的井冈山革命根据地。

秋收起义的爆发具有重大的历史意义，创建了中国共产党第一支工农革命军，设计制作并率先举起了中国共产党领导的人民军队的第一面军旗，正如毛泽东同志在诗词中所说的："军叫工农革命，旗号镰刀斧头。"而毛泽东同志带领秋收起义部队到达井冈山，开辟了第一个农村革命根据地，找到了中国革命的正确道路，中国共产党从此由小变大，由弱变强，最终取得了中国革命的胜利。

在1927年秋收起义后，当时革命还处在异常艰苦的历史关头。那时的毛泽东却豪气干云，他有感于秋收起义翻天覆地的意义，激情满怀地提笔写下了这首《西江月·秋收起义》："军叫工农革命，旗号镰刀斧头。匡庐一带不停留，要向潇湘直进。地主重重压迫，农民个个同仇。秋收时节暮云愁，霹雳一声暴动。"

《西江月·秋收起义》这首词采用纪实手法，高度概括了湘赣边界秋收起义前期的准备过程，揭示了农民暴动的根本原因和正义性，抒发了对工农革命武装的赞扬之情。

"西江月"是词牌名，源自李白《苏台览古》中的"只今唯有西江月，曾照吴王宫里人"一句。词的第一句"军叫工农革命"属于纪实。毛泽东领导的湘赣边界秋收起义是中国共产党独立领导的革命军队——"工农革命军"武装起义的开始。毛泽东1927年8月在长沙实地调查农村土地问题时，了解到国民党军队残酷镇压工农运动之后，群众对国民党军队的看法已完全改变了。因此，他以中共湖南省委名义给中共中央写信，提出"我们不应再打国民党的旗子了。我们应高高打出共产党的旗子""国民党旗子已成军阀的旗子，只有共产党的旗子才是人民的旗子"。因此，起义军名叫"工农革命军第一军第一师"。此后，工农革命军的称呼保持了近10个月的时间。1928年5月25日，中共中央颁布《中央通告第五十一号——军事工作大纲》明确指出："在割据区域所建立之军队，可正式定名为红军，取消以前工农革命军的名义。"1928年6月4日，中央在给中国工农革命军第四军前敌委员会的信中，又指示"关于你们的军队，可以正式改称红军"。根据这个指示，各革命根据地工农革命军在6月上半月改称为"红军"。

词的第二句"旗号镰刀斧头"也属于纪实。当时根据中共湖南省委前敌委员会关于秋收起义的军事部署的通告，起义军师部在 1927 年 9 月 8 日连夜赶制有镰刀和铁锤标识的红旗 100 面。词中"旗号镰刀斧头"这句中"斧头"实际上就是铁锤。词的第三、四句"匡庐一带不停留，要向潇湘直进"是写行军路线，实际隐含了当时秋收起义打算进攻中心城市长沙的计划。以山名"匡庐"代表江西，以水名"潇湘"代表湖南，虽原意未变，但诗意更浓。"匡庐一带"为什么"不停留"？为什么"要向潇湘直进"？这是为了最后进攻省会长沙。

词的第五、六句"地主重重压迫，农民个个同仇"，真实地反映了当时广大农村阶级矛盾的实际情况，也是发动农民举行秋收起义的原因。第一次国内革命战争失败后，北伐战争时期在农村成立的有一千多万会员的农民协会被迫解散，农民领袖被捕杀，地主阶级对农民进行反攻倒算，革命时期的减租减息变为加租加息。国民党政府征收的田赋变本加厉，苛捐杂税多如牛毛，加之天灾战乱，使广大农民处于水深火热之中。这一切都使农民对反动的统治阶级充满仇恨。

词的第七、八句"秋收时节暮云愁，霹雳一声暴动"则形象地反映了秋收起义这次军事行动的艰难曲折。"暮云愁"反映出起义之前十分压抑的政治气氛和受地主压迫的广大农民的心态。第一次国内革命战争失败后，全国革命形势由高潮转入低潮。在白色恐怖笼罩之下，中国共产党的组织遭到严重破坏，党的活动被迫转入地下，许多优秀干部和党员被捕杀。据中国共产党第六次全国代表大会召开时的不完全统计，从 1927 年 3 月至 1928 年上半年，被杀害的中国共产党党员和革命群众达 31 万多人，其中，中共党员就有 2.6 万多人。党员人数由第一次国内革命战争高潮时期的近 6 万人减少到 1 万余人。各地革命工会几乎全被解散，工会会员由革命高潮时期的 300 万人减少到 3 万多人。而八七会议虽然确定了以发动秋收暴动来进行土地革命和武装反抗国民党反动派的总方针，但是，具体怎样进行这一切呢？前景未定，凶多吉少的可能性是很大的。但如果不搞武装起义，凶险更多。因此，发动武装起义成为当时唯一正确的选择！当时的毛泽东从没有带过兵、打过仗，所以在没有实际经验的情势下，只能靠自己在黑暗中摸索，到实践中前行了，怎能不让人"愁"呢？就连毛泽东自己后来在回顾这段经历时也说："在农民运动讲习所也讲过打仗的重要，可就是从来没有想到自己去搞军事，要去打仗。后来自己带人打起仗来，上了井冈山。"一个"愁"字，表现了毛泽东当时的复杂心情。而这首词的最后一句"霹雳一声暴动"则表现了毛泽东要贯彻八七会议决议的坚定决心和执着信念。

总之，《西江月·秋收起义》这首词由浅入深、平中见奇、通俗易懂，十分符合广大工农战士的口吻，词句越读越有滋味。另外采用了口语化的典故，"同仇"来源于《诗经》中"修我戈矛，与子同仇"；"霹雳"来源于《七发》中"夏则雷霆霹雳之所感也"。这样更为形象生动，达到了雅俗共赏的艺术境界。这首词尽管只有短短的 50 个字，却真实地再现了秋收起义的历史，具有诗史价值，为后人学习和研究秋收起义的历史提供了非常珍贵的史料。

"知州少爷"的临终遗言

《就义诗》

夏明翰 1928 年

砍头不要紧，只要主义真。

杀了夏明翰，还有后来人。

夏明翰（1900—1928），字桂根，湖南衡阳人，出生在湖北秭归。夏明翰的祖父夏时济，在晚清曾任户部主事，还曾任江西督销局总办和两江营务处总办等要职。而夏明翰的父亲夏绍范是清末朝廷诰命授予的资政大夫，曾任归州知州。出身官僚家庭的夏明翰从小就有一种反抗官僚的思想。1917 年春，天生倔脾气的夏明翰违背祖父心愿报考了湖南省立第三甲种工业学校。考入新式学校以后，他追求进步，积极参加反对北洋军阀的斗争。1919 年的五四运动波及湖南，夏明翰和同学们走出校门，积极开展大规模的爱国宣传活动，声援北京学生的反帝反封建斗争。

夏明翰故居

　　1920 年 9 月的一天，经何叔衡引见，夏明翰第一次见到了仰慕已久的毛泽东。毛泽东对夏明翰在衡阳与军阀斗、与奸商斗、与爷爷斗、带头销毁自家的日货、不怕被爷爷关黑屋的经历十分赞赏，并对夏明翰到长沙来十分欢迎。夏明翰见毛泽东如此平易近人，先前的紧张感与背叛家庭的内疚和负罪感一扫而光，他为自己结识了毛泽东而倍感庆幸。此后，他如饥似渴地研读《共产党宣言》《每周评论》等进步书刊，并经常向毛泽东请教。毛泽东渐渐喜欢上了这个有志青年，决定好好培养这个难得的可塑之才。1920 年 10 月下旬，在夏明翰的陪同下，毛泽东乘船由长沙来到衡阳，先后到湖南省立第三师范学校、湖南省立第三中学调查衡阳新文化运动和工农运动，夏明翰成为毛泽东在衡阳期间开展工作的得力助手。1921 年 1 月 13 日，长沙社会主义青年团成立，毛泽东任书记。1921 年 1 月底，夏明翰向毛泽东递交入团申请书，毛泽东被夏明翰追求进步、积极上进的精神感动，他十分高兴地提出当夏明翰的入团介绍人，夏明翰格外欣喜。1921 年 2 月初，在毛泽东的介绍下，夏明翰加入了长沙社会主义青年团，成为衡阳籍最早的社会主义青年团团员之一。入团后，夏明翰更加努力地学习和工作，决心一辈子跟着毛泽东干革命。

　　1921 年 8 月，毛泽东等人创办的湖南自修大学开学。经毛泽东推荐，夏明翰成为自修大学的第一批学员，并任学习组长，兼任《湖南学生联合会周刊》编辑，工作完成得十分出色，受到毛泽东、何叔衡的大力赞赏。1921 年 10 月的一天，夏明翰鼓起勇气，向何叔衡倾诉了自己想要加入中国共产党的愿望。何叔衡把这事告诉了毛泽东。毛泽东十分重视，专门找夏明翰谈入党的事。夏明翰向毛泽东汇报："我想入党，不是考虑对我个人有什么好处，我痛恨封建家庭，不要祖宗遗产，讨厌官场钻营，我这样做，只是为了挽救中华民族的危亡，为工农的翻身和人类的解放奋斗终生。"毛泽东赞许地说："你想入党，我十分高兴，党需要你这样的人才。"之后，夏明翰经常找毛泽东汇报思想、学习和工作情况。1921 年 12 月，经毛泽东、何叔衡介绍，夏明翰光荣地加入了中国共产党，成为一名坚定的共产主义战士。夏明翰所走的革命道路，在当时的人和今天的人看来，都是极不平凡和不可思议的。在中国近代阶级剥削压迫深重的社会中，他本人出身于封建官僚家庭，而且还是一个"知州少爷"，却在后来坚定地成为反抗土豪劣绅的革命先锋，是湖南农民运动的发动者和组织者之一，直至为此牺牲生命也不后悔。在他的影响下，弟弟夏明震、夏明霹和妹妹夏明衡也离家到广州农民运动讲习所学习，并成为共产党领导下的农民运动领导骨干。夏明翰高举共产主义的伟大旗帜，随时按照党组织的指引，奋不顾身地投入到艰苦卓绝的革命工作中。当时，在毛泽东等共产党人的领导下，湖南的工人运动蓬勃开展起来，在革命的洪流中，夏明翰愈发显示出坚定的革命立场和卓越的组织才能。"党需要办的事就要认真地去办，坚决把它办好。"这一原则成了夏明翰革命实践的准则和革命行动的指南。

1922 年，夏明翰在长沙担任党组织举办的自修大学附设补习班的教务主任，他与毛泽东、姜梦周、夏曦、罗学瓒、李维汉等同志在极其简陋的条件下传播马克思主义，启发工人群众的革命觉悟，指出只有"我们工人农民联合起来，砸碎旧世界，打垮官僚资本家，打垮封建地主，赶走帝国主义，才有出路"。夏明翰的主张在工人群众中产生了广泛的影响，使反动派十分惊恐。夏明翰还常常脱掉长衫，身穿粗布衣衫，脚蹬草鞋深入人力车工人中间进行革命活动，组织成立人力车工会并使之加入以毛泽东为总干事的湖南省工团联合会，领导了人力车工人的游行和罢工斗争，有力地打击了赵恒惕和日本帝国主义的嚣张气焰。

1927 年 4 月 12 日，蒋介石在上海发动反革命政变，大肆屠杀共产党人和革命群众，白色恐怖笼罩全国。在中国革命生死存亡的危急关头，因畏惧敌人的屠刀而退出革命阵营者有之，为保命或升官发财而沦为叛变者有之，但夏明翰擦干身上的血迹，掩埋好同伴的尸首，以大无畏的英雄气概，为了共产党的事业，为了中国革命的成功，毅然前行，毫不畏惧。面对国民党反动派的白色恐怖，夏明翰怒火万丈，悲痛不已，他写道："越杀胆越大，杀绝也不怕。不斩蒋贼头，何以谢天下！"他毅然投笔从戎，参加了二次北伐的革命军，担任宣传部长，随军开往河南前线。

1927 年"马日事变"后，夏明翰在极其险恶的形势下，被调回湖南工作，担任中共湖南省委委员兼组织部长。在新省委和毛泽东的领导下，为筹备秋收起义，他不顾个人安危，全力投入起义的宣传和组织联络工作，并教育和鼓励自己的亲人积极参加武装斗争。秋收起义发动后，他仍然在湖南省委坚持地下斗争，在严酷的白色恐怖下从事革命工作，并于 1927 年 11 月与李六如冒险到平江，与罗纳川等人领导和发动了平江秋收起义，到浏阳发动武装暴动。

夏明翰在平江、浏阳指导武装暴动后，又于 1928 年初被调往湖北省委工作，他告别妻子和刚出生的女儿来到武汉。这时，以野蛮著称的桂系军阀正在大肆搜捕革命者，许多被捕者不经审判便被处决。面对革命工作的惨烈和恐怖，夏明翰却毫无惧色，仍积极奔走在各个秘密机关，部署"停止年关暴动"的计划。开始他住在湖南商号，发现那里被武汉卫戍司令部盯上以后，便迁到东方旅社，与徐特立、谢觉哉、熊瑾玎等研究下一步工作。没过几天，谢觉哉突然通知说交通员宋若林已靠不住，夏明翰便回到东方旅社收拾东西。1928 年 3 月 18 日，当夏明翰正准备转移时，叛徒宋若林带着警探闯进房间逮捕了他。夏明翰被捕后，在狱中敌人先是企图收买他，但他坚定地回答说："办不到。可以牺牲我的生命，决不放弃我的信仰。"敌人又对他严刑拷打，他也宁死不屈。拖着被打伤的身体回到牢房，他知道生命将要结束，忍着伤痛用半截铅笔给母亲、妻子、大姐分别写了三封信。在给妻子郑家钧的信上，他还留下了一个带血迹的吻印。面对夏明翰的坚贞不屈，敌人无计可施，恼羞成怒，最终在他被捕两天后也就是 1928 年 3 月 20 日的清晨，杀害了夏明翰。当夏明翰被带到汉口余记里刑场时，执行官问他还有什么遗言没有，他大喝道："有，给我拿纸笔来！"于是，夏明翰在刑场上挥笔疾书，写下了这首气壮山河的《就义诗》以表达自己的志向："砍头不要紧，只要主义真。杀了夏明翰，还有后来人。"砍掉头颅并不可怕，只有我信仰的共产主义是真理。把我夏明翰杀了，还有大批的革命后代。这首正气凛然、感人肺腑的就义诗，不仅是夏明翰伟大人格的体现，也是他崇高信念的生动表达。这首五言诗当时就被人称作是热血谱写的革命战歌，激励了无数后人为之奋斗。

人贵在有理想，活在世上而没有理想，意味着没有目标。但怎样树立正确的理想，不是一件轻而易举的事。它需要一个艰苦探索、冷静思考和决断取舍的过程。理想是依靠合乎实际的真理来支撑的，而真理又是从不断的实践中求得的。探求愈深，对真理的认识就愈透，理想就愈坚定，行动就愈自觉，襟怀就愈宽阔，立志就愈高远。为了远大理想的实现，不顾自己的身家性命，这就叫以身殉志。古往今来以身殉志之士不在少数，他们或血洒疆场，或蹈海自尽，但像夏明翰一样能将生命与理想的关系、将自己与他人的关系、将现实与未来的关系领悟得那么透彻、讲得那么清楚的，却并不多见。

夏明翰这首 20 字的《就义诗》是最能说明革命烈士人生真谛的不朽篇章，"砍头不要紧，只要主义真。杀了夏明翰，还有后来人。"在夏明翰看来，生命仅仅是真理的一部分，现实只是未来的一部分。因为有真理，所以砍头不要紧；因为有后继之人，所以杀了我夏明翰并不能改变中国革命的总体趋势。夏明翰对真理的认同，对马克思主义的坚定不疑，是他经过长期深入探索认识到的，只有他这种把生命和理想融为一体的人才能做得到。夏明翰用他短暂而辉煌的一生，完成了认识与实践的统一、理想与奋斗的统一，为共产党人铸就了一座革命现实主义和革命乐观主义相结合的永久丰碑。

古人说"诗言志"，诗正是人真实感情的流露。通过这首诗，我们能够听到作者伟大的心声，它不是一般的诗，而是用生命写就的诗篇。这首五言诗的前两句"砍头不要紧，只要主义真"，充分表达了一个共产党员为真理、为理想视死如归的英雄气概，从中我们能够深刻地体会到一个革命者对人民、对革命的忠肝义胆和赤诚之心。后两句"杀了夏明翰，还有后来人"，表达了作者对前途乐观、对革命必胜的坚定信念。他坚信：自己的血不会白流，无数革命志士会接过他的枪，继续战斗，去迎接灿烂的黎明，被压迫的人民一定能够获得解放，社会主义、共产主义一定能实现。读罢此诗，我们仿佛看到作者面对死亡时大义凛然的场景，看到他怀着对同志的期盼和对革命事业的坚定信念正昂首阔步走向刑场。

夏明翰的一生是为革命无私奉献的一生，是为党的事业埋头苦干、拼命实干的一生。为了中国人民的革命事业，夏明翰年仅 28 岁就悲壮地牺牲了。多少年来，共产主义远大理想激励了一代又一代共产党人不畏牺牲，成千上万的烈士为了这个理想献出了宝贵生命。"砍头不要紧，只要主义真"，"敌人只能砍下我们的头颅，决不能动摇我们的信仰"，这些视死如归、大义凛然的誓言生动地表达了共产党人对远大理想的忠贞。理想之光不灭，信念之光不灭。我们一定要铭记烈士们的遗愿，永远不忘他们为之流血牺牲的伟大理想。

夏明翰和他的《就义诗》，激励和鼓舞着一代又一代中国共产党人为了理想信念，为了民族独立和人民解放，为了国家繁荣富强和人民共同富裕，英勇奋斗。2009 年，夏明翰被评为"100 位为新中国成立作出突出贡献的英雄模范人物"，成为先烈典范。夏明翰是无产阶级革命家，革命烈士，他的精神和事迹永远值得我们学习和铭记。

逆境者眼中的秋光

《采桑子·重阳》

毛泽东　1929 年

人生易老天难老，岁岁重阳。

今又重阳，战地黄花分外香。

一年一度秋风劲，不似春光。

胜似春光，寥廓江天万里霜。

　　1929 年初，红四军离开井冈山后，利用国民党爆发蒋桂战争、粤桂战争的时机，在赣南、闽西开辟出了新的革命根据地。但在军事上不断取得胜利的同时，红四军内部的矛盾逐渐暴露出来，并演变成红四军内部的一场大争论，进而导致了毛泽东在 1929 年 7 月离开红四军到地方工作。离开红四军的140 天，是毛泽东人生的一段低潮，不仅以一票之差落选红四军前敌委员会书记，失去军事指挥权，又受到病痛的折磨；而且时刻处在国民党的围追堵截中，同时又为红四军党内出现争论和存在的各种非无产阶级思想而痛心疾首，可谓身心困顿，处境艰难。

　　1929 年 6 月 22 日，红四军第七次党的代表大会在福建龙岩召开，会议否定了毛泽东提出的党对红军领导必须实行集权制的意见，并给予毛泽东党内"严重警告"处分。会后，毛泽东被迫离开红四军的主要领导岗位，到闽西特别委员会（简称"特委"）指导地方工作。这一时期革命工作中的一系列打击，让毛泽东的处境极为尴尬。这期间他又不幸因疟疾病倒了，病得很重，因此隐居休养。在毛泽东隐居闽西这段时间，外界没有了毛泽东的消息，他仿佛在红军中消失了。1929 年 9 月 27 日，上海《申报》在第四版登载国民党将领张贞发自福建的电报："毛泽东龙岩病故。"10 月 21 日，该报又据汕头的电报，称"毛泽东在上月（即 9 月）暴死"。连远在莫斯科的共产国际看到这条消息，也信以为真，以为毛泽东真的死了，并在《国际新闻通讯》上补发了一则 1000 多字的讣告，沉痛宣布："中国共产党的奠基者、中国游击队的创立者和中国红军的缔造者之一的毛泽东同志，因长期患肺结核在福建前线逝世。毛泽东同志是大地主和大资产阶级最害怕的仇敌……这是中国共产党、中国红军和中国革命事业的重大损失。当然，毫无疑问，敌人会因此而感到高兴。"还说道："作为国际社会的一名布尔什维克，作为中国共产党的坚强战士，毛泽东同志完成了他的使命。"

当时，中国还有一个名人，以特别的方式悼念毛泽东。民国元老柳亚子写了这样一首诗："神烈峰头墓草青，湖南赤帜正纵横。人间毁誉原休问，并世支那两列宁。"还特别在诗末注明两列宁即孙中山和毛泽东，这是毛泽东第一次被别人写在诗里。但柳先生不知道的是，他写诗悼念毛泽东的同时，毛泽东在遭到撤职和党内处分后也在写诗。毛泽东以"万里霜"的心境和革命乐观主义精神在写一首关于人生与战场的诗。

1929 年 10 月初，毛泽东被人用担架抬着离开龙岩永定。一路上，秋高气爽，山峦锦绣，黄菊遍野，溪流潺潺。到上杭县后，毛泽东住在城南汀江岸边的一座临江小楼里，这里是登高、赏菊的好去处。

1929 年 10 月 11 日恰逢农历九月初九重阳节，正在养病的毛泽东登上临江楼，临江楼庭院黄菊盛开，凭栏远眺，但见天高云淡，秋雁南飞，远山逶迤，汀江远去，触景生情的毛泽东，禁不住回首往事，想到革命和个人前程叵测，移情于景的毛泽东禁不住喟然长叹，挥毫写下了《采桑子·重阳》："人生易老天难老，岁岁重阳。今又重阳，但看黄花不用伤。一年一度秋风劲，不似春光。胜似春光，寥廓江天万里霜。"

"重阳"是农历九月初九，古人以九为阳数，故称九月初九为重阳节。毛泽东写《采桑子·重阳》的这天是 1929 年 10 月 11 日，正好是重阳节。古代诗人在重阳节这天，常常是吟咏生命，怀念故乡，毛泽东的这首词则流露出远非病闲之人所能到达的乐观和高昂。他一扫过去诗坛的悲秋情调，把读者引到一个革命家的内心世界，把秋日菊花勾起的感伤和寂寞，投射到对开阔的大自然的凝视之中，心情显然又归于明朗。后来在 1962 年发表这首词的时候，他把"但看黄花不用伤"，改为"战地黄花分外香"，进一步表现出战地秋景的绚丽和壮美。

毛泽东后来又转移到永定湖雷住了 10 余天，在这段时间里，毛泽东召集地方党组织负责人开会，听取他们的工作报告，指导地方政权建设，慰问革命烈士家属。此时，由于有毛泽东的精心指导，永定各地的土地革命斗争蓬勃发展，全县先后建立了 12 个区、113 个乡苏维埃政府。到 1929 年 10 月 26 日，永定成立了县级苏维埃政府，各项建设有条不紊、紧锣密鼓地开展起来。

红四军在这段时间里转战闽西粤东，保卫着闽西革命根据地，但党内军内单纯军事观点、极端民主化现象也逐渐暴露出来。朱德为此深感忧虑，在攻下上杭之后，他主持召开了红四军第八次党的代表大会。会议采取自下而上的民主制，摆开问题让大家争论。会议致信毛泽东要他出席大会。毛泽东只得坐担架到上杭，但他赶到时会议已经结束。大家见毛泽东确实病得很重，就让他继续养病。

前委会议后，陈毅带着重任，秘密赴厦门，由厦门经香港再到上海，向党中央政治局汇报了红四军的现状和朱毛争论。中央政治局决定成立李立三、周恩来、陈毅组成的三人委员会，由周恩来召集，负责起草中央对红四军工作的指示文件。政治局会议上，李立三问陈毅："你说实话，毛泽东如何？"陈毅不假思索地说："我不如他。我陈毅两次代替毛泽东干前委书记，两次都放任下面搞极端民主化，说明我管不了这一坨哟。"周恩来对陈毅说："一个党一个军队都需要自己的核心人物。如果现在要选择红四军这样一支全国有影响的红军领导人，毛泽东当然是最好的人选。"陈毅胸怀坦荡地说："我回去后还要请毛泽东复职，这件事只有我自己去做了。"中央政治局在研究和集体讨论后，由陈毅起草，经周恩来签发了中共中央给红四军前委的指示信，时间是 1929 年 9 月 28 日，史称"九月来信"。"九月来信"充分肯定了毛泽东关于工农武装割据，建立农村革命根据地的战略思想。

1929 年 10 月 1 日，陈毅在上海登上赴香港的轮船，经汕头、梅县，回到闽西。10 月 22 日晚上，由陈毅作为前委书记主持召开了前委会议。陈毅传达了中央的精神，包括中央对自己和朱德的批评。陈毅说："我们都要把毛泽东请回来，向他承认错误。"朱德立即表示："同意。"陈毅三次用快马给毛泽东送信，汇报中央"九月来信"精神和周恩来的口头指示，并写上："七大没有开好，我犯了错误。中央认为你的领导是正确的。四军同志盼你早日归队，就任前委书记。这是中央的意思，也是我和玉阶（朱德）以及前委的希冀。"

毛泽东连接三信，理解了陈毅的真诚用心，接纳了陈毅的爽直性格和坦荡胸怀，回信表示不久就会回到红四军。1929 年 11 月 26 日，毛泽东在福建省委特派员谢汉秋的陪同下，来到红四军驻地长汀见到了久未谋面的朱德、陈毅。朱德、陈毅当面做了自我批评，毛泽东也承认自己当时身体不好，精神欠佳，说了一些伤感情的话，请朱德、陈毅多多包涵。就这样，他们之间的隔阂与矛盾彻底消除了，三位红四军领导的手紧紧地握在一起。在经历近半年的曲折后，毛泽东终于重新回到红四军。

在创作《采桑子·重阳》之后，毛泽东的政治生涯迎来新的篇章，党的事业也迎来新的发展。这首词所展示的境况其实是中华民族革命事业和中国人民抗争精神的缩影和映照，读来让人感慨万端。

词的前半阕写"人生易老天难老，岁岁重阳。今又重阳，战地黄花分外香"。说的是每年都有重阳节，但是今年的重阳节和以前的不太一样，处在人生的逆境。"战地黄花分外香"充分反映出人生处在逆境中的毛泽东，既有无奈，更有平和淡定；既有哀叹，更有自我调适。下半阕写"一年一度秋风劲，不似春光。胜似春光，寥廓江天万里霜"。通过毛泽东对秋天的赞美，可以看出他的视野开阔、胸襟豁达，也可以看出他的平和、自信、乐观、健康、积极向上、顽强坚定。正是由于这样的优秀品格，使毛泽东能够走出人生的逆境，成为革命领袖和一代伟人。

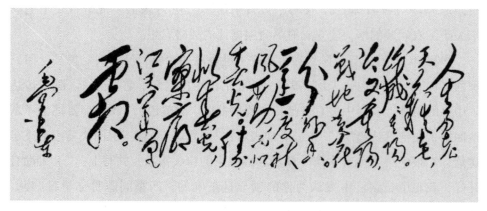

毛泽东手书《采桑子·重阳》

"悲哉,秋之为气也,萧瑟兮草木摇落而变衰。"自战国时期楚国宋玉作《九辩》以来,悲秋就成为中国古典诗赋的传统主题。而前人以九九重阳为题材的诗章词作,则更借凄清、肃杀、衰飒的秋色状景托怨情、兴别恨,少有不写"悲"的。诸如王维的"遥知兄弟登高处,遍插茱萸少一人",杜甫的"弟妹萧条各何在,干戈衰谢两相催",杜牧的"尘世难逢开口笑,菊花须插满头归",苏轼的"万事到头都是梦,休休,明日黄花蝶也愁"等,或叙写羁旅他乡的孤寂清冷,或寄寓伤时忧国的凄怆痛楚,或倾吐落拓失意的抑郁苦闷,或抒发获罪被贬的万端感慨,皆"婉转附物,怊怅切情"。而毛泽东的这首词却摆脱了古人悲秋的局限,一扫衰颓萧瑟之气,以壮阔绚丽的诗境、昂扬振奋的豪情,唤起人们为理想而奋斗的英雄气概和高尚情操。

毛泽东这首词以极富哲理的警句"人生易老天难老"开篇,起势警拔,气势恢宏。"人生易老"是许多人的共同感受。正因为人生短暂,韶光易逝,所以,每一个立志奋发的人更当努力进取,建功立业,莫让年华付流水。"天难老"则说明大自然的恒久绵长。寒来暑往,日出月落,光景常新。不过,"难老"并非真"不老"。毛泽东说过:"新陈代谢是宇宙间普遍的永远不可抵抗的规律。""岁岁重阳"承首句而来,既是"天难老"的进一步延伸,又言及时令,点明题旨,并引起下文:"今又重阳,战地黄花分外香。""今又重阳"是"岁岁重阳"的递进反复，年年都有重阳节，看似不变，其实也在变，各不相同，如今又逢佳节，此地别有一番风光。

古人有重阳节登高望远、赏菊吟秋的习俗。可以说，在历代诗文中，重阳节与菊花结下了不解之缘。而那些身逢乱世的诗人，往往借写菊花表达厌战、反战之情，即菊花是作为战争的对立面出现的。与众不同的是，毛泽东笔下的"黄花"却是和人民革命战争的胜利联系在一起的。这"黄花"既非供隐士高人"吟逸韵"的东篱秋丛，亦非令悲客病夫"感衰怀"的庭院盆景，而是经过硝烟炮火的洗礼，依然在秋风寒霜中绽黄吐芳的满山遍野的野菊花，平凡质朴却生机蓬勃，具有现实与象征的双重性。可见，作者是怀着欣悦之情来品味重阳佳景的。黄花装点了战地的重阳，重阳的战地因此更显得美丽。"分外香"三个字写出赏菊人此时此地的感受。人逢喜事精神爽，胜利可喜，黄花也显得异常美丽；黄花异常美丽，连它的芳香也远胜于往常。这一句有情有景，有色有香，熔诗情、画意、野趣、哲理于一炉，形成生机盎然的诗境，既歌颂了土地革命战争，又显示了作者诗人兼战士的豪迈旷达的情怀。尽管"人生易老"，但革命者的青春是和战斗、战场、解放全中国的崇高事业联系在一起的，他们并不叹老怀悲，蹉跎岁月，虚掷光阴，而是以只争朝夕的精神为革命而战，一息尚存，奋斗不止。

《采桑子·重阳》的下篇紧承"岁岁重阳""今又重阳"的题旨，写凭高远眺，将词的意境引向更深更阔的境界。岁岁有重阳，秋去又秋来，"一年一度秋风劲"，这个"劲"字，力度极强，写出秋风摧枯拉朽、驱陈除腐的凌厉威猛之势，笔力雄悍，极有刚健劲道之美。此情豪迈不同于东风骀荡、桃红柳绿、莺歌燕语、温柔旖旎的春日风光。但劲烈的西风、肃杀的秋气在作者心中引起的不是哀伤，而是振奋。诗人的感情、战士的斗志决定了他的审美选择："胜似春光，寥廓江天万里霜。"天朗气清，满山彩霞，一望无际，这样瑰丽的景色难道不是"胜似春光"吗？

总之，细细品读《采桑子·重阳》，谁都无法否认，词里展现的是豪迈刚健的艺术境界，是斗士眼中的秋光和新时代创造者眼中的秋光。我们今天生活和事业中遇到的困难与毛泽东所经历的这段历史相比，变得十分渺小，我们个人遇到的人生挫折在读了这首词以后，更显得不值一提。仔细品读《采桑子·重阳》，它一定能给予我们心灵的涤荡，给予我们前行的鼓舞，给予我们奋斗的力量！

留得豪情作楚囚

《狱中诗》

恽代英   1931 年

浪迹江湖忆旧游①，
故人生死各千秋。
已摈忧患寻常事，
留得豪情作楚囚。

　　恽代英，1895 年 8 月 12 日生于湖北武昌，是中国共产党早期青年运动的优秀领导者之一。他从小酷爱学习，经常从古训中汲取积极向上的力量，也时常以谭嗣同的诗句"我自横刀向天笑，去留肝胆两昆仑"来进行自勉。1913 年夏，恽代英以优异成绩考入私立武昌中华大学（华中师范大学前身）。求学期间，日本政府向袁世凯提出了"二十一条"卖国条约。消息传来，群情激愤，恽代英和同学们投入到反日爱国运动中，散发传单，抵制日货。他买一瓶墨水，一只篮球，都要看看是不是中国货，用自己的言行表现出了高度的爱国热情。

　　恽代英是一个既有远大理想，又有坚定信念的人。他在 1919 年 7 月 8 日的日记中录存的致友人信中说："足下所望于代英者，代英久已自任，有生一日，必为人类做一日事，且必要收一日之效。代英决不欢迎失败，亦自信绝非徒凭理想。盖不敢忘者，乃以稳健笃实的进行，求最高洁理想的实现也。

---

　　①　周恩来录写的诗句为"浪迹江湖数旧游"。

即令今日代英天死，亦信已有朋友肯坚决为人类做事。只此精神辗转传递，理想终有实现日也。"其实，在上学期间，恽代英就以《新青年》《光华学报》为主要阵地，发表文章 80 余篇，宣传民主主义思想，猛烈抨击封建主义。他还组织进步社团，和同学成立互助社，每天宣读《互励文》："今天我们的国家，是在极危险的时候……我们立一个决心，当尽我们所能尽的力量，做我们所应做的事情。不应该忘记伺候国家、伺候社会。"他用自己的方式鼓舞和领导武汉各阶层群众进行轰轰烈烈的反帝爱国运动。

在当时全社会都处在茫茫"黑夜"时，恽代英却在不断探索人生的真谛，寻求拯救国家、改造社会的道路。为传播革命思想，他在停留北京寻求真理的过程中，结识了李大钊、邓中夏，开始接触、研究马克思主义。后来他在武汉结识了毛泽东，开始了武汉"利群书社"和长沙"文化书社"的合作交流。在认真学习和刻苦实践中，恽代英由民主主义转变成马克思主义者。紧接着，中国共产党在上海诞生。恽代英等人闻讯后，心潮澎湃，纷纷入党。从此，他就如同行星围绕太阳一样，紧紧围绕着共产党，从未偏离轨道，为共产主义奉献了一生。

担任黄埔军校政治主任教官时的恽代英

1926 年 5 月，受党组织委派，恽代英到黄埔军校任政治主任教官和中共党团干事。次年，又回到武汉任中央军事政治学校武汉分校政治总教官。1927 年，蒋介石发动"四一二"反革命政变后，恽代英开始组织领导武汉的讨蒋运动。1927 年 7 月，恽代英奉中央之命赴九江，任前敌委员会委员，参与组织和发动南昌起义。南昌起义使国民党反动派惊慌失措，立即组织力量围攻起义部队。1927 年 8 月 3 日至 5 日，起义部队按计划分批撤离南昌，开始南征。此时正值酷暑，骄阳似火，再加上补给困难，部队艰难地行进在赣南山区，一些人开了小差。为鼓舞士气，恽代英以身作则，毅然将组织上分配给他的马让给了体弱和生病的同志，自己却光着头、赤着脚，穿一套粗布军装，和普通战士一起步行。恽代英此举在战士们当中起到了很好的鼓舞作用，战士们纷纷说："代英同志都不怕苦，我们还怕什么！"

　　恽代英是中国共产党早期重要领导人之一，是南昌起义和广州起义的主要负责人之一。作为中国无产阶级革命家和中国革命的坚定战士，他是敌人深恶痛绝的共产党人。早在黄埔军校，恽代英便被蒋介石认为是"黄埔四凶"之一。恽代英是中国共产党在黄埔军校武汉分校的校方主要领导人之一，他和邓演达两人领导了以黄埔军校为基地的反蒋运动，以及西征军阀夏斗寅之战役。在取得胜利后，由于汪精卫和蒋介石勾结搞"汪蒋合作"的反共阴谋，致使邓演达和恽代英二人均遭特务逮捕入狱，中国革命受到巨大的挫折。

　　1930 年 5 月 6 日，恽代英在上海被国民党当局逮捕。身已为囚的恽代英，虽有火热的爱国救国之心，却无用武之地。忧心如焚，无以排遣，只有诉之于诗。其实他平时很少作诗，但恽代英很有诗才。他在武汉黄埔军校时，和邓演达同住一处。一次，他洗脚时看书入神而忘记了洗脚，邓演达和他开玩笑，把他的鞋子拿走了，他不知道，等到他看完书要穿鞋时，却发现鞋子不见了。邓演达望着他笑，他便脱口而出一首打油诗来："鞋子不知何处去？四望唯见光地板。鞋子一去

恽代英塑像

不复返，此地空余两脚板！"可见他当时的心情是多么舒畅，生活和工作的氛围是多么愉快！而入狱后的情况则截然相反。恽代英思前想后，百感交集，想通过作诗抒怀自遣，却是苦思不得。这主要是由于他自被捕以来，无时无刻不挂念并肩作战的亲密好友邓演达的生死存亡，他唯一的希望是邓演达能逃出蒋介石的魔掌，联合国民党左派，继续"国共合作"的反蒋运动，打垮"汪蒋合作"的反动政权，以便早日挽救国家的危亡。但他又十分担心邓演达已和他一样被捕入狱，甚至惨遭敌人杀害，因为他知道蒋介石最痛恨也最害怕邓演达这一强敌，定会置之于死地而后快，所以，在黑暗的监狱里，他便写了这首用以明志的著名七言绝句——《狱中诗》："浪迹江湖忆旧游，故人生死各千秋。已摈忧患寻常事，留得豪情作楚囚。"显而易见，前两句写他和邓演达等战友坚持"三大政策"，进行反蒋运动的斗争生活，而且把它比作"浪迹江湖"，聊以自慰。特别是第二句很明显是写他和邓演达等共同战斗过的友人，无论生死都是各有千秋。因为他们立志献身革命，早就把生死置之度外，这才会有"豪情作楚囚"和"生死各千秋"之句。经历过血与火的洗礼，面对着生与死的抉择，恽代英显得异常的冷静和安定，他用这首《狱中诗》回顾了自己的一生，诗里流露出革命家置生死于度外、壮志未酬的浩然之气。虽身陷图圄，但他仍然思念着战友们的安危。"浪迹江湖忆旧游"，概述其为革命事业奔走于大江南北的往事历历在目，恽代英的一生无愧于革命，更无愧于党。恽代英由自己的革命生涯联想到一起战斗过的战士们，"故人生死各千秋"，讲的是曾经有过许多朋友，有过许多同志，他们如今在何方？也许已倒在敌人的屠刀下，也许正在继续革命事业，但生也罢，死也罢，他们的事业永恒，他们的生命永恒。"已摈忧患寻常事"，这一句是他坦诚胸怀的流露，作为凡人，总有些个人的琐事，个人的烦恼，但他现在准备把这一切都抛在脑后，他要用满腔的豪情，做一名"楚囚"，他要保持革命气节，哪怕把敌人的牢底坐穿。整首诗体现了作者伟大的人格和高尚的革命情操。他在狱中作诗不多，流传下来的也只有这一首，故而显得弥足珍贵。

恽代英在监狱里面对敌人的威逼利诱，始终坚贞不屈。蒋介石听说抓住了恽代英后，如获至宝，先是派人劝降："你是国民党的中央委员、中国青年的领袖，是国家杰出的人才。希望你回到国民党来工作，我们绝不会亏待你。"接着蒋介石又亲自出马，在南京中山陵附近的官邸亲自接见恽代英，请他吃饭。恽代英当即斩钉截铁地对蒋介石说："你我在黄埔军校接触虽不多，但相互还是了解的。你不要对我抱有任何希望，该怎么办，就怎么办吧！"原来1926年"中山舰事件"后，党派恽代英担任黄埔军校政治主任教官，以加强军校中党的力量。擅长青年工作的恽

恽代英纪念馆

代英很快成为黄埔军校最有影响力的政治总教官。当时任军校校长的蒋介石发现恽代英是个人才，对他很器重，并极力拉拢他。蒋介石生活上很讲究，他自己每吃什么，就让副官也送一份给恽代英，搞些小恩小惠。开始恽代英拒绝收下，后来同志们建议他收下来，带给大家吃。他就将罐头、巧克力等带来分给大家"打牙祭"。蒋介石的极力拉拢，丝毫没能动摇恽代英坚定的革命立场。这次，蒋介石劝降不成，便下令杀害他。

　　1931年4月29日中午，恽代英高唱着《国际歌》走出了牢房。临行刑前，敌人问："你还有什么话说？给你一个机会。"恽代英怒目对视："我遗憾的是为我们党工作得太少了。"这时，蒋介石派来监刑的国民党中将军法司司长王震南高声大叫："恽代英跪下受刑！"恽代英愤怒至极，他双眼冒火，紧盯着敌人，严词拒绝："共产党人是从来不下跪的！"面对刽子手，他发表了最后的演说："蒋介石走袁世凯的老路，屠杀爱国青年，献媚帝国主义，较袁世凯有过之而无不及，必将自食恶果！"敌人惊恐万状，王震南急令行刑。可是面对正气凛然、视死如归的恽代英，刽子手惊得手直哆嗦，竟然一直扳不

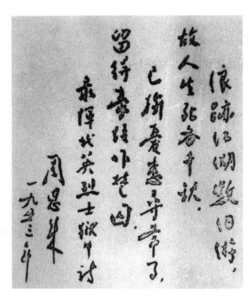

周恩来录写的恽代英的《狱中诗》

动扳机。执行官没有办法，只得另换一个刽子手来开枪。恽代英身中数弹，最终倒在血泊里。更为痛心的是，在南京惨遭国民党杀害的恽代英年仅36岁！

1950 年是恽代英牺牲 19 周年，周恩来同志特别题词："中国青年热爱的领袖——恽代英同志牺牲已经十九年了，他的无产阶级意识、工作热情、坚强意志、朴素作风、牺牲精神、群众化的品质、感人的说服力，应永远成为中国青年的楷模。"周恩来对恽代英的一生作了高度的概括。1953 年，周恩来又笔录了恽代英的《狱中诗》，鼓舞青年人要永远学习恽代英顽强奋斗、不怕牺牲的革命精神。

中央机关"红色管家"的被捕感言

《入狱》

熊瑾玎　1933 年

年来身世感奔波，毕竟仓皇入网罗。

漫道此番风味苦，辛酸尝尽见闻多。

熊瑾玎是中共中央在上海时期的财务负责人，后在中共中央南方局的《新华日报》任过总经理，在党内长期被称为"老板"。经过他手里的钱款数不胜数，但他始终生活清贫。周恩来给熊瑾玎的评价是"出生入死，贡献甚大，最可信赖"。

中央机关"红色管家"熊瑾玎

熊瑾玎，别名楚雄，1886 年出生于湖南长沙一个中医世家。幼时读私塾受过传统的旧式教育，10 岁学医，青年时期就开始边经商边从事教育工作。20 岁时进入徐特立等人开办的师范速成班学习，不但学到了一些新思想，而且从此以徐特立为榜样，学习他的品质与精神。熊瑾玎当过印刷厂校对工人、学校教员和地方自治公所的乡佐，以认真和廉洁公正著称。1914 年以后，熊瑾玎又到长沙当了几年小学教员，喜欢读陈独秀主办的《新青年》杂志，并结识了毛泽东、何叔衡等人，常常与他们在一起探讨社会问题。后来，他在湖南通俗教育馆当会计，并参加办报和组织经营销售，同时加入了新民学会。在新民学会中，熊瑾玎与年轻激进者意见常有分歧，特别是针对许多人耻于言利的思想，他提出"要做事，就要有钱"，主张创办经济实体。他在学会中因年纪稍长、办事老成而经常被大家委以筹款等重要任务。1921年夏，毛泽东、何叔衡从长沙乘船去上海参加中共一大，便是由熊瑾玎筹措部分旅费。与毛泽东一同作为湖南代表出席中共一大的董必武同志生前回忆并肯定，为了支持新生的中国共产党，熊瑾玎从他自己经商盈余中拿出钱来交由毛泽东和董必武，作为他们去上海参加中共一大的经费。但是熊瑾玎无意居功，从未对任何人提起这件事情。

在党的早期历史时期，作为既与毛泽东有着深厚友谊，又与周恩来有着密切工作关系的熊瑾玎，有着许多不同寻常的人生经历。

1924年，熊瑾玎加入改组后的国民党。1927年4月12日，国民党反动派在上海发动政变，叛变革命，屠杀共产党人。一个月后，长沙的国民党反动派随即发动"马日事变"，在湖南大肆捣毁、查封各革命机关，抓捕屠杀与国民党合作的共产党员，仅长沙一地就有上百名共产党人被杀害。在大批中国共产党人被屠杀、许多人因恐惧而纷纷退党的腥风血雨中，熊瑾玎却毅然放弃自己当时优越的社会地位和富足的社会生活，毫不犹豫地加入了中国共产党，并立即按照党的指示开始工作。与熊瑾玎同一时期入党的还有徐特立等人，这在当时是何等的勇敢啊！入党后的熊瑾玎离开长沙，开始从事共产党的秘密工作，从此走上了职业革命家的道路。

中国共产党建党初期，活动经费主要靠共产国际拨给。中共中央虽然从国际上得到一些经济援助，却远远不能满足国内斗争的需要，加之供应渠道还常遭阻断，使得党的活动经费时常处在困窘之中。迫于国内革命形势的需要，中国共产党的活动经费除了依靠共产国际提供有限的部分资金外，还需要靠各地党组织自己解决，而中共中央在上海的核心机关的经费就大多靠自己经商筹措。1927年，熊瑾玎由周恩来安排从武汉到上海参加建立党中央机关的秘密工作，被组织任命为中央机关的会计，负责中央机关的经费筹措和中央临时政治局开会办公的秘密地点的安全及经营。1928年春，中共湖北省

委遭破坏，夏明翰、向警予等同志牺
牲，熊瑾玎转移到上海。来到上海后，
熊瑾玎用自己带来的资金迅速开展经
营，他首先租下了上海天蟾舞台旁边的
一栋二层楼房，利用以前与各地来往的
业务在底层创办了"福兴商号"经营湖
南纱布并自任"老板"，在二楼上布置
了中央临时政治局秘密开会办公的场
所，这样进出的中央领导人可装作顾客
不容易引起外界怀疑。与此同时，他根
据周恩来的指示，负责与几个极为机密
的地点人员联系，为他们提供工作经费

熊瑾玎与妻子朱端绶

和生活用度。其中，包括中央文库的经费和贺龙家属等一批同志的亲属生活
费用，数年间，每个月熊瑾玎都会亲自上门送钱。为便于掩护，周恩来又调
来一个 19 岁的湖南女党员朱端绶当"老板娘"。因熊瑾玎与朱端绶二人在湖
南便认识并互相有很好的印象，经周恩来促成，两人很快成为终身比翼齐飞
的革命夫妻。这位经营有方的"熊老板"，不仅为中央大量增收，还建立了新
的掩护地点。他白天要同工商界人士周旋，晚上又要同妻子忙于管理中央账
目并接待来开会和工作的领导人，经常日夜难以休息。在熊瑾玎主持下，三
年多时间内党中央机关的财务和会议、工作的安全均得到保障。

　　熊瑾玎作为手中掌握着成千上万钱财的"大老板"，在女儿病危时却拿不
出 10 块大洋的诊治费，以致孩子不治而亡。熊瑾玎于 1918 年在湖南加入新
民学会时，就表示"早有发财的念头"。此后，他不仅长期掌管着党中央的大
量公款，还额外创收了不少钱财，却全都用于革命事业。他个人及家庭只拿
党内干部的基本生活费，从来不多用一分一毫。在重庆工作期间，朱端绶生
了一个非常可爱的女儿。一个冬天的夜里，孩子突然发高烧并抽搐，他们二
人心急如焚地抱着女儿去医院。医生开口就要 10 块大洋才能接诊。熊瑾玎与

朱端绶负责党的财务工作，拿出这些看病的钱当然不是问题。但是，他们想到那是党的经费不能随便挪用，只好抱着孩子回去。到了住处后，妻子伤心地痛哭起来，原来孩子已经不治而亡。

据熊瑾玎的夫人朱端绶后来回忆，熊瑾玎思维缜密，办事严谨，是外界公认的"大老板"，当时中央临时政治局的同志们亲切地称其为"熊老板"，这个称谓直到他去世都没变过，而朱端绶也以协助熊瑾玎管理数家店铺而被称为"老板娘"。从 1927 年到上海后的几年间，熊瑾玎多方协助周恩来，不仅为中央机关工作提供了维持经费，还负责联络工作。多年后，朱端绶还记得初到上海，熊瑾玎教她如何在传送秘密文件时应对上海巡捕的"抄靶子"（搜身）时的情景。

1931 年春，因顾顺章被捕叛变，熊瑾玎被迫转移到洪湖苏区，任省苏维埃宣传教育部长和秘书长。第二年秋，洪湖苏区全部失陷，他们夫妻二人被俘，但他们坚持自称是被红军扣留的商人，而且找到了许多经商的证明，这才被敌军释放回上海。

1933 年 4 月 8 日，熊瑾玎到上海法租界给贺龙同志家属送生活费，不料，贺龙家属已被捕，住处遭到搜查，他被守候在那里的法国巡捕房特务所捕。在被捕入狱的当天，熊瑾玎作了这首用以明志的《入狱》："年来身世感奔波，毕竟仓皇入网罗。漫道此番风味苦，辛酸尝尽见闻多。"熊瑾玎多年来在繁忙危险的地下工作中为革命事业东奔西走，最终在匆忙之中陷入了敌人的罗网。但他明确表示，不要说在狱中要经受苦难，即使受尽各种痛苦，也只不过是给自己增长些见识而已。事实的确如此，熊瑾玎在狱中的生活，除了尝尽苦难和辛酸外，他还看到了反动统治下的种种黑暗现实。

《入狱》这首明志诗总体看来是深入浅出、通俗易懂。与众不同的是，语言运用风趣、乐观。如用"风味""辛酸"来反映反动派实施酷刑和狱中恶劣的生活，用"辛酸尝尽"四个字来表达诗人坚持斗争的决心和革命乐观主义精神。

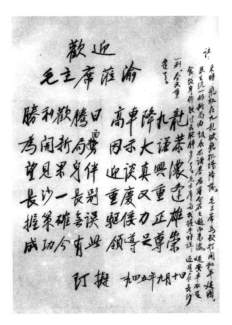

熊瑾玎诗稿手迹

熊瑾玎后来虽经叛徒指认，却因宋庆龄出面营救，租界当局将他判刑而没有引渡给国民党，这才免遭杀害。1937年抗日战争全面爆发后，在周恩来的组织营救下，经过党中央与国民党严正交涉和反复斗争，熊瑾玎才获释出狱。

1938年1月，按照党组织安排，熊瑾玎就任《新华日报》总经理，开始了又一段珍贵的人生经历，以另一种方式为党和人民服务。熊瑾玎任《新华日报》总经理后，发挥了自己经营方面的才能，报纸发行量迅速上升，压倒了国民党的《扫荡报》和《中央日报》，连报童都故意喊"新华扫荡中央"。在党内老一辈人的心目中，对熊瑾玎的印象是面容清癯，总是穿着长衫布鞋，戴一顶小毡帽并拎着个布口袋，从外貌看好像一个旧式管家。实际上，他为人忠厚热情，与商家和朋友交往时都以信誉最好著称。他还有紧跟时代变化的经营理念。受周恩来委派任中共中央机关报《新华日报》总经理的9年间，熊瑾玎不仅使报纸突破国民党的经济封锁得以正常出版发行，还为中共中央南方局筹措了大量活动经费。与熊瑾玎一起共事过的老同志都非常认可他的工作能力，他们评价说："在当年的报馆里，可以缺少任何一个人，唯独不能没有熊瑾玎同志。"可见熊瑾玎的作用无法替代。当年的《新华日报》全社工作人员都在熊瑾玎以身作则的带动下，形成了廉洁朴素的工作作风。报社的信封，都是大家用旧纸糊的，工作手册、便笺都是用裁剪下来的边角料纸张装订成的。熊瑾玎得到了组织和同事的认可，中共中央南方局和报社的同志特地给了他一个"红色管家"的美誉。

第二次国共合作破裂后，《新华日报》被迫停刊，熊瑾玎根据中央安排和朱端绶撤回延安。到达延安后毛泽东同志立即在窑洞亲自宴请夫妻二人，当时作陪的有杨尚昆和陆定一。毛泽东急切地向熊瑾玎了解国统区的民情。熊瑾玎把了解到的情况向毛泽东进行了汇报。他们交谈时，毛泽东轻松地跷着二郎腿，熊瑾玎看着毛泽东露出大脚趾的布鞋，还提示了照顾毛泽东的同志："润之的鞋子破了。"由此可见熊瑾玎与毛泽东之间的亲密关系。

中华人民共和国成立后，熊瑾玎以体弱多病为由向中央提出不再担任任何职务的请求，但是中央还是决定推荐他担任中国红十字会副会长，为国家的福利事业工作。1966 年初，他 80 岁诞辰时，周恩来特地带着邓小平送给自己的两瓶绍兴花雕陈酒为他祝寿。"文化大革命"时期，周恩来又亲笔为他们夫妻写了一份证明材料："在内战时期，熊瑾玎、朱端绶同志担任中央最机密的机关工作，出生入死，贡献甚大，最可信赖。"到了 1973 年年初，熊瑾玎病危且已不能说话，周恩来不顾自己重病在身仍坚持亲自去医院看望。朱端绶拿出丈夫的两句遗诗——"叹我已辞欢乐地，祝君常保斗争身"，以表达熊瑾玎对党内老战友的深厚感情和最后祝愿。1973 年 1 月 24 日，熊瑾玎病逝于北京。临终前，周恩来在病榻旁紧紧握着熊瑾玎的手，悲伤不已。

在战火纷飞的时代，熊瑾玎选择了革命，却又始终以务实的态度为革命工作努力经营创收。在中国共产党的革命先驱者中，熊瑾玎的确是一个颇为特殊的人。他保持了中华传统教育中勤俭持家的美德，又具备近代经营思想与商业智慧，在不同的岗位上出生入死、殚精竭虑地支持党的事业。熊瑾玎为党理财多年却两袖清风，直到晚年仍过着清贫的生活，其廉洁自律堪称后世楷模。正是因为有了像熊瑾玎这样能为党创收的经济专家，使得党的事业有了一定的经济保障，这种经济上的自力更生为党的事业带来了极大的益处，使得中国共产党能够独立自主地解决本国的革命问题。熊瑾玎虽然没有在硝烟弥漫的战场上带兵打仗，但他却同样是一个对党"贡献甚大"的人。

风景这边独好

《清平乐·会昌》

毛泽东   1934 年

东方欲晓,莫道君行早。

踏遍青山人未老,风景这边独好。

会昌城外高峰,颠连直接东溟。

战士指看南粤,更加郁郁葱葱。

    会昌是江西省赣州市下辖的一个县,位于江西省赣州市东南部,东连福建省,南经寻乌县通广东省。自北宋太平兴国七年(982)建县,因当地有人凿井得刻有篆文"会昌"两字的古砖 12 块,遂以"会昌"为县名。1929 年,毛泽东为开辟赣南革命根据地,率领红军到过会昌,之后又常常途经和居住在这里。1933 年 8 月,中共中央决定在会昌设立粤赣省委。中共粤赣省委、省政府就设在会昌城外五六里处的小镇文武坝。由于特殊的历史原因,毛泽东与会昌结下了不解之缘,他对会昌是极有感情的。

    1927 年,国共内战第一阶段开始后,蒋介石派兵对红军不断地进行"围剿"。从 1931 年起,王明继李立三之后推行的"左"倾教条主义错误路线,给党及革命事业带来了严重的损失,但中央革命根据地(也称"中央苏区")的中国工农红军(简称"红军")却在毛泽东的领导下取得了 1931 年至 1933 年春的第一、二、三、四次反"围剿"的胜利。到 1933 年 10 月,蒋介石亲自指挥约 100 万国民党军队开始了第五次"围剿"。而这时,中共中央临时政府的主要领导人博古等推行"左"倾政治策略和军事策略,并反对毛泽东对

风景这边独好——江西会昌

党内工作的领导，他们不顾敌强我弱的实际情况，死板教条地主张进行所谓"正规"战争，以"阵地战、消耗战"来对抗国民党军队的连续进攻，采取了"主动出击""御敌于国门之外"的军事冒险主义，使得红军和根据地陷入极其危险的境地。这种极"左"冒险主义路线否定了前几次反"围剿"采用的"游击战"和"运动战"，要让装备简陋的几万红军与装备优良的敌军打"正规战""阵地战"，与敌人正面斗争，造成根据地日益缩小。被调离红军领导岗位的毛泽东，无法参与党内决策。此时毛泽东在距离北部前线很远的地方视察工作兼养病，住在会昌文武坝，失去了反"围剿"主要战役的军事指挥权。结果反"围剿"战役节节失利，愈打愈困难，在此情形下，红军被迫于 1934 年 10 月离开中央苏区，开始了著名的长征。

　　1934 年 4 月底，广昌失守，国民党军队占领了中央革命根据地北大门，并继续向前推进。在南方战线上，国民党投入重兵，向寻乌、安远、筠门岭等地区不断进攻，企图打开中央革命根据地的南大门，夺取瑞金。经过数月的鏖战，中央红军损失惨重，根据地的面积大大缩小。此时的毛泽东因受到了"左"倾教条主义者的排挤，被剥夺了兵权，加上身体欠佳，心情十分苦

毛泽东会昌旧居

闷。毛泽东虽然名义上是中华苏维埃共和国临时中央政府主席，但实际上没有任何实权。可是博古仍觉得他碍事，建议他去上海休养。李德则提议他去莫斯科休养。毛泽东当然明白博古和李德的用意，便说："我不去，我不离开苏区，不离开中国。我身体还可以，就到粤赣省去休息吧！"

1934 年 4 月下旬，经过周恩来同意，毛泽东带了王首道和朱开铨等巡视员，离开瑞金到会昌视察并指导工作。此时，中央革命根据地北大门——广昌与南大门——筠门岭先后失守之际，毛泽东从瑞金赶到会昌，积极发动群众，激励部队。在当地民众的支持下，毛泽东以中华苏维埃共和国临时中央政府主席身份指挥当地红军连打几个胜仗，终于扭转南线的被动局面。此时，中央革命根据地只有南部战线比较稳定，其余三面都是节节败退，损人失地。

在此危难之际，心急如焚的毛泽东多次向"左"倾路线领导人提出改变打法的建议，结果却受到处分。眼看自己一手创立、无数先烈用鲜血换来的革命根据地越打越小，自己又有力无处使，毛泽东痛苦不已。

1934 年 7 月，敌军重兵开始向革命根据地中心地区进攻，形势十分严峻，第五次反"围剿"败局已定。此时，毛泽东正在会昌县文武坝参加粤赣省委扩大会议。会议期间的一天拂晓，毛泽东会同中共粤赣省委几位干部，从文武坝出发，渡过绵水，登上会昌山（又名岚山岭）。夏日的会昌山满目葱茏，

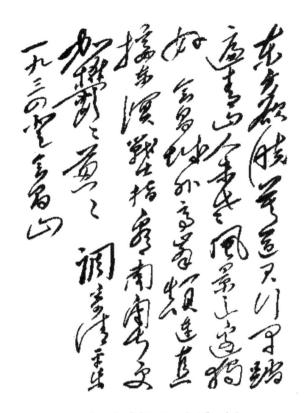

毛泽东《清平乐·会昌》手迹

生机勃勃。极目远眺，宏伟壮丽的江山引人遐想。在会昌城外的高峰，眼见红军战士守卫在各个山头，与战士们交谈后，目睹眼前群山晨景，又想到当前形势危急，毛泽东顿生感慨，触发了诗兴，于是吟诵了《清平乐·会昌》的初稿，回到文武坝住处后就挥笔写下了这首《清平乐·会昌》。

　　毛泽东那时的心情虽然苦闷，但并不消沉。词人豪迈地宣称自己"踏遍青山人未老"。词人所看到的是"会昌城外高峰，颠连直接东溟"。而远望南粤"更加郁郁葱葱"，"风景这边独好"的独白，更能表达出词人的乐观、豁达之情，以及对革命前途的坚定信心。这一时期毛泽东在党内军内已无发言权，但他并不气馁，而是调整心态，坚持自己的观点。在 1931 年到 1934 年的那些日子里，他埋头做调查研究、读书、向中央提建议，而不是"赋闲"。

"踏遍青山人未老"就是他的这种不畏困境、坚持奋斗的精神的艺术写照。毛泽东曾自注说:"一九三四年形势危急,准备长征,心情又是郁闷的"。虽然字里行间也隐约流露出词人的忧虑和愤懑,但《清平乐·会昌》一词的基调是昂扬的,语言是雄奇的,反映了毛泽东积极乐观的精神状态和坚韧不拔的意志。这就是毛泽东!他身处逆境,心中所想的,仍然是党的事业,始终对未来充满信心。

毛泽东的这首词写于长征即将开始之际,当时战事非常危急,国民党军队对中央苏区的第五次"围剿"采取了持久作战和"堡垒主义"的新战略,步步为营、节节进逼。已逐步对中央苏区紧缩包围圈,形势十分严峻。毛泽东写罢这首词之后,很快就离开了会昌。他接到来自瑞金的急信,要他赶回去。就在他登上会昌山前后,中共中央书记处和中央革命军事委员会已做了重要决定,下达了给红六军团及湘赣军区的训令,派遣任弼时、萧克、王震率红六军团向湖南中部方向突围西征。这预示着,空前绝后、举世瞩目的长征就要开始了。

书生政治家的坚定信念

《卜算子·咏梅》

瞿秋白　1935 年

寂寞此人间，且喜身无主。

眼底云烟过尽时，正我逍遥处。

花落知春残，一任风和雨。

信是明年春再来，应有香如故。

　　瞿秋白（1899—1935），原名双，又名爽、霜。1899 年出生于江苏常州。他是中国共产党早期领导人之一，伟大的马克思主义者，杰出的无产阶级革命家、理论家和宣传家，也是中国革命文学事业的奠基人之一。他曾主持召开著名的"八七会议"，精通俄、法、英等国语言，是《国际歌》中文歌词最早的翻译者，他与鲁迅共同领导了上海左翼文化运动，鲁迅曾为他赠言"人生得一知己足矣，斯世当以同怀视之"。

　　瞿秋白青年时代当过小学教师，后入北京俄文专修馆学习。五四运动时曾领导该校的学生运动，这是瞿秋白一生政治生涯的开始。他一反历来埋头书斋的文弱气质和内向性格，在酷热中奔波于街头，进行联络、组织、演讲等工作。五四运动不但使瞿秋白受到震惊和鼓舞，而且使他进一步看到中国社会问题的深重，促使他进一步地去思考中国的各种现实问题，去探索中国的出路。"从孔教问题，妇女问题，一直到劳动问题，社会改造问题；从文字上的文学问题，一直到人生观的哲学问题就在这一时期兴起，萦绕着新时代的中国社会思想。"为了深入探讨这些问题，在俄文专修馆继续学习的同时，

瞿秋白和妻子杨之华、女儿瞿独伊在一起

瞿秋白同瞿菊农、郑振铎、耿济之、许地山一道组织筹办《新社会》旬刊。他认为，要进行改革，从文化运动到社会运动，中间一定要经过的就是群众运动。要使社会改造获得成功，那就必须把群众运动和社会改革运动结合起来，改革旧制度，打破旧习惯，建立"新的信仰、新的人生观"并用"新的信仰、新的人生观"去创造"新的生活"。

1923 年 6 月，中国共产党召开第三次全国代表大会，瞿秋白坚持国共合作的正确意见，并为大会起草了党的纲领草案，自此，他成为中国共产党的重要领导人，为党的理论建设和宣传工作作出了卓越的贡献。

瞿秋白是中国共产党内较早提出武装斗争必要性的人。他指出，中国革命要将武装革命和群众运动同时进行，互为促进。"五卅惨案"发生后，他从帝国主义对工人群众的血腥镇压中迫切地感到，要完成反帝反封建的革命任务，就必须着手建立工农自己的武装，要用革命武装反对武装的反革命。他说："有平民之军队而后有平民之政权，然后可以雪耻，可以立国，可以求得我四万万人梦想中之自由与独立。"

作为一名书生政治家，瞿秋白创作的杂文易懂流畅，与鲁迅的杂文合称"双璧"。如果说，鲁迅的杂文是匕首，锋利无比地刺向敌人的心窝，深入事物的底蕴，那么，瞿秋白的杂文就好比是能照见妖魔鬼怪的明镜。因为它们能够清晰地揭穿敌人的真实面目。他在题为《沉默》的文章中写道："至于对付将要呼吼起来的声音，那就有一切种种的武器，可以用来堵住民众的嘴和鼻子，割断那些会呼吼的喉管。于是乎对人说：这些小百姓沉默了！但是，总有那一天这些不中听的声音终究要湮没不住的……这种静止和沉默之后，跟着就要有真正震动世界的霹雳！"这篇文章揭示了国民党反动派封锁消息在于掩盖其虚弱的事实，说明了人民力量的强大和不可战胜，预示了革命必将胜利的前景。

1934年10月，红军主力开始撤离苏区，瞿秋白由于身患肺病留在苏区，担任中共苏区中央分局宣传部部长。瞿秋白同3万多名留守苏区的红军战士一起，为掩护红军主力长征突围作出了重要贡献。红军主力长征后，国民党调集兵力对苏区进行全面清剿。苏区在国民党军队的疯狂进攻下被一片白色恐怖笼罩，处境极为危险，中共苏区中央分局决定将瞿秋白、何叔衡、邓子恢等人转移。1935年2月，瞿秋白一行奉命撤离苏区前往上海。后来，他们在中共福建省委遇到了中共福建省委书记万永诚。万永诚为保护他们撤离，将他们化装成俘虏，由护卫的红军扮成押送者，向永定县进发。1935年2月24日，在长汀县的水口乡，他们不幸遇敌，瞿秋白等人被捕。

当时，瞿秋白化名林祺祥，自称是一名军医，他文弱儒雅的气质也和医生相符合，敌人起初并没有怀疑。但后来，狡猾的敌人很快将目标锁定在狱中气度不凡的"军医"林祺祥身上。他们叫来一个曾在瞿秋白手下工作过的名叫郑大鹏的叛徒进行指认。很快，国民党的报纸上就用巨大的篇幅登载瞿秋白被捕的消息。瞿秋白身份暴露后，被押解回长汀，关押在国民党36师司令部。军统特务机关多次从南京派人到长汀，专门来诱迫瞿秋白投降，但是都被严词拒绝。瞿秋白虽身处囹圄，也不忘在狱中积极宣传："中国共产党的胜利，就是国家前途的光明。"

瞿秋白是一位心胸坦荡的共产党人，他从不隐讳自己的思想，被捕后他多次写文作诗表达自己的革命思想。在这些诗文中，他丝毫不隐瞒自己面对死亡的消极低沉，他更以巨大的勇气剖析自己不能胜任中共领袖的原因所在。瞿秋白没有因为死而畏惧动摇对党、对自己所从事的革命事业的信念，他的信念牢固如初、坚定不移，他坚信自己的事业必将取得胜利。作为一名优秀的革命者，瞿秋白身陷魔窟，面对屠刀，备受屈辱，自知来日无多，慷慨地写下这首《卜算子·咏梅》来抒发自己对革命事业的坚定信念。他吟诵道："寂寞此人间，且喜身无主。眼底云烟过尽时，正我逍遥处。花落知春残，一任风和雨。信是明年春再来，应有香如故。"

面对瞿秋白的拒不投降，蒋介石在 1935 年初夏专门召集官员商议如何处置瞿秋白。戴季陶叫嚣道："此人赤化了千万青年，这样的人不杀，杀谁？"1935 年 6 月 2 日，蒋介石从武昌行营发了一道密令："瞿匪秋白即在闽就地枪决，照相呈验"。因当时陈立夫遣人对瞿秋白劝降，所以拖迟了行刑时间。6 月 18 日早 8 时，长汀上空阴云密布，一则电令从师长宋希濂那里传到瞿秋白手中：着即将瞿就地处决。面对国民党的处决书，瞿秋白面色不改，从容淡定。他视死如归地说："人生有小休息，也有大休息，今后我要大休息了。"就在瞿秋白临刑之前，国民党还继续派人游说他。瞿秋白说："人爱自己的历史，比鸟爱自己的翅膀更厉害，请勿撕破我的历史！"

人处在困厄之中，难免倍加思念亲人。杨之华是瞿秋白深爱的妻子，杨之华对瞿秋白来说，既是伴侣又是战友，10 年的艰苦生活更加锤炼了他们的爱情，瞿秋白曾将二人的名字刻成一方"秋之白华"的图章，来印证他们的爱情如白菊经风霜越显坚贞美好。他们的爱，是建立在共同的理想、共同的事业之上的。婚后十余年中，无论遇到什么样的困难和逆境，他们都能始终如一，忠贞不渝。瞿秋白曾深情地对妻子杨之华说过，瞿秋白，杨之华，秋白，之华，秋之白华，你中有我，我中有你。瞿秋白知道自己即将死亡，可又不能与妻子

瞿秋白和妻子杨之华

杨之华相见，身陷牢狱中的他，为了表达对妻子的思念之情写出了《忆内》："夜思千重恋旧游，他生未卜此生休。行人莫问当年事，海燕飞时独倚楼。"这首七绝把瞿秋白对妻子的无限眷恋和不尽思念直抒而出。

面对残酷的现实，瞿秋白无所畏惧。行刑前，瞿秋白用俄语轻声哼唱自己翻译过的《国际歌》，走上公园讲台，开始了最后的演说。他说，共产主义是人类最伟大的理想，是要实现一个没有剥削、没有压迫的制度，使人人都能过上美好幸福的生活。他坚信，这个理想迟早一定要实现，中国共产党一定会取得

瞿秋白就义前的遗照

最终胜利。之后，他走向刑场，直面枪口，高呼"中国共产党万岁""共产主义万岁"等口号，慷慨就义，年仅36岁。瞿秋白的遗体被草草入殓，葬于荒岭之中，与之相伴的是其对中国共产党的忠诚与信仰和对革命事业的不舍与眷恋。

瞿秋白的一生，疾病缠身，日常事务繁重，但他知识渊博，才华横溢，心系革命事业忘我工作，留下了大量的著作，许多重要作品收入《瞿秋白选集》《瞿秋白文集》中。瞿秋白既是一位伟大的革命家，也是一位杰出的思想家，无论是他英勇献身革命事业的光辉事迹，还是涉及政治、哲学、文学、史学、翻译等众多领域的重要思想，都值得后人怀念、继承和发扬光大。

今天，当我们品读瞿秋白先生的《卜算子·咏梅》时，一定会联想到南宋爱国诗人陆游和毛泽东同志分别填写的《卜算子·咏梅》。三人都以梅花作

喻，但却表达了各自截然不同的情怀，各具特色，各领风骚。瞿秋白的《卜算子·咏梅》沿袭陆游词的原韵，抒发自己面对死亡所具有的浩然气节和坚定信念，给人一种沁人心脾的感染力。与陆游的词作对比，很容易发现诗人相似的心境，而这种心境与毛泽东等其他诗人却是迥异的。"寂寞、无主、风和雨、花落（零落）、香如故"是诗人共用的词语，这简单的几组词语恰恰概括了诗人相似的经历以及相似的情怀。但瞿秋白并没有因为死而畏惧动摇，尤其对自己的党、自己所从事的事业的信念从未动摇，坚信自己的事业必定胜利。瞿秋白这首《卜算子·咏梅》就是他这一信念的抒发。词的上阕表达了作者视死如归的革命气节：虽然被敌人囚禁于斗室之中，远离同志们，寂寞和苦恼会时时萦绕，但敌人终究奈何不得诗人。他们的威逼利诱，对一个革命者来说只不过是"眼底云烟"而已。当然，"云烟过尽时"也就是自己生命该结束的时候了，那又有什么呢？死不足惧，志不能移。"正我逍遥处"，瞿秋白把死看的是何等的轻松，革命豪气跃然纸上，力透纸背。下阕紧承上阕，以花自喻，任凭风吹雨残，花落但花香永存。在这里，作者也有将花香引喻为自己所从事的伟大事业之意，它不怕风吹，不怕雨残，"信是明年春再来，应有香如故。"敌人曾问过瞿秋白："依先生之见，中国的前途如何呢？"瞿秋白坚定地回答："只要共产党在，中国的前途是光明的。"他坚信中国共产党领导的人民革命必将取得胜利。

从书生到革命家，瞿秋白走过了短暂却沉甸甸的一生。在短暂的36个春秋里，他不曾止步，为中华民族的解放事业奋斗不已。生命不息、战斗不止，这就是共产党员的特殊气质。瞿秋白已逝去，但他的信仰与理想、责任与担当，却留在了历史的长河中，永远闪烁着璀璨的光芒。

长征途中最为悲壮的诗句

《忆秦娥·娄山关》

毛泽东　1935 年

西风烈，长空雁叫霜晨月。

霜晨月，马蹄声碎，喇叭声咽。

雄关漫道真如铁，而今迈步从头越。

从头越，苍山如海，残阳如血。

　　娄山关，又名娄关、太平关，是大娄山脉的主峰，海拔 1576 米，南距遵义市 50 公里。娄山关位于遵义市和桐梓县的交界处，它"北拒巴蜀，南扼黔

"一夫当关，万夫莫开"的娄山关

桂"，为黔北咽喉，自古以来就是兵家必争之地。娄山关千峰万仞，峭壁绝立，若斧似戟，直刺苍穹，川黔公路盘旋而过，人称黔北第一险要，素有"一夫当关，万夫莫开"之说。

1934年10月，中央红军开始战略性的大转移——长征。长征初期，王明等"左"倾机会主义者惊慌失措，仓促行事，不做必要的政治动员，在行动上搞"大搬家"，实行退却中的逃跑主义；在军事上盲目指挥，遇敌硬打硬拼，实行进攻中的冒险主义，使红军处于被动挨打的局面，陷入极其危险的境地。因此，在仅仅两个月后，当中央红军突破国民党的第四道防线渡过湘江时，人数就损失过半。

1934年12月12日，中央红军兵分两路进入贵州。1935年1月7日，中央红军占领遵义。贵州军阀王家烈、侯之担闻讯，慌忙调兵遣将，在娄山关一带设防，以保护其老巢。为确保中共中央在黔北遵义建立新战略根据地，确保主力部队在遵义休整和遵义会议的安全，红一军团第二师四团奉命追击向北逃窜的敌军，夺取娄山关，以防御川南之敌向遵义进犯。1935年1月9日，红军以猛烈火力从关南发起总攻，迅猛杀上娄山关，战斗大获全胜。1935年1月15日到17日，在遵义召开了中国革命史上具有转折意义的中共中央政治局扩大会议，即著名的遵义会议。遵义会议开了3天，纠正了"左"倾机会主义者在组织上和军事上的错误，改组了中央领导机构，结束了"左"倾路线在党内的统治，确立了毛泽东在全党全军的领导地位。从此，红军改变了被动局面，在战略上转入主动的态势。1935年1月中旬，中央红军计划经桐梓，渡赤水，从川南的宜宾和泸州之间渡过长江，与张国焘带领的中国工农红军第四方面军（简称"红四方面军"）会合。此时，蒋介石又集结重兵，封锁长江，严守川黔边境，中共中央当机立断，决定放弃和张国焘会合的原定计划，挥师东进，再渡赤水，回贵州攻打战斗力薄弱的黔军。这是红军长征途中重大的战略转折。

娄山关红军战斗遗址

与此同时，贵州军阀王家烈手忙脚乱，急调两个师企图凭借娄山关天险来阻止红军通过。彭德怀亲自带领急行军于1935年2月25日凌晨借着月色向娄山关挺进，与黔军在途中相遇，敌军仓皇应战，败退关口。红军沿盘山道向关口猛烈攻击，又在点灯山一带的山梁上与敌人激烈交战，经过反复争夺，终于占领了点灯山高地，牢牢控制了关口，这时已近黄昏。中央红军在夕阳映照下，快速通过娄山关。2月26日，又击溃了向娄山关反扑的敌人，2月27日在遵义以北粉碎了敌人三个团的阻击。2月28日，红军乘胜追击再取遵义。这次在娄山关的战役，歼敌两个师又八个团，俘敌近3000人，取得了自湘江惨败损失一半人马以来的长征途中的第一个大胜仗，这是遵义会议后红军打的第一个大胜仗。

1935年2月28日下午，毛泽东骑着大白马，同张闻天、周恩来、朱德、博古一起，登上被红军战士鲜血染红的娄山关顶。此时，天气晴朗，大地苍茫，极目远眺，群山逶迤，红军排着长长的队伍在蜿蜒曲折的山路上行军，山石上的残痕、松树上的断枝都清晰地记录着刚刚过去的那场战斗。

毛泽东走近那块镌刻着"娄山关"三个行书大字的石碑，一股磅礴的豪气正从久远的历史深处向他的心中走来。明代中叶以来，数次农民起义军曾在此大战，清初李定国统率大西军攻下娄山关，旗麾南指，纵横西南；清末太平天国翼王石达开及其部下也曾攻下过娄山关，所向披靡，但是又都因为这样或那样的原因败北。只有中国共产党领导下的英勇红军，才能擎着旌旗，迈步前行，一如既往地走向胜利。此情此景，令毛泽东心潮澎湃、感慨万千地吟诵出了长征途中最为悲壮的著名诗句："西风烈，长空雁叫霜晨月。霜晨月，马蹄声碎，喇叭声咽。雄关漫道真如铁，而今迈步从头越。从头越，苍山如海，残阳如血。"

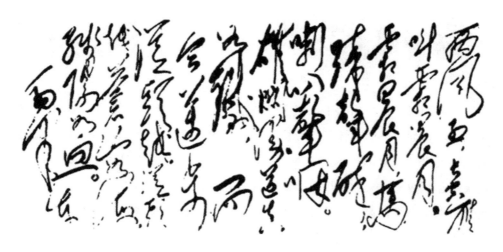

毛泽东诗词《忆秦娥·娄山关》手书稿

众所周知，毛泽东对自己诗词的评价向来都是低调的，常常告诉诗界朋友"诗难，不易写""不足为外人道也"，但是，他十分肯定的两首词就是《沁园春·雪》和《忆秦娥·娄山关》。这就不难看出，人的心情与诗作的关系；也不难看出，娄山关战斗在毛泽东心中的重要价值。

红军攻克娄山关，打了个大胜仗。可是，攻克娄山关的胜利并没有从根本上扭转红军的被动局面。《忆秦娥·娄山关》这首词极富苍凉凝重、忧患沉郁的意境。毛泽东在长征时期的心境，可以用《忆秦娥·娄山关》作为分水岭。《忆秦娥·娄山关》写于刚刚取得娄山关战斗胜利之后，上阕是描写红军战斗之前的场景；下阕写战后大部队通过娄山关时的行军情景，也表达出了红军取得胜利后的心情和感想。

《忆秦娥·娄山关》描写的场景极为壮阔，"西风烈，长空雁叫霜晨月。霜晨月，马蹄声碎，喇叭声咽。"词的一开篇，就用"西风烈，长空雁叫霜晨月"展现出一幅西风凛冽，长空大雁哀鸣，清霜覆地，晨月当空的雄阔画面，渲染了一种非常悲壮的氛围。这里要指出的是，冬天雁叫是标准的南方景观，因为大雁是在南方过冬的。"霜晨月"为叠句，承上启下，既重复渲染了上两句的悲怆气氛又引出了"马蹄声碎，喇叭声咽"两句，马蹄声声碎，喇叭声声咽。"碎"的马蹄声，"咽"的喇叭声，描写了红军战斗的艰难与壮烈。从这个"碎"字我们能充分体会到红军行动的敏捷。事实是，红军把敌人打了个措手不及，成功拿下了这座易守难攻的娄山关。这首词上阕的气氛比较沉抑，"马蹄声碎，喇叭声咽"更让人体会到战斗前的紧张气氛。

"雄关漫道真如铁，而今迈步从头越。从头越，苍山如海，残阳如血。""雄关漫道真如铁"是说即便雄关难以逾越，英勇的红军战士还是夺下了它。"而今迈步从头越"，说的是拿下了娄山关就有了"从头越"的本钱了。从娄山顶上望下去，眼前青翠的山峦有如翻卷的海浪，即将落山的太阳宛若硕大的血球，真是"苍山如海，残阳如血"。毛泽东自己解释说，这两句词是在战争中积累了多年的景物观察，一遇到娄山关这种战争胜利和自然景物的突然展现，就自然而然地生成了这两句词。这两句词也有些苍茫悲壮之感，前面是茫茫苍山，但是"苍山如海"，苍山化为海，那就海阔凭鱼跃了；"残阳如血"，天空高远，天的那边还是赤色，喻指希望就在眼前。

不言而喻，《忆秦娥·娄山关》这首词给人一种激越悲怆的感觉，尤其是"雄关漫道真如铁"。在这里，雄关之雄，多么峭拔，一个"铁"字，又是多么凝重。雄关真如铁，虽是事实，但在红军面前，只是"漫道"而已。且看"而今迈步从头越"字里行间，不仅歌颂了红军的顽强意志，抒写出人民的胜利信心，而且将对敌人的鄙夷与蔑视溢于言表。

总之，《忆秦娥·娄山关》仅仅 46 个字的表达，却给人以博大恢宏、一泻千里的气势，同时给人以美的感受。中国革命造就了非凡的领袖人物，也造就了伟大的诗人，以情入诗，以景入诗，光明在前，魅力无尽。在长征百转千回之际，《忆秦娥·娄山关》的出现，不仅给红军以激奋昂扬的鼓舞，也留给后人品读不尽的审美体验。

人类历史上最壮丽的史诗

《七津·长征》

毛泽东　1935 年

红军不怕远征难，万水千山只等闲。

五岭逶迤腾细浪，乌蒙磅礴走泥丸。

金沙水拍云崖暖，大渡桥横铁索寒。

更喜岷山千里雪，三军过后尽开颜。

1933 年 10 月，蒋介石动员近 100 万国民政府军围剿由中国共产党控制的农村革命根据地，并以 50 万兵力重点进攻中央苏区（即中央革命根据地）。

在国民党军队的不断围剿中，由于共产党前四次都实施了毛泽东的运动战方针，使得国民政府军并没有达到预定目标，均以撤退告终。但是，在第五次反"围剿"战役中，因为毛泽东失去了军内的领导权，中共临时中央负责人博古采纳苏联军事顾问李德的建议，放弃过去四次反"围剿"斗争的积极防御方针，将这场战争定性为国共之间的决战，遂采用军事冒险主义，提出了"御敌于国门之外"的口号，要求红军在根据地之外抵抗国民政府军。他决定在国民党之前抢先行动，发动所有红军展开全面进攻，争取苏维埃在全中国的胜利。但中央苏区只有 10 万左右的正规军和数万游击队，在抢先进攻后不久就遭受了巨大损失。这时党内又决定以阵地防御为主，辅以"短促突击"（即短距离攻击），意图抵挡国民党军队的强大攻势。但这个行动并没有取得应有的效果，加之中央苏区的北大门广昌陷落，导致红军死伤 1 万余人。这些都给红军和根据地造成了惨重的损失。1934 年 10 月，红军被迫开始长征。

其实，中央红军的最初计划是想从南线突破粤军的封锁，到达湘西与红二、红六军团会合。由于当时中共临时中央的领导者在指挥中央红军实行战略转移和突围的时候，犯了退却中的逃跑主义错误，并且要求将各种仪器都随军携带，导致队伍行军速度缓慢。红军虽然英勇作战，连续突破了敌人4道封锁线，但是自己也损失惨重。到突破第4道封锁线渡过湘江时，中央红军和中央机关人员由出发时的8万余人已经锐减至3万余人。与此同时，国民党已获知中央红军将沿湘桂边境北上，于湘西同红二、红六军团会合的战略意图，急忙调集重兵，企图把中央红军一网打尽。值此危急关头，在毛泽东等人的力争下，中央红军改变了原先的战略计划，决定争取主动，向敌人防御薄弱的贵州挺进。1934年12月，红军在占领通道城后，立即进入贵州东部，一举攻克黎平，强渡乌江，把国民党的追剿军甩在乌江以东和以南地区，并于1935年1月7日占领了黔北重镇遵义。

红军长征出发前的休整和补充

占领遵义后，红军得到了宝贵的休整时间，为中共中央政治局会议的召开创造了良好条件。1935年1月15日到17日，中共中央在遵义举行了政治局扩大会议，重点总结了第五次反"围剿"失败的经验教训。举世闻名的遵义会议是中国共产党历史上一个生死攸关的转折点，在这次会议上，确立了毛泽东同志在党和红军中的领导地位，结束了王明"左"倾教条主义在党内的统治，挽救了党，挽救了红军，挽救了中国革命。

自从遵义会议确立了毛泽东同志的领导地位之后，红军便犹如获得了新的生命，他们重整旗鼓，振奋精神，在中央军委的指挥下，展开了机动灵活的运动战。红军先后转战贵州、四川、云南边界地区，四渡赤水，迂回曲折穿插于敌人重兵之间，歼灭大量敌人。随后，南渡乌江，佯攻贵阳，分兵黔东，诱出滇军来援。这时，红军出其不意地向云南疾进，在昆明附近虚晃一枪，随即于5月初巧渡金沙江。至此，中央红军才摆脱了敌军的围追堵截，粉碎了蒋介石于川、黔、滇边境围歼红军的计划，取得了战略转移中具有决定性意义的胜利。

之后，由于执行了正确的民族政策，红军得到彝族人民的积极支援，顺利通过四川大凉山地区。1935年5月下旬，中央红军强渡大渡河，飞夺泸定桥，翻越终年积雪、人迹罕至的夹金山，最终在1935年6月12日与先期到达四川懋功的红四方面军会师。

长征途中烈士的遗物

两军会师后，摆在党和红军面前的首要任务是制定正确统一的红军发展战略方针。1935年6月26日，中共中央政治局召开两河口会议时决定，红军应集中主力向北进攻，在川陕甘三省创建新的革命根据地。1935年8月上旬，中共中央决定将红一、红四方面军混合编队，组成左、右路军经草地北上。8月下旬，中共中央随右路军跨过草地，先后抵达四川阿坝和巴西地区。9月，在中共中央的一再催促下，张国焘才率领左路军抵达四川阿坝地区。之后，他拒绝执行中共中央北上方针，并要挟中共中央和右路军南下，甚至企图危害党中央。中共中央发觉后，为贯彻北上方针，避免红军内部可能发生的冲突，决定率右路军中的红一、红三军和中央纵队迅速转移，脱离险境，单独北上，并攻占四川通向甘肃的要道腊口腊子口。1935年10月，张国焘在四川马尔康卓木碉另立伪中央后，率领红四方面军南下，分裂党和红军。党中央同张国焘的分裂主义进行了严肃的斗争，决定以陕北作为领导中国革命的大本营，于1935年10月19日抵达陕甘革命根据地的吴起镇。红四方面军南下后，遭到国民党军队的多次围攻袭击，被迫退往西康（1955年撤销，原所属区域并入现四川、西藏地区）的甘孜一带，并于1936年7月2日，在此与红二、红六军团会师。在朱德、贺龙、刘伯承的斗争和红四方面军广大指战员的要求下，张国焘被迫取消伪中央，同意与红二方面军（红二、红六军团于会师后改称红二方面军）继续北上。1936年10月，中国工农红军第一方面军同红二、红四方面军在甘肃会宁会师。至此，红军长征结束。

红军长征的胜利具有伟大的历史意义：长征纠正了"左"倾冒险主义的错误，反对了张国焘的分裂主义，是在遵义会议确立以毛泽东为代表的新的党中央正确领导下取得胜利的；长征充分表现了中国共产党人艰苦卓绝的斗争精神；长征精神成为推动中国共产党及其所领导的中国工农红军发展壮大的巨大精神力量，并给予全国人民强烈的精神鼓舞。中国工农红军的三大主力部队在极端艰难的条件下，先后用一年左右的时间进行了战略大转移。这次长征跨越了12个省、总行程达2.5万里以上，虽然失去了南方原有的革命根据地，损失了很大一部分力量，但是保存和锻炼了中国共产党和中国工农

参加过井冈山斗争的部分人员长征到达陕北后的合影

红军的骨干，沿途播下了革命的种子。当抗日战争的烽火在全国各地纷纷燃烧起来的时候，这三支主力红军为担负起中国革命的新任务和抗击日本侵略者的神圣职责而在西北会师，这无疑是一个具有伟大历史意义的事件。正如毛泽东同志所宣称的那样，"长征是宣言书，长征是宣传队，长征是播种机"，"长征是以我们胜利、敌人失败的结果而告结束"，它预示着中国革命新的局面的开始。长征用铁的事实表明，用马列主义、毛泽东思想武装起来的中国共产党和中国工农红军具有战胜任何困难的强大生命力，是国内外任何反动势力都无法战胜的。

从 1934 年 10 月到 1936 年 10 月，共产党领导的红一方面军、红二方面军、红四方面军和红二十五方面军分别从各苏区向陕甘苏区进行战略撤退和转移。其中，红一方面军行程为二万五千里，因此长征又被称作二万五千里长征。长征时的具体行进路线为：从瑞金出发——挺进湘西——冲破四道封锁线——改向贵州——渡过乌江——夺取遵义——四渡赤水河（打乱敌人追剿计划）——巧渡金沙江（跳出敌人包围圈）——强渡大渡河、飞夺泸定桥——翻雪山——过草地——到达陕北吴起镇——会师于甘肃会宁。到 1936 年

10 月，红军第一、二、四方面军在甘肃会宁会师，长征结束。长征的胜利表明了中国共产党和中国工农红军是一股不可战胜的力量。

《七律·长征》正是毛泽东对红军长征的真实写照。这首诗形象地概括了红军长征的战斗历程，热情洋溢地赞扬了中国工农红军不畏艰险、英勇顽强的革命英雄主义和革命乐观主义精神。

1935 年 9 月 29 日，中国工农红军陕甘支队主力进驻通渭县城。当晚，毛泽东在文庙街小学接见了第一纵队第一大队先锋连全体指战员，并举行晚会。望着战士们脸上洋溢的喜悦，毛泽东心潮澎湃，他满怀豪情地朗诵诗作《七律·长征》："红军不怕远征难，万水千山只等闲。五岭逶迤腾细浪，乌蒙磅礴走泥丸。金沙水拍云崖暖，大渡桥横铁索寒。更喜岷山千里雪，三军过后尽开颜。"诗中描写了红军不怕万里长征路上的一切艰难困苦，把千山万水都看得极为平常的大无畏精神。那绵延不断的五岭，在红军看来只不过是微波细浪在起伏，至于气势雄伟的乌蒙山，在红军眼里也不过是脚下的一颗小泥丸而已。看那金沙江浊浪滔天，拍击着高耸入云的峭壁悬崖，热气腾腾。大渡河险桥横架，晃动着凌空高悬的根根铁索，寒意阵阵。更加令人喜悦的是踏上千里积雪的岷山，红军翻越过去以后个个喜笑颜开。

"红军不怕远征难，万水千山只等闲"是全篇的中心思想，也是全诗的艺术基调。它作为全诗精神的开端，赞美了红军不怕困难、勇敢顽强的革命精神。其中"不怕"二字是全诗的诗眼，"只等闲"强调和重申了"不怕"；"远征难"描写了这一段非凡的历史过程，"万水千山"则概括了"难"的具体内容。"红军不怕远征难，万水千山只等闲"这一句以革命乐观主义精神统摄全篇，奠定了全诗的豪迈格调。"只等闲"举重若轻，具有强烈的感情色彩，它突出和强调了红军蔑视困难的革命精神，表现了红军在艰难困苦面前从容不迫、应付自如、无往不胜的铁军风貌。

"五岭逶迤腾细浪，乌蒙磅礴走泥丸。"这句是写重峦叠嶂，却将其戏称为"泥丸"，折射出红军万里远征中贯穿始终的勇敢无畏的革命精神，这也是毛泽东诗作中常用的拟物的修辞方式。五岭、乌蒙本是客观的存在物，但当它进入诗人的视野，也就成了审美的对象，所以，它不再是单纯的山，而是被情感化了的客体。五岭山脉弯弯曲曲，高高矮矮，绵延千里，"逶迤""磅礴"描写山之高大绵延，但在红军看来，也不过是腾跃着的细小的波浪，高大的乌蒙山脉也不过是向后滚动的小泥球。这种比喻非常新颖，想象奇特。诗人通过两组极大与极小的对立关系，充分地表现了红军的顽强豪迈、不怕艰难险阻的英雄气概。从艺术手法上说，是夸张和对比。这里明线和暗线交错使用，写山是明线，写红军是暗线，动静结合，明暗交加，反衬对比，十分巧妙。

乌蒙山辗转中的红军

　　"金沙水拍云崖暖，大渡桥横铁索寒。"是写红军对水的征服。金沙江宽阔而湍急，蒋介石企图利用这一天险围歼红军于川、滇、黔边境。1935年5月红军巧渡金沙江。如果说巧渡金沙江是红军战略战术最富有智慧、最成功的一次战斗，那么，强渡大渡河则是红军表现最勇敢、最顽强的一次战斗。大渡河有敌人重兵把守，其险恶程度也不亚于金沙。狡猾的敌人还拆掉河上泸定桥的木板，只留下十三根铁索。但是，英勇的红军硬是冒着枪林弹雨闯过了大渡河，粉碎了蒋介石企图使红军成为"石达开第二"的阴谋。所以，这两句所写的战斗都是具有典型意义的，红军渡过金沙江和大渡河在长征史上有着重要的意义。

　　"五岭逶迤腾细浪，乌蒙磅礴走泥丸"通过写红军的主观感受表现了红军的英雄气概，而"金沙水拍云崖暖，大渡桥横铁索寒"则是通过写景来记事，又通过记事来表现红军的英雄事迹。尤其是用了"暖"和"寒"这一对反义词，充分体现出作者情绪上细腻的变化。"暖"字温馨喜悦，表现的是战胜困难的激动；"寒"字用铁索温度之低体现红军突破大渡河时的艰难。诗中一寒一暖这两个对比鲜明的形容词反映出作者感官上反差极大的体验。

"更喜岷山千里雪，三军过后尽开颜。"是对首联的呼应。诗的开头说"不怕"，结尾措辞"更喜"，增强了跌宕起伏的艺术效果。"更喜"一词承前启后，既衔接上文，又顺延下文。红军过五岭山、越乌蒙山、渡金沙江、抢大渡河，终于从敌人的重围中杀出一条血路，十分令人欣喜。红军又翻岷山，进陕北，胜利大会师已为时不远，战略大转移的目的已基本实现，与前面的种种喜悦相比，它自然更胜一筹。"尽开颜"写三军历经劫难后精神放松的胜利表情。全诗以此作结尾，更使诗中的乐观主义精神得到了进一步的体现。

艰难困苦，玉汝于成。长征历时之长、规模之大、行程之远、环境之险恶、战斗之惨烈，在中国历史上是绝无仅有的，在世界战争史乃至人类文明史上也是极为罕见的。红军长征是人类军事史上的奇迹，长征锻造了举世闻名的长征精神，成为中华民族百折不挠、自强不息的精神的象征。长征以其独特的魅力突破了时代和国界，不仅在中国人民心中产生了无穷的精神力量，而且也为整个世界所称颂。

美国作家哈里森·索尔兹伯里曾赞颂长征："它过去是激动人心的，现在它仍会引起世界各国人民的钦佩和激情。"后人在缅怀这段历史时经常困惑：红军在第五次反"围剿"战役中遭到失败，他们没有飞机大炮，没有汽车坦克，没有足够的枪支弹药，没有现代化的装备，没有援助，不能温饱、缺医少药，却在前有强敌后有追兵、敌强我弱的情况下，以所向披靡的英雄气概翻越了终年积雪、陡峭险峻的高山，穿越了人迹罕至、环境恶劣的草地，冲出了国民党数十万军队的封锁线，使长征成为一部气壮山河的英雄史诗。到底是什么力量支持着红军将士那样坚定不移、义无反顾地奋勇向前呢？答案当然是对革命必胜的信念。因为，长征是在中国面临亡国灭种的空前危机下

反"围剿"中的红军战士

发生的，抗日救国成为当时中华民族最现实、最紧迫的任务。在中国共产党迫切需要将中国革命转入发展前进的崭新道路上的时候，长征不但以其特有的力量极大地推动了中国革命的历史进程，还给后人留下了宝贵的精神财富。坚定不移的理想与信念是长征精神的灵魂，强大的精神支柱是长征用之不竭的力量源泉。长征的胜利是中国共产党人讲理想、讲信念的胜利，是共产主义理想与中国共产党人矢志不渝的革命精神相结合的成果。

　　不忘初心，牢记使命！对于中华民族来说，21世纪是中华民族全面建设社会主义现代化、实现民族伟大复兴的世纪。长征精神是中华民族精神和共产党人革命精神的集中展现，它为民族精神注入了新的时代元素，成为民族精神的生动写照。今天，我们要实现中国梦，就要继承和发扬长征精神，就要使民族精神的种子在新的历史时期成长和结果，焕发出长征精神的时代意义与价值，从而增强民族精神的现实感召力。

抒写长征途中好心情的词

《清平乐·六盘山》

毛泽东　1935 年

天高云淡，

望断南飞雁。

不到长城非好汉，

屈指行程二万。

六盘山上高峰，

红旗漫卷西风。

今日长缨在手，

何时缚住苍龙？

毛泽东的《清平乐·六盘山》是人们所熟知的一首词，几十年来，它一直为人们所传颂，并且被当作毛泽东诗词的代表作之一。可是，很多人不知道，这首词原先并不是这个名字，而是叫《长征谣》，它的背后还有着一段与六盘山有关的重要历史故事。

六盘山是位于宁夏回族自治区南部的山脉，绵延近千里，最高海拔 2900 多米，古代人们称之为“大陇山”。六盘山是红军长征中翻越的最后一座大山，六盘山地区是中国工农红军长征的会师地之一。

1935 年 9 月，毛泽东率领红一方面军中由红一、红三军团和军委纵队组成的陕甘支队北上。10 月 5 日，红军进入六盘山西麓西吉县境内。当晚，毛泽东住宿在西吉县单家集陕义堂清真寺北侧普通的农家小屋。这时，国民党

六盘山

为了阻截红一方面军和陕北红军会合，在六盘山一带设置重兵。在六盘山周边有国民党毛炳文两个师、国民革命军东北边防军（简称"东北军"）何柱国的骑兵部队及常驻西北的马鸿宾的部队，形势相当严峻。原定于 10 月 6 日早 7 时出发，不到 6 时毛泽东骑的白马就嘶鸣不已，部队便提前出发了。毛泽东等随部队沿秦长城遗址离开单家集不到 3 小时，国民党飞机便投掷了 7 枚炸弹，轰炸了陕义堂清真寺，爆炸地点距毛泽东住的厢房不足 3 米。至今毛泽东住过的房屋门窗上还留有 20 多处弹痕。

　　1935 年 10 月 7 日早晨，驻西吉县将台堡的国民党前哨部队接近张易堡以西的阎官大庄，红军留小股部队在堡子梁据险阻敌，部队主力则沿固原王套、后莲花沟抄小路登上了雄伟的六盘山。毛泽东站立山巅，凝望着南飞的大雁，深情地对张闻天等同志说："这里真是个好地方呀！你们看，天高云淡，红旗漫卷，大雁南飞，六盘山的景色多好啊！这六盘山可不简单呢！雄踞要塞，可观三省，是兰州和西安的门户，离祁连山不远，历来是兵家必争之地，古代在这里打过很多仗。同志们，胜利就在眼前！翻过去，我们就快到陕北了。"

根据敌情，毛泽东决定从敌人兵力比较薄弱的青石嘴一带突破包围，直插六盘山东边的泾源县阳清村。在前进路上，红军战士意外发现在青石嘴一带驻扎有敌人的一个骑兵团。这时已接近中午，敌人正在开火做饭，戒备相当松散。毛泽东仔细分析敌情和地形，亲自部署。他站在六盘山北麓的一个山坡上指着远方，对杨得志、杨成武等人说："都看到了吗？山下那个村子就是青石嘴。据可靠情报，东北军运送给养的两个连的骑兵刚到那里。别小看他们，我们要消灭这股敌人，不然他们拦着我们的去路。"毛泽东命令陕甘支队第一纵队第四大队（大队长黄开湘、政委杨成武）从正面攻击；第一大队（大队长杨得志、政委萧华）、第五大队（大队长张振山、政委赖传珠）从两侧迂回，两面夹击；第二纵队第十三大队（大队长陈赓、政委邓飞）负责后卫掩护。红军趁敌不备，发起突袭，消灭了这股敌军，而且缴获了100多匹战马及10多车物资。红军用缴获的物资迅速装备了第一支骑兵侦察连。我军著名战将梁兴初就是这支骑兵侦察连的首任连长。

得知胜利的消息后，毛泽东非常高兴。中途歇脚时，他习惯性地坐在一块石头上，摘下帽子，随口吟道："天高云淡，望断南归雁，不到长城非好汉！同志们，屈指行程已二万！同志们，屈指行程已二万！六盘山呀山高峰，赤旗漫卷西风。今日得着长缨，同志们，何时缚住苍龙？同志们，何时缚住苍龙？"当天晚上，毛泽东住在彭阳县古城镇小岔沟村张有仁家的窑洞里，这是他平生第一次住窑洞。次日凌晨，毛泽东还未入睡，他亲自起草电报，部署这天通过彭阳县白阳镇的行军路线和注意事项（这是毛泽东翻越六盘山后亲自起草签发的第一份电报），并在纸上记下了在六盘山随口吟诵的《长征谣》。毛泽东用《长征谣》展示了红军长征中金戈铁马、风雷激荡的雄姿，表达了中国共产党人和其领导的中国工农红军反蒋抗日的决心。这首《长征谣》也成为红军战士奔赴陕北的强大精神动力。

其实，六盘山对红军长征的意义，并不仅仅是军事上的胜利，在此地发生的民族团结、军民鱼水情深的故事更是感动着无数的人。

六盘山红军长征纪念馆

六盘山地区是中国民族区域自治制度的实践地。毛泽东率领红军驻扎过的单家集是中国共产党在回族地区开展革命工作及组织成立第一个回族红色政权的地方。在今天的六盘山红军长征纪念馆里，有一幅约 3 米的红绸大锦幛上，写着"爱民如天"四个墨笔大字。在红军初次到达六盘山下的时候，由于国民党反动派的恶意宣传，当地群众尤其是回族群众纷纷逃避远方，民众闭户，商铺歇业，清真寺也大门紧锁。进入同心县的红军将士不顾夜里风寒霜重，露宿街头，为没有主人的房屋、商铺和关门的清真寺站岗放哨。他们这么做，一是保护群众的房屋、商铺不被破坏，二是免得遭到敌军破坏后嫁祸于红军。部队敌工部长唐天际和政治部秘书程宗受了解到伊斯兰教著名人士洪寿林年逾八旬，德高望重且乐善好施，主张回汉民族团结，在甘肃、宁夏、青海一带享有很高的威望，便主动接触他。唐天际亲手写了"爱民如天"四个大字，又亲自送给洪寿林老先生，并给他讲中国共产党的民族政策和抗日救国的主张，讲中国工农红军的宗旨，讲红军长征的故事。部队专门制定了在回族地区的纪律"三大禁条四项注意"。"三大禁条"是：禁止驻扎清真寺；禁止在回民地区吃大荤；禁止毁坏回文经典。"四项注意"是：注意尊重回族人民的风俗习惯；注意使用回民水桶在井里打水；注意回避回族妇女；注意实行公买公卖。红军的"三大禁条"和"四项注意"使得这位穆斯林教领袖十分感动，反复接触中也使洪寿林加深了对红军的了解，他愉快地接受了红军的请求，并派人寻找躲避的居民，让他们安心回家。红军在六盘山驻扎期间，与当地百姓秋毫无犯，红军战士还把制作粉条的技术传授给当地群众，受到民众的热烈欢迎。在红军驻扎期间，军民如同鱼水般一家亲。在部队离开的时候，洪寿林以民族佳肴炒羊羔肉和蒸花卷款待红军，赠送银圆、蜡烛给工军，寓意"共产党和红军走到哪里就给哪里带来光明"。

六盘山红军长征纪念亭

红军长征，征服一切困难而不被任何困难所征服。毛泽东最初吟诵的《长征谣》与现在我们看到的《清平乐·六盘山》相比，口语和重复之处比较多，这也是毛泽东日后修改的原因之一。我们现在读到的《清平乐·六盘山》是经过多次修改后才最终定稿的。有专家研究认为，毛泽东对《长征谣》前后修改了 8 次。但是，无论如何修改，其结构大体相同，修改的仅仅是个别用词而已。

1941 年 12 月 5 日，由中共地下党主办的在上海出版的文学刊物《奔流新集之二·横眉》刊载了这首词，题目是《毛泽东先生词（长征时作）》。1942 年 8 月 1 日，新四军主办的《淮海报》副刊《文艺习作》上刊登了这首词。1949 年 6 月，天津知识书店出版了关青编著的《二万五千里长征》一书，收录了毛泽东的这首词，题为《咏红军·长征》，分上下两阕。1949 年 8 月 1

日，上海《解放日报》刊登了这首词。1955 年，人民出版社编辑出版的《中国工农红军第一方面军长征记》一书中再次收录了这首词，它的题目被改为《毛泽东同志长征词·清平乐》。随着一次次的刊登，毛泽东也对这首词进行了一遍又一遍的修改。到 1957 年 1 月《诗刊》刊载时，这首词已经发生了不少变化。其中，最引人注目的就是词中重复的地方和口语化的句子被删掉了。如："同志们呀同志们"在《清平乐·六盘山》中就已经看不到了，因为《长征谣》已经完成了它行军歌谣的使命。"红旗漫卷西风"在《长征谣》中是"赤旗漫卷西风"，在《诗刊》中是"旄头漫卷西风"。在 1961 年人民文学出版社出版《毛主席诗词》一书时，毛泽东才将其改为"红旗漫卷西风"。1961 年，在江西庐山召开中央工作会议期间，毛泽东挥毫泼墨书写了《清平乐·六盘山》，落款"一九六一年九月应宁夏同志嘱书，清平乐六盘山，毛泽东"，并回复一封信，请董必武同志一并转交宁夏的同志。这就是我们后来看到的毛泽东手书的气势磅礴的《清平乐·六盘山》一词。

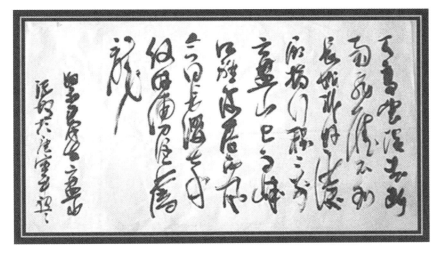

毛泽东手书《清平乐·六盘山》

词的上半阕一开始，诗人从眺望远景起笔，勾勒出西部地区开阔的秋景。仰望高处，长空浩瀚、闲云缕缕，北雁在阵阵南飞，仿佛把读者引入了作者对过去南方生活及革命斗争的回忆及眷恋之中。接着又转入现实：仔细想来，从长征开始到现在，红军已经奔波了两万里，正所谓"不到长城非好汉，屈指行程二万"。从描述秋景转入表达壮志豪情，二万五千里长征即将结束，长征的目的地近在咫尺，艰难曲折的革命事业就要进入一马平川的新时期，中国共产党与中国工农红军一定会将革命进行到底。

在词的下半阕，毛泽东则将视野收到近处，高山之巅，红旗猎猎，红军将士在秋天的山峰间盘旋向前。接着作者说出自己与全体红军的心中疑问，革命到底何时才能成功呢？用"何时缚住苍龙"表达的正是作者对革命前途的疑问。这里作者化用宋代刘克庄《贺新郎·国脉微如缕》词中的"问长缨何时入手，缚将戎主？"而"苍龙"出自《后汉书》唐李贤注引《前书音义》中的"苍龙，太岁也。""太岁"是古人所认为的凶神恶煞，这里引申为日本帝国主义。虽然最后两句用的是设问句，但所起作用都是陈述式的肯定，即总有一天，红军战士必将消灭国民党反动势力，赶走日本侵略者，夺得最后的胜利。

《清平乐·六盘山》这首词是毛泽东翻越六盘山时的咏怀之作，写景抒情工整分明，流转自然。上、下半阕均是一、二句写景，三、四句言志。情景交织，浑然一体，整首词洋溢着长征胜利的自豪与喜悦之情。毛泽东写这首词时心情是放松的、积极乐观的。在他所写的几首有关长征题材的诗词中，就这一首是大好心情从心田里奔流而出的，没有半点悲凉之气，犹如他自己所说，此时的心境是豁然开朗，"柳暗花明又一村"了。这首词生动地表现了毛泽东及其统率的红军要彻底打垮国民党反动势力的坚定决心，抒发了他们要将革命进行到底的壮志豪情。

数风流人物，还看今朝

《沁园春·雪》

毛泽东　1936 年

北国风光，千里冰封，万里雪飘。

望长城内外，惟余莽莽；大河上下，顿失滔滔。

山舞银蛇，原驰蜡象，欲与天公试比高。

须晴日，看红装素裹，分外妖娆。

江山如此多娇，引无数英雄竞折腰。

惜秦皇汉武，略输文采；

唐宗宋祖，稍逊风骚。

一代天骄，成吉思汗，只识弯弓射大雕。

俱往矣，数风流人物，还看今朝。

　　战斗的诗篇是伴随着革命斗争形势而产生的。《沁园春·雪》就是这样一篇犹如响彻 20 世纪 30 年代中国抗日民族解放斗争中的滚滚风雷的革命诗词。

　　1935 年 10 月，红军主力完成长征到达陕甘地区，重新有了可以立足的革命根据地，这是巨大的胜利。但是，陕甘边革命根据地当时的外部环境和内部状况都面临着十分严峻的形势。1935 年 11 月 3 日，中共中央政治局常委会议在甘泉县下寺湾召开，会议听取了中共陕甘晋省委副书记郭洪涛和西北军委主席聂洪钧的工作汇报。同一天，会议还着重讨论了当前的军事行动。会议决定：军事工作由毛泽东负责；成立中国工农红军西北革命军事委员会，由毛泽东任主席，周恩来、彭德怀任副主席。根据这次中共中央政治局常委会议的决定，中共中央领导人暂分两路：张闻天、博古、王稼祥、刘少奇等率领中共中央机关工作人员先到陕甘边革命根据地的后方瓦窑堡；毛泽东、周恩来、彭德怀率领红一方面军开赴前线，准备粉碎国民党军队对陕甘边革命根据地的第三次"围剿"。

这时，蒋介石已经知道红一方面军和陕甘红军会师的消息，便重新调整了部署，调集东北军五个师的兵力组织新的进攻：在西边，以第五十七军四个师由陇东沿葫芦河向陕西鄜县（今陕西富县）东进；在东边，由第六十七军第一一七师沿洛川、鄜县大道北上，企图围歼红军于洛河以西、葫芦河以北地区，摧毁陕甘边革命根据地。局势十分危急，毛泽东却指挥若定。他和周恩来、彭德怀决定：集中兵力，向南作战，先在鄜县的直罗镇打一次歼灭战，消灭沿葫芦河东进的敌军一至两个师，再视情况转移兵力，各个歼敌以打破这次"围剿"。

直罗镇是一个不过百户人家的小镇，三面环山，一条从西而来的大道穿镇而过，北边是一条小河。负责探察地形的红军干部们看过后兴奋地说："这一带的地形，对我们太有利了！""敌人进到直罗镇，真如同钻进了口袋。"1935 年 11 月 18 日，在直罗镇以东的东村，毛泽东主持召开西北革命军事委员会会议，作了关于战略计划的报告。他指出：大量消灭敌人，猛烈扩大红军，扩大根据地，是三位一体的任务。战略方针是攻势防御，并建议将红军主力集中于南线。会议通过毛泽东这个报告，要求两个军团分别付诸实施。11 月 19 日，毛泽东和彭德怀致电红一军团军团长林彪、政委聂荣臻，指出东北军第一〇九师次日有到直罗镇的可能，应准备后日作战。在发起进攻前，他又要求红一军团和红十五军团的团以上干部到直罗镇周围察看地形，研究具体作战部署。11 月 20 日下午，东北军第一〇九师在飞机掩护下孤军深入，沿葫芦河进入直罗镇。当晚，毛泽东下达命令，按原定部署，红一军团从北向南，红十五军团从南向北，要在拂晓前包围直罗镇。毛泽东的指挥所设在距直罗镇不远的一个山坡上。战斗打响前，他在下达作战命令时斩钉截铁地说："这个仗，一定要打好！""我们要的是歼灭战，不是击溃战！"11 月 21

日拂晓，红军突然从山上向直罗镇猛扑下去。第一〇九师仓促应战，激战至下午2时，大部分兵力已被歼灭。红军在打援中又歼灭援军第一〇六师的一个团。到11月24日，第一〇九师残部在突围中被红军全歼。红一方面军利用直罗镇的有利地形，在直罗镇战役中取得了消灭东北军一个师又一个团的胜利。直罗镇战役的胜利，彻底粉碎了敌人对陕甘边革命根据地的第三次"围剿"，为党中央和红军在西北建立和扩大根据地，推动全国抗战，举行了一个奠基礼。直罗镇战役也让参与围剿红军的东北军彻底认清了蒋介石的险恶用心，加速了国民党的营垒分化，对日后红军同东北军建立抗日民族统一战线及"西安事变"的爆发都产生了积极的影响。这次战役的胜利，再次证明了以毛泽东同志为核心的党中央的正确领导是中国革命走向胜利的根本保证。

直罗镇战役

直罗镇战役结束后，毛泽东从前线回到后方的瓦窑堡。他和中共中央其他负责人一起，听取了党委五人小组关于审查刘志丹等"案件"情况的汇报，指出："'逮捕'刘志丹等同志是完全错误的，是莫须有的诬陷，是机会主义，是'疯狂病'，应予释放。"直罗镇战役的胜利和陕北"肃反"扩大化问题的纠正，使陕甘边革命根据地原来面对的两个最紧迫的问题得到了解决，使中共中央能够在这里站稳了脚跟，获得一个相对安定的环境来考虑和处理许多全局性的问题。

1935年，日本帝国主义大大加快了他们企图吞并中国的侵略步伐，并且把矛头进一步指向华北，中华民族同日本侵略者之间的民族矛盾急剧上升。1935年12月9日，北平爆发了"一二·九"学生爱国运动，数千学生举行了抗日救国示威游行。12月17日到25日，中共中央在瓦窑堡举行政治局会议，参加会议的有张闻天、毛泽东、周恩来、博古、王稼祥、刘少奇、邓发、张浩以及李维汉、郭洪涛等十余人。张闻天主持会议，会议着重讨论了全国政治形势和新形势下党的政策和军事战略。

瓦窑堡会议旧址

瓦窑堡会议是在第二次国内革命战争到抗日战争的伟大转变时期召开的一次极其重要的会议。它表明党中央克服了长征前期"左"倾冒险主义、关门主义的错误思想，不失时机地制订了抗日民族统一战线的政策，使党在新的历史时期将要到来时掌握了政治上的主动权。它也表明，中国共产党在总结革命成功和失败的经验教训的基础上，已经成熟起来，能够从中国革命实际出发来贯彻抗日民族统一战线的新策略，创造性地进行工作。瓦窑堡会议结束后，毛泽东在继续抓紧对以张学良为首的东北军、以杨虎城为首的国民革命军第十七路军的上层统一战线工作的同时，把主要力量放在了率领红一方面军主力东征山西上。

1936年1月17日，中共召开了中央政治局会议，会议决定：红军东征时中央政治局随军行动，彭德怀、张浩参加中央政治局的工作；留在陕北的周恩来、博古、邓发组成中央局，以周恩来为书记，主持后方工作。会后，毛泽东、周恩来、彭德怀签署命令，要求主力红军即刻出发，打到山西去，开通抗日前进道路。各路红军立刻奉命秘密行动起来。

毛泽东从瓦窑堡出发，经过延川到达延长县城。1936年1月底，他在这里主持召开军委工作会议并作了报告，进一步阐述了根据地发展和巩固的关系，以消除一些干部中存在的担心红军主力东征会影响陕甘边革命根据地巩固的顾虑，也批评了李德所说东征是"想挑起日苏战争"的错误观点。这次会议进一步统一了思想，加快了东征的战备步伐。

红军渡黄河

与此同时，蒋介石还在大力推行反革命"围剿"，加紧卖国投降活动，妄图借日本侵略者之手，屠杀中国共产党人和一切不愿做亡国奴的人们。1936年2月，日本帝国主义继侵占我国东北三省以后，将魔爪伸向华北。蒋介石却一味迎合日本帝国主义的要求，继续实行不抵抗政策。国家和民族处于危急存亡的紧要关头。

在这样一个威胁到中国人民生存的严重问题面前，战胜了无数艰难险阻、征服了万水千山的中国共产党，在伟大领袖毛泽东的领导下又担负起抗日救国的历史重任。1936年1月26日，毛泽东亲自率军渡过黄河，到达华北前线对日作战。1936年2月5日清晨，毛泽东同志率领红军部队胜利到达陕北清涧县袁家沟休整。这一带已经飘了好几天的鹅毛大雪，为了勘察地形，毛泽东同志冒雪登上了海拔千米、白雪覆盖的塬上。当雄浑壮观的北国雪景展现在他眼前时，毛泽东不禁感慨万千，诗兴大发，怀着革命必胜的坚定信念，一口气吟诵出这首气吞山河的豪放之词——《沁园春·雪》："北国风光，千里冰封，万里雪飘。望长城内外，惟余莽莽；大河上下，顿失滔滔。山舞银蛇，原驰蜡象，欲与天公试比高。须晴日，看红装素裹，分外妖娆。江山如此多娇，引无数英雄竞折腰。惜秦皇汉武，略输文采；唐宗宋祖，稍逊风骚。一代天骄，成吉思汗，只识弯弓射大雕。俱往矣，数风流人物，还看今朝。"

但是，从1936年2月毛泽东写成《沁园春·雪》到1945年11月14日发表，在这段长达9年多的时间里，没有人知道毛泽东曾写了这首词，因为他从没有向任何人提起过。

1945年，中国人民经过艰苦卓绝的斗争，终于取得了抗日战争的伟大胜利。这时，蒋介石决心发动反革命内战。为了欺骗人民，他装出和平姿态，却在私下调兵遣将，准备把中国推进内战的血雨腥风之中。毛泽东高瞻远瞩，为了尽一切可能争取和平，为了揭露国民党假和谈、真内战的阴谋诡计，领导人民实现创建新中国的历史目标，他以无产阶级革命家的大无畏气魄，不计个人风险，于1945年8月28日毅然飞抵重庆，与以蒋介石为代表的国民党当局进行和平谈判。

在重庆谈判期间，毛泽东多次会见著名爱国人士。1945 年 9 月 6 日，毛泽东在周恩来、王若飞的陪同下拜访老朋友柳亚子。应柳亚子想求得毛泽东诗作的这一愿望，毛泽东就将自己写的《七律·长征》赠给了他。10 月 4 日，毛泽东写信致柳亚子，使柳亚子"感发兴起"，随之作诗一首。两日后，柳亚子又"以诗代柬"，将《感赋二首》赠予毛泽东。接到柳亚子诗作的第二天，1945 年 10 月 7 日，毛泽东又把自己于 1936 年 2 月写的那首《沁园春·雪》重新抄录后，赠送给了柳亚子。

在看了毛泽东的《沁园春·雪》后，柳亚子欣喜若狂，直呼"大作、大作"。他一面赞叹毛泽东的词，一面又写了同一词牌的《沁园春》和词一首，一并抄好送交《新华日报》发表。《新华日报》是中共在重庆公开发行的报纸，报社负责人提出要向延安请示。柳亚子不愿因此延误时日，建议先发他自己的和词。《新华日报》于 1945 年 10 月 11 日，即毛泽东离开重庆那天刊发了柳亚子的和词。重庆各界在报上只见到柳亚子的和词而不见毛泽东的原词，都纷纷好奇地打探。柳亚子便"不自讳其狂"，开始把原词向一些友人传发。在重庆《新民报》任副刊《西方夜谭》编辑的著名剧作家吴祖光，先从黄苗子处抄得毛泽东词稿，而黄苗子则是从王昆仑处抄得，抄稿中遗漏了两三个短句，但大致还能理解词意。吴祖光跑了几处，连找了几个人，把三个传抄本凑起来，终于得到了一首完整的《沁园春·雪》。1945 年 11 月 14 日，吴祖光在《新民报》第二版副刊《西方夜谭》上发表了这首咏雪词，标题是《毛词·沁园春》，并在后面写了一段热情推崇的赞语。1945 年 11 月 28 日，《大公报》也发表了"毛唱柳和"的两首咏雪词。

毛泽东的《沁园春·雪》公开刊登后，轰动山城重庆，一时成为人们谈论的焦点。重庆各种报刊纷纷发表和词与评论。据不完全统计，当年刊发的和词不下 50 首，评论将近 20 篇，这在我国诗词史上是绝无仅有的。《沁园春·雪》这首词在此刻问世，有其重大意义。它就好像声音嘹亮的号角，召唤人们朝着民族解放的道路前进，去争取中国新民主主义革命最后胜利的光明前途。

然而，蒋介石看到这首词后却十分恼火。他问专门为他起草文件的陈布雷："你看毛泽东的词如何？"陈布雷如实答道："气势磅礴、气吞山河，可称盖世之精品。"蒋介石说："我看他的词有帝王思想，他想复古，想效法唐宗宋祖，称王称霸""你赶紧组织一批人，写文章……批判毛泽东"。1945 年 12 月 4 日，国民党中央机关报《中央日报》等报刊同时登出了政治"围剿"毛泽东《沁园春·雪》的和词，对毛泽东与共产党进行批判和攻击。

重庆文化界进步人士在周恩来的直接指导下对于反动文人的攻击、批判迅速予以反击。郭沫若率先发表两首和词，盛赞毛泽东咏雪词"气度雍容格调高"，又揭露国民党御用文人"鹦鹉学舌"的丑态。在延安的爱国民主人士黄齐生，晋察冀军区担任《晋察冀日报》社长兼总编辑的邓拓，山东解放区的"将军诗人"陈毅等人，也都各自依韵奉和，热情赞颂毛泽东的《沁园春·雪》。

为了把毛泽东这首词比下去，国民党又暗中在内部发出通知，要求会作诗填词的国民党党员，每人写一首或数首《沁园春》，再从中选几首意境、气势和文字超过毛泽东的，以国民党主要领导人的名义公开发表。通知下达后，虽然征得不少词作，但都是平庸之作，没有一首能超过毛泽东的。后来，虽然又在南京、上海等地雇佣"高手"作了数首，但仍然是些拿不出手的"低质品"。由于国民党的这次活动是在暗中进行的，又未成功，所以一直秘而不宣，高度保密。直到 20 世纪 80 年代中期，才由当年参加过这项活动的一位国民党要员透露出来。

毛泽东的《沁园春·雪》共分上下两阕，上阕描写乍暖还寒的北国雪景，展现伟大祖国的壮丽山河；下阕由词人对祖国壮丽山河的感慨引出了对秦皇汉武等历代英雄人物的评论。这首词不仅赞美了祖国山河的雄伟和多娇，更重要的是赞美了今朝的革命英雄，抒发了毛泽东伟大的抱负及胸怀。毛泽东《沁园春·雪》这首词由于宏伟壮观的艺术意境和博大精深的思想内容，自问世以来就备受推崇。人们盛赞它"风调独绝，文情并茂，而气魄之大乃不可及"。

长城雪景

　　《沁园春·雪》这首词告诉人们，历史的前进和社会的进步，靠的是工农大众，靠的是人民革命。"数风流人物，还看今朝"。只有人民群众才是推动历史前进的真正动力。只要坚持党的正确路线，信任人民，依靠人民，就一定可以建成由无产阶级领导的新中国。《沁园春·雪》激励着中国共产党人不断发挥党组织的战斗堡垒作用，发挥共产党人的先锋模范作用，带领亿万人民，打垮反动派，建设新中国。《沁园春·雪》在重庆首次传抄问世，其实也是对国民党统治区人民政治上的关怀和影响，而且对引领广大革命群众和进步人士认清形势，坚定信念，拥护党领导的革命事业，用战斗迎接新中国的诞生，起了很大的作用。

我是斗争好儿郎

《赣南游击词》

陈毅　1936年

天将晓，队员醒来早。露侵衣被夏犹寒，树间唧唧鸣知了。满身沾野草。

天将午，饥肠响如鼓。粮食封锁已三月，囊中存米清可数。野菜和水煮。

日落西，集会议兵机。交通晨出无消息，屈指归来已误期。立即就迁居。

夜难行，淫雨苦兼旬。野营已自无篷帐，大树遮身待晓明。几番梦不成。

天放晴，对月设野营。拂拂清风催睡意，森森万树若云屯。梦中念敌情。

休玩笑，耳语声放低。林外难免无敌探，前回咳嗽泄军机。纠偏要心虚。

叹缺粮，三月肉不尝。夏吃杨梅冬剥笋，猎取野猪遍山忙。捉蛇二更长。

满山抄，草木变枯焦。敌人屠杀空前古，人民反抗气更高。再请把兵交。

讲战术，稳坐钓鱼台。敌人找我偏不打，他不防备我偏来。乖乖听安排。

靠人民，支援永不忘。他是重生亲父母，我是斗争好儿郎。革命强中强。

勤学习，落伍实堪悲。此日准备好身手，他年战场获锦归。前进心不灰。

莫怨嗟，稳脚度年华。贼子引狼输禹鼎，大军抗日渡金沙。铁树要开花。

1934 年 10 月，由于党内"左"倾冒险主义错误路线的领导，中央苏区第五次反"围剿"遭到失败，红军主力被迫实行战略转移，踏上了漫漫长征之路。由于陈毅在 1934 年 8 月 28 日的兴国老营盘战斗中右胯骨中弹，行动不便，再加上他知军善战，且对根据地比较熟悉，故被留在中央苏区领导游击战争。为了加强苏区的政治和军事领导，中共中央决定成立中共苏区中央分局，由项英、陈毅等人领导。在中央红军主力长征后，留在中央苏区坚持斗争、任中共苏区中央分局委员兼中华苏维埃共和国临时中央政府办事处主任

赣南山景

的陈毅，与中共苏区中央分局书记项英一起，在完成掩护中央红军长征的任务后，分别化名为"老刘"和"老周"。

到 1935 年初，苏区地域缩小。面对强大的敌人，中共苏区中央分局决定分 9 路突围。1935 年 3 月，项英、陈毅等先后到达以油山为中心的赣粤边地区。项英向党中央发出最后一封电报，报告部队突围情况，并收到了党中央回电。但是因中央更换了电台密码，无法译出，项英便命令将电台埋藏起来，烧毁密码。从此，苏区红军与中央失去联系，在白色恐怖中坚持艰苦卓绝的游击战争。与此同时，敌人动用重兵，采取移民并村和赶群众出山的手段，长期搜山、围山、烧山，企图把游击队红军困死在崇山峻岭之中。红军战士整年整月都在野外露宿，大风、雨雪天也在森林和石洞里过。1936 年 1 月下旬至 2 月，赣粤边地区出现罕见的大雪封山。游击队的粮食断绝，只能摘野果、采野菜、剥竹笋充饥。面对红军游击队的困境，赣南地下党的同志组织群众利用每月初一和十五开禁进山砍柴的机会，把大米藏在挑柴的竹杠中，

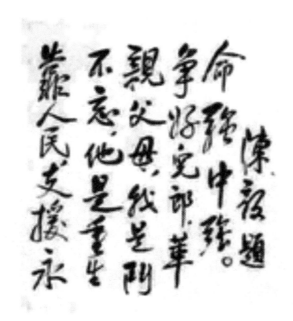

陈毅手迹《赣南游击词》（局部）

把食盐融进棉袄里，设法丢在山上，转交游击队。领导游击战争的陈毅在油山秘密据点吃着从山上"捡"来的大米饭，不由得感慨万端，写下这组动人的《赣南游击词》，记下了中国革命史上这段令人难忘的史实。

可以说，从1934年秋开始到1937年冬这段时期，是陈毅革命生涯中最为艰难的时期，也是其革命诗词创作颇为丰富的时期。陈毅与项英率领中央苏区红军想方设法突破敌人的重重包围，从中央苏区转移到粤赣交界的大庾岭一带，在此坚持开展了约三个年头的游击战争。这三年游击战争，是陈毅在革命斗争中所经历的最困难的阶段。面对强大敌军的残酷"清剿"和物质条件的极端艰苦，红军游击队员时刻处于战死、饿死、困死的威胁之中，但他们实行正确的政策，以无比坚强的革命意志，依靠群众的支持和掩护，开展灵活机动的游击战争，不仅渡过了一道道难关，保存了革命力量，而且打击了敌人的反动气焰，支持了红军主力北上抗日。由于敌军的不断袭击和"清剿"及叛徒的告密，红军游击队员多有牺牲，陈毅和项英也都多次遇险。在这段时间里，陈毅先后写了《哭阮啸仙、贺昌同志》《登大庾岭》《偷渡梅关》《野营》《油山埋伏》《赣南游击词》《三十五岁生日寄怀》《雪中野营闻警》《赠同志》《梅岭三章》《无题》《寄友》等十几首诗词。这些诗词是对这段艰苦卓绝的战斗岁月真实而又生动的记录，并构成了其诗歌创作实践的第一个高潮。而《赣南游击词》是陈毅在此期间具有代表性的篇章，它最能反映陈毅在赣南游击战时的艰苦生活，也是他最负盛誉的作品之一。

在这一时期的诗词作品中，陈毅作于1936年春天的七言律诗《野营》，真切地描绘了当时游击战争生活的艰难困苦，并表达了对主力红军的深切怀念和对革命胜利的坚定信念，诗中写道："恶风暴雨住无家，日日野营转战车。冷食充肠消永昼，嘹声扪虱对山花。微石终能填血海，大军遥祝渡金沙。长夜无灯凝望眼，包胥心事发初华。"而陈毅的组诗《赣南游击词》用《忆江南》的词格，像古人填《忆江南》一样，写得深入浅出，从不同的侧面对《野营》一诗所表现的游击战争生活情境和革命情怀作了更为具体的记述，既浅易轻俏，又有几分潇洒沉稳，读来颇有趣味。

南方红军坚持游击战争

在1936年夏天，国民党粤军对赣粤边游击区实施大规模"清剿"。他们采取篦梳式搜山方法，胁迫群众将树砍光，草烧光，使红军游击队员无处藏身，并实行移民并村、保甲连坐、计口售盐粮等策略，企图割断红军和群众的联系，达到困死、饿死、冻死、烧死红军游击队员的目的。红军游击队面临极大困难，陈毅在《赣南游击词》中对这些史实做了详细的描述：红军游击队员没有饭吃——"天将午，饥肠响如鼓。粮食封锁已三月，囊中存米清可数。野菜和水煮"，"叹缺粮，三月肉不尝。夏吃杨梅冬剥笋，猎取野猪遍山忙。捉蛇二更长"；红军游击队员没有住处——"夜难行，淫雨苦兼旬。野营已自无篷帐，大树遮身待晓明。几番梦不成"；此外，红军游击队员还没有衣穿、不能大声讲话等。但困难吓不倒游击队员，陈毅与项英一起领导游击队，以"敌人找我偏不打，他不防备我偏来，乖乖听安排"的高超游击战术与敌战斗，挫败了敌人的屡次"清剿"。1936年11月，陈毅在梅岭被敌围困20多天，难以脱身，想到自己九死一生，于是写下了气壮山河的《梅岭三章》："断头今日意如何？创业艰难百战多。此去泉台招旧部，旌旗十万斩阎罗。南国烽烟正十年，此头须向国门悬。后死诸君多努力，捷报飞来当纸钱。

投身革命即为家，血雨腥风应有涯。取义成仁今日事，人间遍种自由花。"

　　陈毅的诗词源于革命实践，抒情写意，歌颂革命，古为今用，推陈出新，上口易懂，广为流传。1959 年 10 月到 1960 年 7 月，中国人民革命军事博物馆预展期间，贾若喻馆长恳请陈毅元帅为土地革命战争馆南方三年游击战争部分书写《赣南游击词》。陈毅元帅遂于综合馆休息室，亲笔书写了包括《赣南游击词》《梅岭三章》在内的诗词 12 首。陈毅元帅深念南方三年游击战争中人民群众的大力支持，将《赣南游击词》中歌颂游击队与群众鱼水情深的那部分，特书于一张 33 厘米见方的宣纸上，即"靠人民，支援永不忘。他是重生亲父母，我是斗争好儿郎。革命强中强。"陈毅元帅这次亲笔书写的《赣南游击词》《梅岭三章》成为中国人民革命军事博物馆的珍贵文物，是我们了解南方三年游击战争和进行革命传统教育的重要文史资料，它体现出来的革命精神永远值得后人学习。

　　《赣南游击词》全词共由 12 节内容组成，写得极为浅易轻俏。说其浅易，是因为作者将复杂严酷的游击战争生活用一看就懂的诗歌形式写出，如山间清泉，自然流泻。说其轻俏，是这组词将普通人不可忍受的艰苦生活写得轻松自如，表现了游击战士乐观豪迈的情怀。面对敌人极其凶残的大搜剿，有时一夜多次转移，露宿野外，为避免暴露，连耳语也要放低声音。有时阴雨连绵不断，只靠大树遮身，不能睡，也不敢睡："梦中念敌情"。最难忍受的是饥饿，长达三个月的封锁，存米可数，只能用水煮野菜，过着"夏吃杨梅冬剥笋"的日子，为了"打牙祭"，只好昼猎野猪，二更捉蛇。作者在写这一切艰难困苦的时候，又不时地会来一句略带书卷气的词句："野菜和水煮""集会议兵机""几番梦不成""对月设野营""森森万树若云屯""贼子引狼输禹鼎"……这些句子洋溢着传统词作的韵味和诗意，使词不离格，既保持了原来词体的风貌，也显示了词人兵家气概和"儒将"风度。有时加入一两句俏皮话："树间唧唧鸣知了""饥肠响如鼓""敌人找我偏不打，他不防备我偏来。乖乖听安排"。既有辛弃疾式的散文入词的味道，又体现了一支来自普通老百姓的军队的整体气质，而作者已经与战士融为一体了。特别是"鸣知了"一句，又似乎暗示着此番艰难困苦只有"唧唧知了"才"知了"的意思，读来亲切流畅又耐人寻味。

事实上，人民群众最了解此情此景、此味此意。正是依靠人民群众的支援和掩护，赣南游击战中红军将士才能坚持下来，才能夺取反"清剿"斗争的胜利。正如陈毅同志 1942 年在一封信中指出的："南方三年游击战争，也同二万五千里长征一样，证明了中国共产党是一个不可战胜的伟大革命力量。"只有靠人民的支援，这支部队才可能生存下来，并与敌人展开殊死的斗争。所以，作者把人民看作"重生父母"，把自己和自己的军队看作是"斗争好儿郎"，极贴切地写出了军队与人民的血肉关系。于是，他鼓励自己，也鼓舞战士们要"勤学习"，"莫怨嗟"，为的是"他年战场获锦归"，争得那"铁树开花"的胜利。这首词在整体风格的浅易流畅中，凝聚着一副赤子心肠的炽烈和钢铁一般的坚定信念，又显得庄重沉稳和火热豪迈。

总之，《赣南游击词》记录和再现了三年游击战争中留在南方根据地坚持斗争的红军游击队员的生活，堪称"诗史"。不过，它并没有如史诗那样板起面孔直陈其事的呆板与僵化，也避免了史诗铺陈叙事时"敷陈其事"的繁复。陈毅用艺术家轻快的笔锋与革命家乐观的豪情，以及中华儿女对祖国的热忱，把艰难困苦的生活转化为易诵易懂的诗化表达，从而使作者表现出兼具儒雅文人与决胜千里的武将的共同气质，无愧于难得的"儒将"风范和光辉形象。

从艺术角度来讲，陈毅主张形式服从于内容。他在后来陈述自己的诗歌主张时说他所崇尚的艺术境界是"此中真歌哭，情文两具备"。他不反对形式技巧上的探索，然而不愿为死板的形式规则所束缚，也不屑于单纯运用形式技巧，自称"不为古人奴，浩歌聊自试。师今亦好古，玩古生新意"（《湖海诗社开征引》）。《赣南游击词》正体现了他的这种纯真的艺术追求。这组词是按《忆江南》词牌的句式写成，但并不完全拘泥于《忆江南》词的平仄格律。各节都含有丰富充实的生活内容、思想内容，极富生活情趣，在形式和格律上则给了自己相对的自由，不过分局限于死板的形式规则。词在古代诗体中本是篇幅较小的一种形式，从不同的方面表现一系列具有诗史性的时代面貌；而且在中国古典艺术的功能分类中，一般以诗叙事言志，以词抒发个人情感。

《赣南游击词》在语言运用上，作者惯于运用通俗的群众口语，如"乖乖听安排""重生亲父母""好儿郎"等，同时又善于吸取有生命力的古代的词语，如"兼旬""怨嗟""禹鼎"等；在用典上，承其义而用义，如"铁树要开花"；在风格意境上，有的质朴无华、"明白畅晓"，如第九节、十节，有的雅致洒脱，含蓄有味，如第一、四、五节，有的又兼具民歌的情趣，有的还有古诗的风韵，不拘一格，风格多样，共同营造出清新豪迈的格调。所以，全词意趣盎然，情味悠长，极具艺术感染力。

陈毅元帅的"绝笔"诗作

《梅岭三章》

陈毅　1936 年

一九三六年冬，梅山被围。余伤病伏丛莽间二十余日，虑不得脱，得诗三首留衣底。旋围解。

〔一〕

断头今日意如何，创业艰难百战多。

此去泉台招旧部，旌旗十万斩阎罗。

〔二〕

南国烽烟正十年，此头须向国门悬。

后死诸君多努力，捷报飞来当纸钱。

〔三〕

投身革命即为家，血雨腥风应有涯。

取义成仁今日事，人间遍种自由花。

《梅岭三章》写于 1936 年冬天，它是中国共产党人陈毅在梅岭被国民党军队围困时创作的七言绝句组诗作品。这组诗的创作经过已在小序中说得清清楚楚。其中"虑不得脱"一语，在平淡简洁中反映出当时战斗的无比惨烈和艰难凶险，是诗人对未来命运的判断，让人读后充满心酸悲怆之情。然而，即使在这样九死一生的危急关头，诗人仍然能气定神闲，"得诗三首"。陈毅虽然处在危难之际，但献身革命的决心和对革命必胜的信心却矢志不渝。他的革命乐观主义精神，成为中华民族的宝贵精神财富，激励着一代又一代中

梅岭

华儿女为国家富强、民族复兴艰苦创业，勇往直前；他的诗作和故事也成为爱国主义教育和革命传统教育的生动教材。

梅关位于大庾岭（今江西大余与广东南雄之间）海拔七八百米高处的巅峰。唐开元四年（716），时任左拾遗的张九龄奉诏开凿岭南驿道，以连接长江水系和珠江水系，推进岭南经济、文化发展。3年功成后，两侧植梅，梅关因此得名。从此之后，这条古驿道上“商贾如云，货物如雨，万足践履，冬无寒土”，它曾是沟通中原和岭南地区的最佳路线，也是海上丝绸之路唯一的陆上通道。唐代诗人杜牧《过华清宫绝句》诗中有云“一骑红尘妃子笑，无人知是荔枝来”，那鲜美的岭南荔枝就是通过这条驿道由飞骑日夜兼程送到长安，而色味仍能保持不变。赣粤交界处的梅关，地势极为险要，山路崎岖不堪，易守难攻。自唐代张九龄在梅山劈开关隘，设立关卡后，梅关就成了赣粤交通要道，成为历代兵家必争之地。梅岭是红军南方三年游击战争的主要根据地。如今，梅关古驿道沿途建筑已经修复，到处种植梅树，而且重立了诗碑，很好地把《梅岭三章》诗碑与梅关碑林连成一片，成为当地一道独具革命文化内涵而又景色优美的人文景观。

《梅岭三章》诗碑

　　1934年10月，红军主力从中央苏区突围长征，为了迷惑并牵制国民党部队，帮助主力红军摆脱国民党军队的围剿，中共中央决定由陈毅率领部分红军战士转战于南方的赣粤交界地区。当时赣南游击队在陈毅同志的正确领导下，不断发展壮大。这些留守苏区的红军和地方武装力量英勇抗击数十倍于自己的敌军，掩护红军主力转移，保卫红色苏维埃政权。随着中央苏区形势日益恶化，1935年3月，项英、陈毅率部突围来到赣粤边的油山地区和梅岭，开展游击战争。这个地区过去只能算一个普通的游击区，这时却成了赣粤边游击战争的中心。由于缺少衣物、粮食和医疗药品，使得当时游击战争的条件已经不能用艰苦来形容，将士个个饿得皮包骨头，受伤也得不到医治。更为艰难的是，陈毅部在赣粤交界地区转战的过程中，不断遭到国民党部队的疯狂反扑。蒋介石下达了狠命令，要求"掘地三尺""斩草除根"，绝对不让苏维埃政权"死灰复燃"。国民党军队采取碉堡围困、经济封锁、移民并村、保甲连坐等极为残酷、毒辣的手段，反复"清剿"游击区，白天放警犬追踪，晚上用探照灯搜索。国民党反动派为了消灭游击队，在实行残酷的军事清剿和经济封锁的同时，还到处追捕陈毅和项英，并张贴布告，声称捉到陈毅赏大洋5万。项英和陈毅身处敌人围剿的险恶环境，几番死里逃生，仍然意志坚定地领导红军游击队坚持艰苦卓绝的游击战争，坚持"依靠群众，坚持斗争,积蓄力量,创造条件,迎接新的革命高潮"的方针,制定了长期作战的斗争策略,对部队进行了分兵游击的部署。红军游击队在这里渡过了三年最困难的游击生活,这也是陈毅革命生涯中最为艰难的时期。

梅岭山中的深秋季节,寒意袭人。那时,陈毅正住在离大余县城约 15 公里处梅岭的一个山沟里。一天下午,原湘鄂赣省委派到敌军做兵运工作的陈宏送个纸条上山来,说党中央派人带来了重要指示,要负责的同志到大余县城去接头。没想到,此行却让陈毅在梅关经历了一场生死劫。陈毅抵达大余县城时,得知陈宏已叛变。当他返回梅岭时,叛徒陈宏已经把告密信送出,项英、陈毅等人的驻地——梅山斋坑则被敌人迅速包围。敌人以 5 个营的兵力在梅岭搜索,为躲避搜查,陈毅和赣粤边特委人员果断地昼伏草丛,夜里转移,在梅山范围内与敌人周旋。一连 20 多天,陈毅率兵东奔西走,和敌人绕圈子。这些天里,游击队丝毫不敢烧火做饭,也没有干粮可吃,大家只能嚼野果和野菜来充饥。敌人搜捕不到,竟然恼羞成怒放火烧山。一日,陈毅蛰伏在草丛中,旧伤隐隐作痛,胃病再次复发。他心中十分焦虑,也不知自己能否逃过这次劫难,一时间陷入了深深的思虑之中。危难关头,陈毅做了最坏的打算,便把 20 天来的艰难困苦用诗句连接成章,写出了豪气冲天的带有"绝笔"性质的诗作——《梅岭三章》。

出乎意料的是,就在陈毅留下"绝笔"诗的当天,敌人白天竟然没有进山搜查,晚上也没来,第二天山里依然十分安静。这到底是怎么回事呢?陈毅连忙派人下山去探查情况,一打听才知道外面发生了震惊中外的"西安事变"。原来是在 1936 年 12 月 12 日这天,爱国将领张学良、杨虎城在西安扣留了蒋介石,劝谏其"停止内战,联共抗日",国民党部队这才暂停搜山,急急忙忙从游击区周围撤走人马,一些地方反动武装也龟缩在碉堡里不敢出来,梅山因此而得以解围。转战 20 多日,处于饥寒交迫、奄奄一息中的红军游击队员得以绝境逢生。

西安事变前张学良与杨虎城的合影

　　国民党军队的撤离，让红军游击队员和群众心中充满欢喜，以为"十年心愿，一朝得偿"，这下终于可以重见天日了。但出人意料的是，十几天之后，国民党的报纸上突然登出消息，蒋介石在张学良的护送下飞回南京了。后来，项英、陈毅从香港《工商日报》上看到了有关西安事变的详细报道，才弄清了事情的真相。

　　自 20 世纪 20 年代之后，日本帝国主义一步步地加紧对中国的侵略，尤其是 1935 年华北事变后，民族危机空前严重，中日民族矛盾上升为主要矛盾。在民族危机空前严重的关头，蒋介石仍旧一意孤行，坚持"攘外必先安内"的政策。张学良将军被迫"剿共"，但因在陕北战场上屡遭失败，受到蒋介石的责难，于是急于寻求出路。1935 年 11 月，在国民党第五次全国代表大会召开期间，他与杨虎城将军分别通过进步人士杜重远等人，与中国共产党进行接触。从南京回到西安后，张学良通过被中国共产党放回的原东北军团长高福源的联系，与周恩来同志在延安举行了会谈。张学良决定以民族存亡的大局来说服蒋介石停止内战，一致抗日。与此同时，杨虎城收到了毛泽东主席派人给他送来的亲笔信。但是，他们的活动被蒋介石安插在西安的特务头子察觉并秘密报告回了南京。为了反击特务的猎獗活动，张学良下令查抄了国民党陕西省党部。此事促成了张、杨的合作，同时也震动了正在南京主持解决"两广兵变"的蒋介石。1936年12月初，蒋介石亲临西安，下榻于临潼华清池。张学良多次到蒋介石住处，对其进行"苦谏"，但都痛遭拒绝。蒋介石限他三天内答复是否继续执行"剿共"的命令，否则就将他和杨虎城的东北军、西北军调离陕西。张、杨被迫于1936年12月12日对蒋介石实行了"兵谏"，因此爆发了震惊中外的西安事变。

西安事变爆发后，全国各界人民举行示威游行，拥护中国共产党的抗日救国主张，要求国民党政府停止内战，一致抗日。中国共产党受张学良和杨虎城二位将军的邀请，派出以周恩来为首的代表团飞抵西安。周恩来从民族存亡的大局出发，说服了迫于抗日压力而不得不答应联合抗日的蒋介石，使其接受了中国共产党抗日救国的"八项主张"。西安事变得到了和平解决，抗日战争也进入了一个崭新的阶段。但实际上，蒋介石采取的却是"北和南剿"的政策，他一方面和陕北红军主力部队进行联合抗日谈判，另一方面却对南方八省的红军游击队采取不承认政策，密令所属各地军政当局：务必趁中央与共方谈判之机，实行"北和南剿"的方针，消灭共产党在南方的红军游击队和地方组织。在这段时间里，蒋介石先后调动了40多个正规师和60多个保安团，对南方八省的红军游击队实行严密的"搜剿、追剿、堵剿、驻剿"。陈毅、项英、陈丕显等领导人多次遇险，九死一生，革命形势仍然波谲云诡。

直到1937年7月7日，"七七事变"爆发之后，蒋介石才逐渐停止对南方红军游击队的"清剿"。1937年9月6日，陈毅出山开始与国民党地方军政当局就联合抗日进行谈判。双方经过激烈的谈判，最终确定在1937年10月2日将南方八省15个地区的红军游击队改编为国民革命军陆军新编第四军（简称"新四军"），全面整装并开赴抗日前线。

《梅岭三章》是陈毅在生死存亡关头写下的一曲气壮山河的无产阶级正气歌，是由三首七言绝句构成的组诗。三首诗虽在内容上各有侧重，可单独成篇,但在主旨上又具有内在统一性,从不同侧面表现了诗人坚定的革命信念及甘愿为人民解放事业献身的革命观。

"断头今日意如何,创业艰难百战多。此去泉台招旧部,旌旗十万斩阎罗",直截了当地表明革命志士面对死亡那从容不迫的正气与浩气,表现了作者对革命事业生死不渝的坚贞气节。"断头今日意如何",诗的开篇就开门见山地提出问题,以如何面对断头之危自问,充分显示出陈毅面对死亡的大无畏的英雄气概。生命对于每个人来说都只有一次,面临断头的时刻,不管是谁都会有一些想法涌入头脑之中。此时此刻,陈毅想到了什么呢?他首先想到的是"创业艰难百战多",要奋斗就会有牺牲,为了开创革命大业,他已经遭遇过无数艰难困苦的战斗经历,早就将生死置之度外了,今日断头也是死得其所,实在没什么可顾虑的。这一问一答,问得率直明快,答得慷慨豪迈,将陈毅视死如归、甘于为革命赴汤蹈火的英雄形象鲜明地矗立在我们的面前,令人心生敬仰。面对死亡的威胁,诗人还想到了革命大业尚未完成,革命目标尚未实现,今日断头实在是心有不甘、死不瞑目。陈毅借此诗句表示自己一旦牺牲,仍要到黄泉之下去招集先前死难的战友,组织起十万浩浩荡荡的大军,直捣阴间地府,去斩下"阎罗王"的首级。这两句诗壮怀激烈、辞气锋利、气吞山河,淋漓尽致地表现出诗人坚定的革命斗志和豪迈的英雄气概。

此诗的第二章"南国烽烟正十年,此头须向国门悬。后死诸君多努力,捷报飞来当纸钱",则是重点写作者对"后死诸君"的期待,勉励生者为人民解放的未竟事业继续奋斗下去。"南国烽烟正十年",是诗人参加革命武装斗争历程的概括。从1926年8月离开北京到四川做响应北伐的兵运工作,直到10年后的冬天,陈毅一直在烽火连天的战场上战斗着,为红军的创立、革命根据地的建立和赣粤边游击区的创立与发展立下了不朽的功勋。此句也可以看作是对第一章中"创业艰难百战多"的具体注解。"创业"句着重写斗争的艰难,而"南国"句则着重点明斗争的时间和地点。作者创作此诗之时,是中央苏区已失、南国大地处于反动派更加凶残的统治之下的时候,想到自己有可能告别这片十多年为之浴血奋战的热土,怎能不使诗人感慨万端,深以为憾。于是，诗人将满腔激情喷涌笔端，借用伍子胥头悬国门的典故，表现了不亲眼看到敌人彻底灭亡而死不瞑目的革命意志。一个"须"字，使诗人视死如归的英雄气节和为革命殉难的大无畏精神跃然纸上，撼人心弦。"后死诸君多努力，捷报飞来当纸钱"，是前一句诗的自然引申。诗人将活着的战友称为"后死诸君"，意在提醒战友们要做好牺牲的准备，希望他们能够像先行赴难的"十万旧部"及行将断头的自己一样，不怕牺牲，前赴后继地战斗下去。这里且不说当年战火纷飞的年代，今日读来都令人极为震撼。

　　而第三章"投身革命即为家，血雨腥风应有涯。取义成仁今日事，人间遍种自由花"，则进一步从正面抒发诗人对革命事业的必胜信念和甘愿为之献身的人生理想。"投身革命即为家，血雨腥风应有涯"是说诗人从参加革命之日起生命已经不属于自己，革命事业是其一生归宿，生死无畏，决心为之奋斗终生。他所盼望的就是能扫清这血雨腥风的世界，为人民大众争得自由罢了。虽然革命事业一直处于"创业艰难"之中，祖国大地依然处于反动派血腥残暴的统治之下，但黑夜终将过去，黎明必会到来。中国古代积极的人生观有"修身齐家治国平天下"，同时"家国情怀"和"国恨家仇"等词也说明了家与国是不能截然分开的。覆巢之下安有完卵？无家不成国，国破亦难有幸福完美的家。将革命事业当作自己的理想，这是一个满怀忧国忧民之情的共产主义战士革命观和人生观的生动写照，显示出诗人高尚广阔的胸襟。为了使人民解放的美好未来能早一天到来，诗人甘愿将自己和无数烈士的鲜血汇聚在一起，在祖国的大地上浇灌自由之花。在这里，诗人将一个共产党人崇高的共产主义理想融入了中华民族"取义成仁"的传统美德。在这雄沉重泰岱，绚烂比彩霞的诗句中，凸显出一个革命家博大的胸怀和崇高的精神境界，而这样的境界是那些蝇营狗苟之徒、苟且偷生之辈永远都达不到的。革命为生不为死，但也勇于向死而生，这正是生命光辉的另一种闪耀。"人间遍种自由花"则是作者对革命胜利后未来的美好展望，也是作者甘愿取义成仁、头悬国门的生命追求与真正意义之所在。

　　整体来看，《梅岭三章》抒发了一位身经百战的革命将领于"虑不得脱"

时的豪情壮志，诗中充满撼天动地之情，回荡着凛凛浩然之气。正是因为当时担心不能脱险，陈毅才在生死存亡的危急关头写下了《梅岭三章》，表达自己的革命理想"人间遍种自由花"；正是陈毅的这种临危不乱、果断执着的革命精神，才使他逢凶化吉，摆脱重重困境；正是有了这次生与死的考验，才让后人有机会欣赏到陈毅元帅的这组绝笔诗《梅岭三章》。今日再读《梅岭三章》，我们依然能从中感受到陈毅元帅那种豪气干云、革命理想高于天的英雄气概，感受到陈毅元帅为了人民的幸福死而后已的革命精神。这种英雄气概，这种革命精神，正是中国共产党从建党的那一刻起，在中国共产党人身上薪火相传的精神风范。

孤军奋战念故友

《七律·寄友》

陈毅　1937 年

　　一九三七年春，敌寇策动侵华日急，国民党反动派对我之"清剿"更烈。余辗转游击于五岭山脉，时红军主力西去秦陇，消息难通。而阮啸仙、贺昌、刘伯坚诸同志相继牺牲。每夜入梦，故人交情，不渝生死。游击各同志又与余分散活动，因诗以寄意。

　　　　风吹雨打露沾衣，昼伏夜行人迹稀。
　　　　秦陇消息倩谁问，故交鬼影梦中归。
　　　　瓜蔓抄来百姓苦，萁豆煎时外寇肥。
　　　　叛徒国贼皆可杀，吾侪南线系安危。

　　1936 年 12 月 12 日，为了促使蒋介石停止内战、联共抗日，东北军与西北军之爱国将领张学良和杨虎城二位将军在西安采取联合行动，对蒋介石实行"兵谏"。在中国共产党的积极参与下，"西安事变"得到和平解决，蒋介石被迫接受了联共抗日的条件。然而，蒋介石处心积虑地打击削弱革命力量之心并未改变，他一面打着抗日的旗帜，一面又积极破坏抗日。在被释放回南京后，他采取了"北和南剿"的方针，与陕北红军主力进行合作抗日的谈判，对南方八省的红军游击队则采取不承认政策，先后调集了 40 多个正规师、60 多个保安团，对南方各游击区实行"搜剿、追剿、堵剿、驻剿"，企图趁与中共谈判之际将自己"后院"里的革命武装消灭干净。

在赣粤边区，蒋介石从 1937 年 1 月中旬起，继续以嫡系国民革命军（简称"国军"）第四十六师及部分粤军为进攻主力，又从湖南调来国军新编第十师，外加保安团、"铲共"义勇队等配合，对南方各游击区进行变本加厉地"清剿"，用数以万计的兵力向游击区发动了西安事变之后第一次大规模清剿，并扬言在三个月内消灭赣粤边红军游击队，活捉项英和陈毅。敌人采取梳篦式的搜山战术，逐山逐坑地搜索，搜完后即放火烧山，烧不完的乔木树，就强迫群众砍光，妄图使红军游击队无处藏身，以便一举歼灭。陈毅和项英领导游击队采取避实就虚的战术与敌人周旋，在人民群众的帮助下，粉碎了敌人的围剿计划。直到 1937 年 7 月"卢沟桥事变"爆发，敌人的进剿才完全停止。同年 10 月，在国共双方的谈判下，由留在南方八省进行游击战争的中国工农红军改编的国民革命军陆军新编第四军（简称"新四军"）宣告成立。自此，南方各省的红军游击队才结束了内战中的游击生活，走上了抗日战争的新征途。

准备参战的南方游击区战士

训练中的南方游击区战士

　　但是，三年游击战争中，红军的损失是惨痛的。1935年春天，留守中央苏区的红军向赣、粤、闽、湘边区突围时，中央军区政治部主任贺昌和中共赣南省委书记、赣南军区政治委员阮啸仙二人不幸在游击战斗中壮烈牺牲，刘伯坚则在作战中负伤被俘，于1935年3月20日被国民党反动派杀害，在随后两年多的游击战中，许多与陈毅一同留在南方坚持斗争的中共军政领导人相继牺牲。与此同时，游击队只能以分散游击的方式与强大的进剿之敌周旋，战友们的情况也难以随时互相了解。直到1937年年初，辗转游击于五岭山脉的红军游击队自红军主力长征以后，都一直未能与党中央取得联系，处于孤军奋战的境地，而国民党军队对赣粤边游击队又不断发动大规模的残酷清剿，使得陈毅身处内忧外患的境地。念及这一切，陈毅不禁百感交集，遂以饱含感情的笔墨在孤军奋战中写下了这首寄友诗，以表达自己百折不回、坚持斗争、不获胜利誓不罢休的坚定决心，并以此与战友们共勉。

　　《寄友》这首诗写于黎明前的黑暗时刻，此诗题目为寄友，实则兼有以诗寄己之意。作者勉励红军战友坚守党在南方的革命阵地，同卖国投敌、残害人民的反动派斗争到底，表现了一个革命家在艰难困苦的环境中所显示出的英雄气概。陈毅曾在 1935 年 4 月写过一首《哭阮啸仙、贺昌同志》，诗中写道："哀哉同突围，独我得生全"，深切哀悼在突围中牺牲的战友。在这首《七律·寄友》诗中，诗人一方面怀念已故的老战友，一方面描绘了游击队员当时所处的环境，同时还表达了诗人对国民党反动派倒行逆施的谴责和自己要坚持战斗的决心。

诗的开篇，诗人很自然地从红军游击斗争生活的艰难写起。"风吹雨打露沾衣，昼伏夜行人迹稀"这两句以生动写实的笔墨描绘出了一幅红军战士在艰难困苦条件下的游击野营图。由于强大敌军的不断进剿，红军游击队居无定所，不仅要忍受着风吹雨打无遮蔽和露侵衣被夏忧寒的煎熬，还要时刻警惕敌军，无论是白天潜伏还是晚上行军，都要挑人迹稀少的荒野地带。这两句诗，与作者此前写成的《野营》中的"恶风暴雨住无家，日日野营转战车"及《赣南游击词》中的"夜难行，淫雨苦兼旬。野营已自无篷帐，大树遮身待晓明。几番梦不成"等诗句，反映的都是这种处境艰苦、困难重重的军旅生活。

在首联描写的基础上，诗人于颔联中表达了对党中央的深切怀念和对死难战友的沉痛追思。他曾对陈丕显说，主力红军在陕甘宁边区打了那么多胜仗，建立了陕甘边革命根据地，我们要是能派个人到延安去就好了！为了能取得中共中央的指示，陈毅曾用化名多次写信给上海的鲁迅先生，想请他通过中共在上海的地下党组织和党中央取得联系，但由于路途遥远，曲折太多，最终没能成功。敌人还曾抓住陈毅的这一心理，利用叛徒陈宏以"党中央来人"这个消息为诱饵，诱骗陈毅下山到大余县城南饭店会面，幸亏地下交通站未叛变的同志及时通告才得以脱险。之后，敌人又在陈宏的带领下包围了红军游击队指挥部驻地梅岭斋坑，以整整四个营的兵力连续围剿几十天，甚至连山里的野猪、山牛都被惊扰得满山乱跑。陈毅、项英带着机关人员，挨冻忍饥，翻山越岭，在荒无人烟的大山里转来转去，鞋都磨穿了两双，也未能跳出包围圈，直到西安事变爆发，才得以解困。"秦陇消息情谁问"一句，准确表达了陈毅在孤军奋战之际渴望得到党中央的消息和指示的急切心情。接下来，"故交鬼影梦中归"写自己睡梦里常常梦见已经牺牲了的战友的身影。陈毅是一个非常重情重义的人，他崇尚的也是"此中真歌哭，情文两具备"的诗文。在他的诗词中，多有悲悼怀念已故战友的作品和诗句，如《哭阮啸仙、贺昌同志》《记遗言》《哭彭雪枫同志》《哭叶军长希夷同志》《悼罗炳辉将军》等，都是具有真挚情感的悲悼诗篇。在这里，诗人以梦中与死难战友的相会表达了对已逝者的深切思念。这两句诗充分反映出了当时真实的状况：一方面，游击队长期失去了与党中央的联系，如离群孤雁，孤军奋战在南国大地上；另一方面，一起留在南方坚持游击战争的战友相继遇难牺牲。在此进一步呼应了首联所描绘的游击斗争的艰苦环境。

　　在日寇加快侵华步伐、中华民族面临生死存亡的危急时刻，国民党反动派非但不积极抗日，反而加紧内战，残杀同胞，这不能不引起诗人莫大的愤慨。于是在颈联，诗人沉痛地写下了"瓜蔓抄来百姓苦，萁豆煎时外寇肥"的诗句。国民党军队对红军游击队实行军事清剿和经济封锁的同时，还在政治上实施"分化、瓦解"政策，推行连坐法，要群众互相监视，互相保证"不藏匪、不通匪"，如果一家"藏匪、通匪"不报告，十家全都杀光。这正是古代封建统治者对臣民实行一人犯罪，辗转牵连残酷诛戮的瓜蔓抄的现代翻版。诗人借瓜蔓抄的典故控诉了国民党反动派在实行"宁可错杀三千，不可放过一个"的屠杀政策下对人民群众犯下的血腥残暴的罪行。"萁豆相煎"历来都是同室操戈、自相残杀的代称，这里借用来说明国民党反动派一味反共打内战的罪恶行径只会让对中国领土虎视眈眈的日寇坐收渔翁之利。古人尚且懂得"兄弟阋于墙，外御其侮"的道理，国民党当局在整个民族面临"外侮"之际，却仍然一心致力于同胞间的残杀，这不正是削弱自身国力的犯罪行为吗？

　　诗的最后，作者勉励战友们为了国家和民族安危的大局，一定要克服困难，坚守革命阵地，坚持斗争下去。"叛徒国贼皆可杀"一语表达了作者对叛国投敌、认贼作父的汉奸走狗与实行反人民的内战政策、葬送国家命运和民族前途的国民党顽固派的仇恨，以及与之斗争到底的坚定决心。结语"吾侪南线系安危"则点明了坚持南线斗争的意义，它关系到全局的成败。陈毅同志不仅仅是一个擅长于战术运用的军事指挥员，还是一个具有政治和战略眼光的革命军事家。在南方三年游击战争中，他一直密切关注着国际国内形势的风云变化，高瞻远瞩，从战略大局看待南方游击战争的意义。在1935年秋所写的七言绝句《登大庾岭》中，他就将南方游击战与全国的抗日战争联系起来，写下了"大庾岭上暮天低，欧亚风云望欲迷。国贼卖尽一抔土，弥天烽火举红旗"这样胸怀全局的诗篇。在这首《七律·寄友》诗中，他再次将南线的斗争与革命的成败和国家民族的前途联系起来，显示出陈毅军事战略家的眼光和他心系革命、忧国忧民的伟大胸怀。这是鼠目寸光之辈、苟且偷生之徒所远不能及的。对此，毛泽东曾经指出，南方各游击区是我们和国民党十年血战的结果的一部分，是抗日民族革命战争在南方各省的战略支点。中共中央政治局于1937年12月13日所作出的《对于南方游击区工作的决议》也指出，南方红军游击队的三年游击战争，使各游击区成为中国人民反日抗战的主要支点，使各游击队成为最好的抗日军队之一部，这是中国人民一次极可宝贵的胜利。可见，党中央、毛主席正是从革命战争和抗日战争大局上高度评价了南方红军的游击战争。

总之，《七律·寄友》一诗由描述敌军疯狂清剿下游击斗争的艰难困苦起笔，转而升华到对国家民族生死存亡命运的忧患之思上来，意蕴深沉凝重，气格高远雄健，显示出诗人身在赣粤边游击区、心系全中华的宽广胸怀。全诗写实与用典有机结合，将游击之苦、悼友之情、忧国之思融为一体，内容厚重，境界阔大。此外，作者在艺术表达上具有高度的概括力，选字上也别具匠心。第一联"风吹雨打露沾衣，昼伏夜行人迹稀"仅14个字就生动地展现出一幅红军战士艰难游击的画面。第三联中不仅"瓜蔓抄"与"萁豆煎"、"百姓苦"与"外寇肥"前后对仗工整严谨，而且抄与煎、苦与肥四字的运用和全诗的意境极相贴合，在揭露国民党反动派祸国殃民的反动政策方面都具有形象精确、深刻老辣的艺术表现力，显示出作者炼字、炼句与炼意的深厚功夫。纵观全诗，无论是怀念故友，还是勉励自己，诗中始终都洋溢着一股革命豪情，表现了诗人在极端艰苦的环境中，不向困难低头，不向敌人低头，永葆革命斗志，不屈不挠的战斗精神。

东进江南第一曲

《卫岗初战》

陈毅　1938 年

弯弓射日到江南，终夜喧呼敌胆寒。

镇江城下初遭遇，脱手斩得小楼兰。

卫岗也称韦岗，位于江苏镇江西南 15 公里处，岗峦起伏，丛林茂密，镇句公路蜿蜒而过，两座山岗横卧南北，是兵家设伏擒敌的绝佳之地。

1937 年"七七事变"的爆发标志着抗日战争全面开始。日军的铁蹄不断加快对中国的践踏，同年 12 月，南京沦陷，日寇屠城。中国人民听到南京大屠杀这一惨绝人寰的消息，无不是"民有杀敌复仇之心，军有求胜报国之愿"。党中央、毛主席根据当时国内形势发展的需要，决定将湘、鄂、赣、闽、粤、浙、皖、豫八省 13 个地区的游击队改编为国民革命军陆军新编第四军，由叶挺同志任军长、项英同志任副军长，并于 1938 年 1 月在南昌成立军部，下属 4 个支队，总共 1 万 2 千余人。毛主席还指示，新四军成立后的战略方向是东进作战，开赴江南敌后，围绕上海，并向北发展，进入苏北，和南渡黄河的八路军遥相呼应，配合作战。当时身为中共中央东南局委员、前委副书记和新四军第一支队司令员的陈毅同志，坚决执行党中央、毛主席的正确路线，积极挥戈东进，深入江南敌后，开展抗日游击战争。

1938 年 4 月，粟裕同志率领新四军先遣支队；5 月，陈毅同志率领新四军第一支队；7 月，张鼎丞同志率领新四军第二支队，先后开赴江南敌后。第一支队在"京杭国道"以东，第二支队在"京杭国道"以西，先遣支队配合主力部队迂回侦察，积极创建以茅山为中心的敌后抗日根据地。茅山南接磨盘、丫吉、瓦屋渚山，直走郎溪，楔入皖南，北有宝华山脉，左踞南京，右扼镇江，俯瞰长江天险。正是雄踞东南、屏障江左的战略要地，也是国民党反动统治的心脏地带。但是，自从"八一三事变"以后，国民党军队纷纷溃败，接连丢弃上海、苏州、无锡、南京，使江南大片国土沦于日军之手。日本侵略者的铁蹄所至，据点星罗棋布，到处烧杀淫掠，制造了许多惨绝人寰的事件，使得江南人民家破人亡，流离失所。日寇一方面搜罗汉奸败类，建立日伪政权，巩固专制统治，一方面诱使国民党投降卖国，"借刀杀人"，利用反动政客、土豪劣绅、残兵败将、封建把头、土匪流氓等社会渣滓，进行反共活动。当时的社会情况非常复杂，民族矛盾和阶级矛盾极其尖锐。受苦受难的江南人民盼望着共产党、新四军来拯救他们。以陈毅同志为代表的新四军将领，遵循党中央的指示，坚持独立自主的斗争原则，不顾国民党的阴谋破坏，不畏侵略者的凶残气焰，"为了社会幸福，为了民族生存，巩固团结坚决的斗争"，他们深入江南敌后，放手发动群众，壮大人民武装力量，建立地方党政组织，积极开展抗日游击战争，配合华中正面战场的作战，改变了江南"万马齐喑"的被动局面。

1938 年 6 月 17 日，由粟裕同志率领的新四军先遣支队，在山岗起伏、树木茂密的镇江卫岗伏击日本侵略军，凭借新四军劣质的装备、薄弱的兵力与装备先进的日寇进行了第一次战斗。当时江南阴雨连绵，新四军雨夜疾进，临险蛰伏，出敌不意，攻敌不备，仅用半小时就一举截击了敌人由镇江南下的军用汽车队，击毁日军军车 4 辆，击毙日军少佐土井、大尉梅泽武四郎等20 余人，除缴获步枪、手枪、军刀之外，还有军用品 4 车。等敌人增援部队匆匆赶来时，新四军已撤至安全地带。

卫岗初战告捷，雄震江南，捷报传遍神州大地。卫岗亮剑斩日寇，不仅使新四军军威大震，江南人民欢欣鼓舞，而且对敌人也是一个有力的打击，粉碎了"日寇不可战胜"的神话。上海"八一三事变"以后，日寇把国军赶鸭子似的赶跑，使得日军所到之处如入无人之境，这便让日军做起了中国人都是"顺民"的美梦。但他们万万没有想到，新四军一到江南，江南抗战局势就起了翻天覆地的变化。卫岗告捷的枪声不仅给国民党的"亡国论"以当头一棒，而且使侵略气焰十分嚣张的日本军方也大为震惊。当时进驻高淳县城的陈毅同志听到这一胜利消息之后，满怀兴奋喜悦之情，立即挥笔慨然作诗，写了这首《卫岗初战》："故国旌旗到江南，终夜惊呼敌胆寒。镇江城下初遭遇，脱手斩得小楼兰。"来抒发战斗的豪情，祝贺卫岗首战的胜利，激励江南抗日军民为战胜日本侵略者而英勇奋战。6月21日，陈毅同志又将此诗更改为："弯弓射日到江南，终夜喧呼敌胆寒。镇江城下初遭遇，脱手斩得小楼兰。"

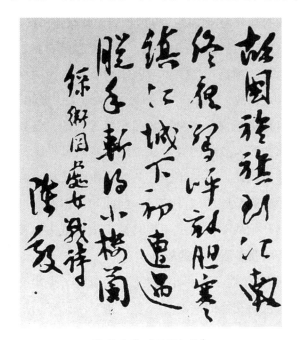

陈毅手书《卫岗初战》

我们看到，更改后的"弯弓射日"四字生动形象地展现了新四军战士勇猛坚强，高举刀枪，痛击日寇的英勇战斗场景，突出了新四军战士气壮山河，威震江南的英雄气概和誓将日本侵略者赶出中国的雄心壮志。修改后的"喧呼"二字比先前的"惊呼"二字更贴切、更符合新四军游击战斗时的声势，给人们以更加深刻的意境体会。

　　许多熟悉陈毅诗词的人都说，他的诗词就是一部中国革命的战争史。的确如此，陈毅的诗中有游击健儿风餐露宿的艰苦生涯，也有抗日战争的漫天烽火，还有消灭蒋介石反动派的胜利进军。可以说，每一篇诗作都给读者展现了一种新的场景。陈毅的《卫岗初战》就是诗人于抗战烽火中提笔写下的一首画面壮阔的七言绝句，是对新四军成立后东进抗日的一段历史记录，也是新四军挺进江南首战告捷的一支序曲。它不仅以热烈欢快的笔调描绘了新四军挺进江南敌后开辟抗日根据地的动人情景，还鼓舞了当时人民群众的抗日信心。如今重读此诗，我们仿佛回到当年战火纷飞的战场，被英勇的新四军战士冲锋陷阵的勇猛气势所感染，也被陈毅元帅激情昂扬的诗篇深深打动。

　　"弯弓射日到江南，终夜喧呼敌胆寒。"作者起笔奇特，高昂而自然，借用古代英雄后羿射日的神话，指出了新四军肩负着人民的期望，为挽救国家危亡，到江南与日寇作战。"射日"一词，语义双关，既借用古代神话传说，又直接含有消灭日寇的意义。可见，新四军挺进江南，是如同当年后羿射日一样为民除害。那些深入敌后的游击战，使日寇闻风丧胆，游击战士"终夜喧呼"更令敌人心惊肉跳而心绪不宁。此处，作者又从另一个视角来表现游击战士深入江南后威震敌胆的战斗情况。前两句，作者通过不同的视角从客观上写新四军刚刚开始战斗就展示了抗日游击战的威力。接着，诗人紧锣密鼓，将笔锋转入了敌我矛盾焦点的战场。

　　"镇江城下初遭遇，脱手斩得小楼兰。"简单明了点出交战的地点，也写出了新四军和日寇正面交锋的战况。一个"初"字，写出了新四军深入江南后对敌作战中势如破竹、所向披靡之势；"脱"用得更是绝佳，这个字充分体现了新四军歼敌的干净利落，也从侧面写出了"敌胆寒"的狼狈相。"楼兰"为古代西域国名，这里借指日寇头目。

　　在我国古代诗词中，就有描写战斗胜利后的喜悦心情之作。如杜甫的《闻官军收河南河北》："剑外忽传收蓟北，初闻涕泪满衣裳。却看妻子愁何在，漫卷诗书喜欲狂。白日放歌须纵酒，青春作伴好还乡。即从巴峡穿巫峡，便下襄阳向洛阳"。杜甫这篇因战争胜利而描写自己喜悦之情的传世佳作历代流传，然而，陈毅同志的喜悦之情和杜甫的却迥然不同。他不仅是诗人，还是一个指挥千军万马的军事将领，因此，陈毅在胜利后所引发的诗情也不同于杜甫。他的诗多有一种雄奇的自然之美，体现出他诗作中惯有的豪迈、乐观的格调。仅用一个"脱"字，一方面把战争胜利形容得非常容易，从而轻易打破了日军不可战胜的神话，树立了新四军在江南地区的威望；另一方面也显示出诗人对战争全局把控的自信。正因为胸有成竹，才能在谈笑间让敌人灰飞烟灭。尽情渲染了人民军队所向无敌的威武气势，更表达了诗人难以言表的喜悦之情。寥寥几行诗句就刻画了新四军为抗日救国，冲杀江南敌后的英雄形象。陈毅这首诗在艺术上也有其高妙之处，在用字、用典上自然、恰切。尤其是"弯弓射日"一词，语义双关，意蕴深远。"脱"字的运用更体现了作者卓然超群的艺术功力。最后，作者化用李白"愿将腰下剑，直为斩楼兰"诗句而成"脱手斩得小楼兰"，浑然天成。"小楼兰"意指战争虽然胜利，但这只是牛刀小试，更大的胜利还在后面。由此可见，陈毅不仅有卓越的军事才能，还具有深厚的文学造诣。

战斗胜利纪念碑

《卫岗初战》这首七言绝句，虽然只有短短 28 个字，却概括了极其丰富的历史内容，倾注了诗人强烈的战斗豪情。它既写出了新四军东进的战略目的和挺进江南之后的大好形势，又突出了卫岗初战的胜利及其重大意义。诗人着意刻画了新四军在江南敌后英勇冲杀的光辉形象，尽情歌颂了新四军威震敌胆的英雄气概和战斗风貌，既表现了诗人对卫岗首捷的兴奋喜悦之情，也表现了诗人想要战胜日寇的坚定决心。卫岗之役只是首捷，更大更多的胜利还在后头。随后，仅三个月的时间，江南新四军就在新丰、上下会（今属江苏镇江）、九里山、延陵、句容、珥陵、小丹阳等地，进行了大小 30 余次战斗，每战必胜，给敌人以沉重打击。特别是奇袭虹桥机场，烧毁了四架敌机，更是震惊中外。所以，卫岗初战只是江南抗战的一支序曲。全诗的内容不仅真实亲切，古今结合，用典自然，而且语言精练，刚健遒劲，意境雄浑，达到了革命的战斗内容和完美的艺术形式的高度统一，是一首颇有艺术感染力的好诗。《卫岗初战》这首颂扬新四军赫赫军威，打击日寇嚣张气焰的七言绝句，曾在华中敌后广为流传，鼓舞了人民群众的抗日信心。而今读来，仍有大快人心之感。

爱国者的心志和抱负

《太行春感》

朱德　1939 年

远望春光镇日阴，太行高耸气森森。

忠肝不洒中原泪，壮志坚持北伐心。

百战新师惊贼胆，三年苦斗献吾身。

从来燕赵多豪杰，驱逐倭儿共一樽。

　　说起朱德，人们通常会想到他是叱咤疆场的军事家、共和国第一元帅、人民军队总司令，很少有人知道他还是一位热情而真挚的诗人。他的诗词中不仅跳动着强烈的时代音符，而且体现着真挚的爱国情怀。

　　朱德成长在中华民族面临内忧外患的苦难年代。他 8 岁那年，甲午战争中国战败；12 岁那年，戊戌变法失败；14 岁那年，八国联军入侵北京……这些国家和时代的悲惨境遇都深深地击打着少年朱德的心。1908 年，朱德从四川省城高等学堂（今四川大学前身）毕业后，回家乡仪陇县新办的小学堂教了一年书。当地守旧势力反对新式教育，把朱德教授体育课时让学生穿运动服的行为视为"有伤风化"，竭力诬蔑反对。在"教了一年，也斗了一年"后，朱德感到"教书不是一条出路"，愤然辞职，徒步千里来到昆明，投身军旅。1915 年 12 月，他跟随蔡锷参加反袁护国战争，与北洋军争夺泸州、大战纳溪。护国战争后，虽然打倒了复辟称帝的袁世凯，但代之而起的是连年不断的军阀混战。1922 年，朱德终于摆脱了旧势力的羁绊，远渡重洋到德国留学。在那里，他学到了马克思主义，找到了中国共产党，实现了由民主主义革命者向共产主义战士的转变。1926 年，中共党组织安排他回国参加北伐战争。

1937 年"卢沟桥事变"以后，抗日战争全面爆发。中国工农红军为了早日出师抗日，在这年的 8 月 25 日将第一、第二、第四方面军和西北红军等部队改编为国民革命军第八路军（简称"八路军"），在朱德的指挥下，于陕北誓师，东渡黄河，浩浩荡荡地开赴华北抗日前线。

1937 年 11 月，朱德根据党中央创建以太行山为依托的晋冀鲁豫抗日根据地的指示，和刘伯承、邓小平一起，直接指挥八路军第一二九师进入太行山区，发动群众，组织地方武装，建立抗日民主政权，点燃了太行山区的抗日烽火，与日寇展开了浴血奋战。到 1939 年春天，收复县城 60 余座，将大片国土从日寇的铁蹄下解放了出来，从而在辽阔的华北大地建立了第一个抗日根据地——晋冀鲁豫抗日根据地，并成为抗击日本侵略者的主要战场之一。朱德在战争的枪林弹雨中冲杀，时刻都可能陷于凶险之中，在抗日战争中，朱德写下 20 多首脍炙人口的诗词，他高举抗日救国的旗帜，用诗词表达复兴中华的决心，讴歌为保家卫国慷慨捐躯的烈士，洋溢着要同侵略者血战到底的英雄气概。

1939 年春天，全面抗日战争已进入第三个年头。继汪精卫投降日寇之后，蒋介石又积极反共，消极抗战，而日寇则以主要兵力进攻中共敌后抗日根据地。面对这种极为严峻的形势，中国共产党领导的八路军、新四军坚持敌后抗日运动，给敌人以沉重打击。在此期间，八路军总部设在晋冀鲁豫抗日根据地的中心——太行山区武乡县王家峪村，作为八路军总司令的朱德在这里指挥战斗，多次粉碎了日寇的扫荡，打击了侵略者的嚣张气焰，大大鼓舞了全国人民。

八路军太行纪念馆（武乡县）

《太行春感》即作于太行山八路军总部。当时，八路军开展的敌后抗日游击战争和抗日根据地的建设已经取得战略性发展，人民群众已经把抗战胜利的希望完全寄托在纪律严明、作战勇敢的八路军身上。虽然日本侵略者对抗日根据地不断加紧"扫荡"，但抗战局势逐步明朗，随着战线的延长，日军兵力更加分散，士气不断低落，日本失败的态势日益明显。朱德这首《太行春感》就是在这样的大背景下写的。朱德用《太行春感》气势如虹的诗句来表达他坚不可摧的抗战意志："远望春光镇日阴，太行高耸气森森。忠肝不洒中原泪，壮志坚持北伐心。百战新师惊贼胆，三年苦斗献吾身。从来燕赵多豪杰，驱逐倭儿共一樽。"

朱德作为一位身经百战的无产阶级革命家、诗人，其作品极少有单纯描写自然景观的，大部分都是借景抒情，寓情于景，赋予自然景观以浓烈的感情色彩。或把自然景观理性化，以表达某种哲理，或赋予自然景观以深刻的比喻意义，以反映某种社会政治现象。这首诗的首联，作者便是赋予了自然景观以深刻的比喻、象征意义，形象生动地描写了国民党统治区和中国共产党领导下的抗日根据地两种截然不同的政治气候。寓情于景，对比强烈，意境鲜明，艺术效果极佳。"远望春光镇日阴"隐喻了国民党统治区的政治气候。春天本应是阳光明媚、清新爽朗、万物复苏、生机勃勃的景象，但是，由于当时蒋介石顽固地奉行"攘外必先安内"的反动投降政策，积极反共，消极抗日，疯狂地制造各种反共摩擦事件和惨案，压制人民的抗日爱国武装力量。因此，在朱德看来，虽然已经进入了春天，但国民党统治区内的政治气候却依然阴沉昏暗，没有半点春天的气象。正是在这种极不协调当中，朱德无情地揭露了国民党反动派不顾民族利益，与人民背道而驰的卖国投降行径。国民党统治区是一片阴沉昏暗的政治形势，那中国共产党领导下的太行山抗日根据地又是怎样的呢？"太行高耸气森森"便是作者对抗日根据地革命形势的生动描绘。巍峨延绵的太行山高高地屹立在华北大地上，云雾缭绕，森林茂密，一派蓬勃兴旺的壮美景象，给人以庄严肃穆、雄伟坚强之感。这一景象也正是抗日根据地的象征。

巍巍太行山

这首诗描写太行山抗日根据地，在首联两句没有直接进行描写，而是以第一句作为背景来进行铺垫，用第二句来状景，通过前后句所形成的强烈对比，太行山抗日根据地那高大、坚强、庄严的形象已高高地树立了起来。颔联和颈联便开始对根据地的情景作具体描写。颈联"百战新师惊贼胆，三年苦斗献吾身"讴歌了中国共产党及其领导的抗日根据地军民所走过的三个年头艰苦的战斗历程，以及所取得的伟大功绩，笔调中充溢着豪放之感和坚韧不拔的革命气质。尾联"从来燕赵多豪杰，驱逐倭儿共一樽"写出了朱德对中国共产党领导下的抗日根据地军民坚持抗战，驱逐日寇，夺取胜利所寄予的战斗豪情和信心，充满了革命浪漫主义和乐观主义精神。中华民族历来就有不畏强暴、不甘落后的优良传统，从古到今有多少仁人志士为了民族的利益而献身，他们用鲜血谱写了一首首慷慨悲歌。朱德在这里借古喻今，满腔热情地赞颂英勇抗战的根据地军民都是英雄豪杰，豪迈之情、阳刚之气溢于纸端，读来令人感奋，信心倍增。抗日战争爆发以后，中国共产党领导抗日军民在极其困难的条件下，前仆后继，坚持战斗，忠心赤胆，保家卫国，为抗战的胜利做出了卓越的贡献，充分显示了中华民族威武不屈的坚强性格。因此，可以毫不夸张地说，中国共产党人就是英雄豪杰，广大的抗日军民就是英雄豪杰，他们是中华民族的脊梁。正因为有众多英雄豪杰，所以打败日本侵略者，把他们赶出中国，夺取抗战胜利的一天就一定会到来。到那时，全国人民会载歌载舞，举杯畅饮，共同欢庆抗战的伟大胜利，共同纪念美好的、激动人心的时刻。"驱逐倭儿共一樽"正是朱德对抗战胜利前景的憧憬。尾联两句，就其在全诗中所起的作用来讲，可以称得上是"豹尾"，它以千钧之力托起了全诗，使全诗具有一种冲天的气势，同时也极大地拓宽了诗的意境，把太行山英勇抗战的抗日根据地军民引向了全国抗战的胜利。可以说，没有这个精彩的结尾，全诗就会失色不少。

《太行春感》作为一首充溢行伍之气、军旅之感的诗作，是朱德诗歌的代表作品。从全诗基调而言可以说是一曲颂歌。既是抗日根据地颂歌、八路军战绩颂歌、共产党的抗日方针颂歌，又是抗战到底的壮志颂歌、抗战必胜的信心颂歌、中华民族坚强不屈的精神颂歌。因而此诗显得格外雄浑苍劲，慷慨激昂，豪气逼人，令人读后荡气回肠。我们仔细品读全诗，它最鲜明的特色，就是两个字——气势。这种气势是难以言传的，它只能在吟咏中去细细地体味，去认真地感受。但它又是可以捉摸的，因为它有其形成的原因。首先，作者在诗中选用了一些具有雄浑强健色彩的词语，如气森森、忠肝、北伐心、惊贼胆、献吾身、多豪杰，等等，而且音调响亮，节奏铿锵。其次，也有更深层的原因，就是作者具有那种不畏强暴，不怕困难，压倒一切敌人的豪壮情怀和内在气质，而这首诗正是这种情怀和气质的自然流露与升华。

太行春景

从诗歌形式而言，《太行春感》是一首标准的七言律诗，全诗平仄合律，善用宽韵。由此可见，朱德既是有气魄的革命将帅，又是有才识的诗人；既是高举战旗的千军万马的总司令，又是不时挥动着革命诗歌旗帜的旗手。我们理应珍视他在战争和建设年代的革命实践中所创造、所奉献的这份富于民族色彩的宝贵艺术财富。

革命者的思想因为诗歌而流芳百世，革命者的人生因为救国救民而充满血色激情，革命者自身则是浪漫与激情的融合。杰出的无产阶级革命家、军事家朱德元帅用《太行春感》描写了当时太行山区抗日根据地的革命大形势，热情讴歌了在中国共产党领导下的广大抗日军民赤胆忠心，浴血奋战，威震敌胆的英雄气概，抒发了"苦斗献吾身"的英雄情怀，有力地表达了诗人及根据地广大抗日军民驱逐日寇，夺取抗战胜利，收复祖国大好河山的雄心壮志和必胜信念。品读朱德诗词，我们会被他崇高的爱国情感和精神境界所感动。朱德同志始终与国家、民族和人民休戚与共，始终以国家、民族的振兴和人民的解放为己任的革命信念，至今仍激发着我们的爱国热情。

为救国铤而走险

《出太行》

朱德 1940 年

一九四〇年五月，经洛阳去重庆谈判，中途返延安。是时抗战紧急，内战又起，国人皆忧。

> 群峰壁立太行头，
> 天险黄河一望收。
> 两岸烽烟红似火，
> 此行当可慰同仇。

太行山是我国北方的一大山脉，绵亘于山西、河北和河南的边界上，自北而南，长达 400 多公里，山高林密，是山西省与河北省的地理分界线，天然分割开了黄土高原和华北平原。这里曾是抗日战争时期华北地区重要的抗日根据地，八路军总部就设在太行山区武乡县王家峪村。朱德同志时任八路军总司令，《出太行》此诗说的就是他离开太行山，前去同国民党谈判然后再去延安参加中国共产党第七次全国代表大会（简称"七大"）会议的事情。原诗题目下有一段序言："一九四〇年五月，经洛阳去重庆谈判，中途返延安。是时抗战紧急，内战又起，国人皆忧。"这里说的"内战又起"是指 1939 年年底到 1940 年春天第一次反共高潮期间的斗争。当时，除日本侵略者继续以重兵扫荡抗日根据地外，国民党又发动了一系列的军事袭击，并以三个师的兵力大举进攻太行山区的八路军。一时间，国内形势阴云密布，"国人皆忧"。虽然国民党的这次军事进攻很快就被打退，但时局仍然不稳，随时都有可能爆发内战。为了进一步扭转危局，朱德肩负着党和人民的重托，离开抗日第一线的太行山，深入国民党统治区与之进行谈判。这首诗就是在他赴重庆谈判时写的。

1939年年底至1940年年初，在抗日战争的严峻关头，以蒋介石为首的国民党顽固派发动了第一次反共高潮，大举向陕甘宁边区、山西西部和太行山区发动进攻。1940年2月，顽固派将领、"摩擦专家"朱怀冰受蒋介石密令，指挥庞炳勋、张荫梧、侯如墉部3个师，在日本飞机的掩护下向太行山区抗日根据地进犯，三路夹击围攻太行山区的八路军。朱德遵照毛泽东"人不犯我，我不犯人；人若犯我，我必犯人"的指示，亲率太行山区军民奋起自卫还击，一举歼灭朱怀冰的3个师，打退了国民党顽固派的猖狂进攻。在击退朱怀冰部后，如何制止内战，共同抗日，成为摆在中国共产党领导人面前的一道难题。

1940年4月25日，朱德遵照党中央和毛泽东坚持团结、坚持抗战、坚持进步的指示和有理、有利、有节的斗争原则，在党中央指示下，离开太行山南下，准备先赴洛阳与国民党第一战区司令长官卫立煌会商，然后经洛阳赴重庆与蒋介石谈判。由于1939年年底国民党顽固派发动第一次反共高潮的影响，当时的国共关系还很紧张。朱德夫人，也是中共七大代表的康克清担心地问他："被国民党抓住，坐牢怎么坐法？"朱德回答说："不知道。"康克清又问："我们两人一起坐牢还好办，遇事有个商量。若是分开怎么办？"朱德说："当然分开。既然抓起来，他们就不会把我们两人关在一起。"康克清听了，不免有些顾虑。朱德看出康克清的担心，笑着说："我的好同志，你放心，卫立煌这个人不是顽固派，他一贯主张国共合作抗日，反共摩擦不是他的本意。我们处处团结他，争取他，他这次既然来电报欢迎我去，就绝不会把我们抓起来。当然，提高警惕是必要的。"

朱德总司令出太行所走小道

　　一路行来，朱德从武乡县王家峪村八路军总部驻地出发，大都沿着太行山峭壁深谷中的崎岖小道前行。他们渴饮山泉，饥啃干馍，翻山越岭，晓行夜宿，经平顺到壶关，从陵川经晋城、阳城，终于在 1940 年 5 月 5 日到达河南济源县的刘坪村。这里已是太行山的尽头。到了黄河边上，由此向南的五龙口是太行山的终点，翻过垭口，南下黄河一马平川，九朝古都洛阳已是遥遥在望了。亿万年地壳运动的隆起和凹陷，造成太行山巨大的断层，加上风水侵蚀，峡深谷险，这一路简直是难走极了。三国时期，公元 206 年春，曹操曾率兵讨伐叛乱的并州刺史、袁绍外甥高幹，途中经过太行山，写下了著名的行旅诗《苦寒行》："北上太行山，艰哉何巍巍，羊肠坂诘屈，车轮为之摧……"诗中用"羊肠""诘屈"来形容太行山山路之险峻。

　　太行八陉是山西与河北、河南之间交通的重要通道，朱德出太行山所走过的位于太行八陉第一陉关陉与第二陉太行陉之间的小道总长约 45 公里，几乎全程挂在悬崖峭壁的半山腰上，两边怪石嶙峋、犬牙交错，狭窄处只容一人侧身而过。由于山石风化，小道上方不时还会有落石飞滚而下，一不小心就会被砸下悬崖。因当地老百姓走起来都感到非常发愁，所以这个小道也叫愁儿沟。愁儿沟最早是由隋炀帝杨广开辟，是军情紧急时联络的秘密通道，从晋城向南直通济源，这是最便捷也是最危险的一条小道。此行十余天，朱德一行攀爬穿行于各种山间小道，不仅要与恶劣的自然环境斗争，而且要穿越数道日军封锁线，还要随时防备国民党顽固派的突袭暗杀，但革命者的乐观主义精神可以战胜任何艰难困苦。据朱德夫人康克清后来回忆说："经过十多天的长途跋涉，5月上旬，我们到了河南省的济源县……我们走到山的尽头，向南望去是黄河冲积的一片平原，背靠崇山峻岭，面对滚滚浊浪，在灿烂的阳光下，不由人心旷神怡。我又想起了《在太行山上》那首雄壮的歌。老总更是激情满腔，要来笔墨，在山上古庙里写下一首七言绝句（《出太行》）……"

朱德总司令出太行纪念地碑亭

　　朱德出太行的时候是54岁，山间行军，不要别人照顾，不拉后腿，始终走在队伍的最前头，靠两条腿，十多天时间从山西武乡走到河南济源，这一点现在的很多年轻人都做不到。这可不仅仅是体力的问题，更是革命者为国为民的精神力量的支撑。

　　1940年5月6日，朱德沿古道登上五龙口，向北回望这个战斗了近三年的巍巍太行山，向南遥看天际之下的滔滔黄河水，不由得心潮起伏，思绪万千。诗人血脉偾张，激情澎湃，蕴藉在胸的忧国忧民的情怀顺势而发，这首七言绝句《出太行》脱口而出："群峰壁立太行头，天险黄河一望收。两岸烽烟红似火，此行当可慰同仇。"

写完《出太行》这首诗后，朱德一行人离开太行山抗日根据地，穿过日军封锁线，安全渡过了黄河。卫立煌果然对朱德十分友好，专门派人、派车在黄河边上迎接朱德到洛阳。在洛阳，朱德与国民党第一战区司令长官卫立煌进行了会晤，谈判时的气氛也很融洽，朱德提的要求大多得到满足。在与卫立煌会谈的过程中，朱德宣传了中国共产党坚持抗日民族统一战线的主张，强调了国共两党和全国军队团结对争取抗战最后胜利的重要性，同时也义正词严地驳斥了国民党顽固分子对八路军污蔑的不实之词，揭露了国民党顽固派不顾民族大义，在抗战的紧要关头蓄意制造反共摩擦的可耻行径。坚持朱德有理、有利、有节的斗争原则，使卫立煌在国共两党的摩擦中保持了中立，从而维护了统一战线的关系。之后，朱德继续赶赴重庆，但行至西安时，获悉日寇2万余人正大举围攻中共晋西北抗日根据地，并进逼陕甘宁边区，于是根据党中央指示中途返回延安。

朱德的《出太行》，视野开阔，情盛词锋。在"是时抗战紧急，内战又起，国人皆忧"的国内形势和抗战背景下，作者以雄健的笔触描绘出抗日军民奋勇杀敌的壮丽画卷，讴歌他们奋起抗战的爱国精神和英雄气概，抒发了他无所畏惧，面对逆境，敢于奋起冲破逆境的革命英雄主义和乐观主义的情怀，表现了他对抗战终将成功的必胜信念和坚定决心。这首诗就像战斗号角一样，给根据地军民增添了无穷的力量，增强了抗战胜利的信心，鼓舞人们坚持抗战，取得最后胜利。

"群峰壁立太行头"一句以描写太行山的雄奇景观起兴，借景抒情，直抒胸臆，为全诗奠定了基调。在这里，作者仅用"群峰壁立"四个字，便简洁而形象地描绘出了太行山群峰耸立、峰峰相连、巍峨峻拔的雄姿，给人以凝重、庄严和大气磅礴之感。使人一看到太行山，就联想到太行山抗日根据地。

太行山抗日根据地自 1937 年年底开始创建，到 1940 年 5 月，已经历经近三年的时间。在此期间，根据地广大抗日军民在极其艰苦的条件下，与日寇进行了浴血奋战，打退了敌人的猖狂扫荡，突破了敌人的封锁和包围，使根据地从无到有，由弱到强，不断得到巩固和扩大，成为抗日的主要战场之一。太行山抗日根据地就像太行山一样，巍然屹立在华北大地上。朱德在这里描写太行山的壮美雄阔，实际上是在象征太行山抗日根据地的坚强壮大，是作者对根据地的由衷赞美和热情讴歌。"天险黄河一望收"是写作者站在太行山之巅，举目远眺，将宛如一条巨龙的滔滔黄河尽收眼底。一方面，此句是描写太行山的高大挺拔，若太行山不高不大，则黄河不能"一望收"，从而进一步反衬出了太行山的高大雄伟。当然，这也体现了作者胸怀的宽广和博大，若非如此，则很难吟出这样的诗句。另一方面，此句通过"天险"二字，也勾画出了黄河的磅礴雄姿，并把人们的视线从太行山引向了黄河两岸，从而为后面描写黄河两岸抗日军民英勇杀敌的场面做好了铺垫。这就使诗在结构上循序渐进，显得严谨流畅，并逐渐突出了主题。作者在这里把黄河称为"天险"，不仅是对黄河险要雄奇的概括描写，而且赋予其全新的、更深层次的含义。1937 年卢沟桥事变以后，日本侵略者开始对中国实施大规模的侵略行动。国民党中央军由于蒋介石的不抵抗政策，在前线节节败退，致使日军长驱南下，大片国土沦入敌手。在这种情况下，中国共产党领导的八路军挺身而出，开赴华北抗日前线，与日寇展开了浴血奋战，在黄河两岸建立了陕甘宁、晋西北、太行山、冀鲁豫等抗日根据地，并使这些根据地连成一片，成为日寇西进途中一道不可逾越的坚强屏障。如果说黄河是地理意义上的天险，那么，根据地的广大抗日军民对于日本侵略者来说，则是精神上、心理上不可战胜的"天险"。

文学不能仅凭自身而伟大。对诗词的解读也要从知人论世的角度来挖掘诗词字面背后的鲜活生活。朱德是诗人，但他更是革命家、政治家、军事家。因此，欣赏他的诗作，必须把这几重关系联系起来，熔为一炉，才能真正领略他诗中那种非一般诗人所具有的气度、风采和神韵，才能真正体味到诗中所包含的博大胸怀，以及深刻的思想内涵和情感。"群峰壁立太行头，天险黄河一望收"，从总体上来讲，这两句都是状景的，前句写近景，后句写远景；近景是静态的，远景是动态的，远近相映，动静结合，相得益彰，生动地展现了一幅雄伟博大、气势磅礴的画卷，为全诗创造了广阔而深远的意境，给人以丰富的遐想余地。作者也通过这两句话抒发了对祖国壮丽河山的热爱，表达了对抗日革命根据地的赞叹。

"两岸烽烟红似火"，则是诗人以抽象的笔法，艺术地描绘了根据地军民为抗击日寇，保卫祖国大好河山而进行的如火如荼的抗日游击战争。"两岸"指黄河两岸中国共产党创建的抗日根据地。抗日战争爆发后，中国共产党为了团结抗战，一致对外，将中国工农红军主力部队改编为国民革命军第八路军，开赴抗日前线，在黄河两岸建立了诸如陕甘宁、太行山、晋西北、冀鲁豫等大片抗日根据地，积极发动群众，武装群众，动员一切抗日爱国力量，在极端艰苦的条件下，与日寇展开了广泛的游击战争，巩固和扩大了根据地，使黄河两岸呈现出一派轰轰烈烈的抗战大好形势。但是，以蒋介石为首的国民党顽固派坚持奉行"攘外必先安内"的卖国投降政策，积极反共，消极抗战，不断制造事端，搞军事摩擦，寻找借口进攻抗日根据地。朱德在这里描写黄河两岸抗日根据地的大好形势，实际上是把抗日军民的英勇抗战同国民党顽固派的消极抗战进行了鲜明的对比，在歌颂抗日革命根据地的同时，也蕴含了对国民党顽固派违背民族意愿，卖国投降可耻行径的揭露和批判，从而表达了中国共产党和全体抗日军民坚持团结，反对分裂；坚持抗战，反对投降的真诚愿望。"此行当可慰同仇"作为结束语照应了诗题，言外之意是说，这次去和国民党谈判应该能够成功，能够制止内战。这是因为当时国难临头，主张抗日救亡，反对内战是大势所趋，人心所向。这一句充分表达了朱德对此行与国民党谈判可顺利达成目标的信心。朱德是在日寇加紧侵略进攻，国民党顽固派消极抗战，积极反共，向抗日根据地不断进攻，全国人民都为国家前途命运担忧的情况下，肩负重任，不畏艰险，前去与国民党谈判的。在洛阳，他取得了积极的谈判成果，使卫立煌在国共两党的摩擦中保持中立。此行最终虽未到达重庆，但朱德深感此行对于进一步促进国共两党继续合作，团结抗战具有重大意义。因此，此句写来笔调轻快、欢畅，充分体现了朱德当时自信十足的心情。

总之，《出太行》这首诗主题鲜明突出，意境开阔辽远，比喻生动真切，加之语言凝练生动而富有色彩，对仗工整，节奏流畅，音节顿挫，有力地表达了朱德对于取得抗战胜利的坚定信心。

周恩来为皖南事变的题诗

《千古奇冤》

周恩来　1941 年

千古奇冤，江南一叶。
同室操戈，相煎何急？

　　1937 年 7 月 7 日，抗日战争全面爆发后，中华民族面临着空前绝后的灭亡危机。自此，民族矛盾上升为当时中国社会的主要矛盾，在这样的境况下，国共两党进行了第二次合作，以团结抗日，彻底打败不可一世的日本帝国主义为共同的目标。但是，在共同抗击日寇的进程中，蒋介石惧怕共产党及其领导的军队不断壮大，一方面企图借日寇之手，削弱中共军队力量；另一方面处处钳制中共军队的发展和根据地的扩大，导致国共两党的武装力量摩擦不断，冲突加剧。1938 年夏天，双方第一次爆发了正式的武装冲突。此后，在偏僻地区驻军的国民党军队和中共军队之间的冲突越来越频繁，共产党在国统区的几个办事处也受到了严密的监视。在湖南平江镇，国民党的反共狂热分子袭击了共产党军区在当地设置的联络处，杀害了这里的办事人员。在其他城市里，共产党的办事机构也都被封闭起来。在蒋介石控制区内，共产党活动被迫转入地下，只有重庆和西安还有共产党公开的办事处存在。1939 年 12 月，阎锡山发动了"晋西事变"，师级规模的内战在山西爆发。这次反共高潮虽然在 1940 年春天通过谈判而停止，但紧接着大规模的冲突在新四军活动的长江南岸地区展开了。

　　1940 年夏天，蒋介石企图通过一纸命令来解决新四军在华中地区不断发展壮大的问题。在这纸电令中，国民党要求共产党把八路军、新四军全部调到黄河以北地区，将总兵力 50 万人的八路军、新四军减编为 10 万人。中国共产党方面对此严词拒绝，仅答应将皖南新四军撤到长江以北。国民党第三战区最初允许皖南新四军采取东进、再从苏南北渡长江的路线，但 1940 年 11 月 29 日，苏北刘少奇、陈毅等指挥八路军、新四军发动了打击国民党顽固派韩德勤部的曹甸战役，国民党方面大为恼怒，转而拒绝皖南新四军东进从苏南渡江的方案，重新命令皖南新四军必须直接原地北上，从安徽铜陵、繁昌之间北渡长江，时间定到 1940 年 12 月 31 日。

皖南事变中的新四军

中共中央在揭露蒋介石罪恶阴谋的同时，为顾全大局，决定将皖南的新四军撤到长江以北，并电告东南局和军分区书记项英，趁国民党军尚未部署就绪，迅速率部北移，防止遭到突然袭击。1941 年 1 月 4 日，叶挺、项英不得已率新四军军部直属部队共 9000 余人北移。1 月 6 日，当进入安徽泾县茂林地区时，果然遭到事先埋伏的国民党军队 7 个师 8 万余人的包围和袭击。新四军被迫还击，经过 7 个昼夜浴血奋战，终因寡不敌众，弹尽粮绝，除 2000 余人突出重围外，一小部分被俘，大部分新四军战士壮烈牺牲，突围战场尸横遍野、血流成河。军长叶挺与对方谈判被扣，政治部主任袁国平牺牲，副军长项英、参谋长周子昆在突围中被叛徒杀害。1 月 17 日，蒋介石颁布反动命令，竟反过来诬陷新四军"叛变"，宣布取消其番号，并声称要将叶挺交军事法庭审判。这就是震惊中外的"皖南事变"。

在皖南事变发生的前十多天，共产党八路军在重庆办事处主持工作的周恩来专程去见蒋介石，说明中共的意见。蒋介石答应周恩来可以改变新四军北上的路线之后，邀请周恩来和他一起共进"圣诞晚餐"，两人还为和平与友谊干了一杯。然而，蒋介石却在暗地里发出痛剿密令，"要一网打尽"新四军，"生擒叶（挺）、项（英）"。1月11日晚，中国共产党南方局机关报《新华日报》的全体同志正在办事处举行该报创刊三周年纪念会，周恩来在会上讲话时，突然接到延安电报，说新四军受骗，被国民党军包围，革命队伍遭受惨重损失。获知此消息后，周恩来当场对国民党反动派背信弃义的卑鄙行径予以痛斥，并再次去见蒋介石。这次周恩来没能见到蒋介石，但得到"保证"，说一切都在顺利进行中，他们正下令让政府军不要阻拦新四军北进。然而，新四军总部被消灭，参谋长被枪杀，军长被关进集中营，几千名新四军军人被残忍杀害，几千人被俘的消息很快就传开了。

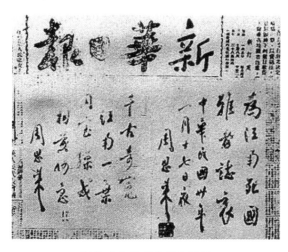

周恩来为皖南事变的题词

为揭穿国民党反动派伪造的皖南事变的"真相"，表达对这次事变中壮烈牺牲的新四军指战员及战士们的深切哀悼，周恩来根据党中央指示在重庆向国民党提出严正抗议，愤怒地在 1941 年 1 月 17 日晚上写下了"为江南死难者致哀"的题词和《千古奇冤》的题诗："千古奇冤，江南一叶。同室操戈，相煎何急？"《新华日报》报馆为了刊登周恩来的题词和挽诗，先发两篇版面与题词、挽诗一样大小的稿子，待国民党新闻检查官检查后，换上内容在印刷厂印刷的是有周恩来题词与挽诗的报纸。这才避开敌人的监视，将题词和挽诗刊发在 1941 年 1 月 18 日的《新华日报》上。周恩来的这首亲笔题诗表达了中国共产党人和一切正义的人们对国民党顽固派又一次发动反共内战的愤怒与谴责。

针对蒋介石取消新四军番号的决定，1941 年 1 月 20 日，中共中央军委发布重建新四军军部的命令，任命陈毅为新四军代理军长、张云逸为副军长、刘少奇为政治委员、赖传珠为参谋长、邓子恢为政治部主任，继续领导新四军坚持长江南北地区的敌后抗日斗争。

1941 年 1 月 22 日，毛泽东发表谈话，指出"皖南事变"是国民党酝酿已久的全国性反共突然事变的开端，揭露蒋介石勾结日寇、蓄谋灭共和打击人民军队的罪行，号召全国人民奋起斗争，并提出了取消国民政府军事委员会于 1 月 17 日发布的新四军"叛变"取消该军番号等反动命令、惩办皖南事变祸首何应钦等人、恢复叶挺自由、交还新四军全部人枪、废止国民党一党专政、实行民主政治等 12 条解决皖南事变的根本办法。

以周恩来为书记的中共中央南方局在重庆不断向国民党当局提出严重抗议，利用一切公开场合和机会，向社会各界和驻重庆的美、英、苏等国外交、军事人员与记者等揭露了皖南事变的真相。中国共产党的正义立场，得到了广大人民群众、各民主党派及国际舆论的广泛同情和支持。经过共产党的坚决斗争，终于打退了国民党顽固派发动的第二次反共高潮。

在这次反共高潮中，蒋介石在政治上、军事上都遭受了严重的挫折。在政治上，蒋介石的反共面目在全国人民面前暴露无遗，国内各小党派和中间势力对蒋介石已失去幻想；中国共产党敢于斗争，敢于胜利，赢得了国内外舆论的广泛同情和支持，进一步提高了中国共产党在全国的政治地位和在全国人民中的声望。在军事上，尽管新四军在皖南遭受令人心痛的损失，但是，何应钦、白崇禧发"皓电""齐电"来限令八路军、新四军撤至黄河以北的阴谋化为泡影。而皖南事变后不久，新四军军部重建，使部队由原来的6个支队扩编为7个正规师，新四军从此走上了新的发展道路。蒋介石妄图通过围歼皖南新四军，取消新四军的阴谋也彻底破产。

"皖南事变"是国民党顽固派蓄意制造的一起反共阴谋事件。国民党顽固派处心积虑要消灭皖南新四军，在强迫新四军北移并指定北移路线的同时，制定了对皖南新四军的围歼计划，企图将皖南新四军压迫至长江边，然后与日伪军聚而歼之。在这种情况下，皖南新四军不论走哪条北移路线，与国民党军队的冲突都是在所难免的。

在中华民族危急存亡的关键时刻，数千抗日健儿没有捐躯于杀敌疆场，却惨死在抗日民族统一战线内部的国民党反动派的屠刀下。纵览历史也不曾有这样的惨案。周恩来激愤之情难以抑制，奋笔写下"千古奇冤"四个字。用"千古"修饰"奇冤"，说明皖南事变的破坏力、影响力是无以复加的，性质是极其恶劣的。"江南一叶"中的"江南"是指事变发生的地域，"一叶"指叶挺将军和他领导的新四军。叶挺贯彻党中央关于向敌后进军的指示，在人民群众的支援下，广泛开展游击战争，创建了苏南、苏北、皖南、皖中、皖东等抗日根据地。三年多时间，和日伪军作战四千多次，击毙和俘虏日伪军十万多人，新四军也由一万多人发展到十万多人。但由于这次事变，新四军惨遭围歼，创建的根据地沦陷。"江南一叶"表达了作者对抗日根据地丧失的痛惜和对死难战友的深切悼念。回顾历史，面对现实，作者愤怒之情已至极致，他向国民党反动派发出了强烈的质问："同室操戈，相煎何急？"

"同室操戈"出自清代江藩的《宋学渊源记》："然而为宋学者，不第攻汉儒而已也，抑且同室操戈矣。"本指内部抵牾冲突，执兵相攻。这里的意思是斥责国民党反动派虽然和共产党同处于抗日民族统一战线，但他们对日寇妥协退让，对八路军、新四军却寻找借口制造事端，围攻杀戮。"相煎何急"则是化用曹植的七步诗，据《世说新语》载："文帝尝令东阿王七步作诗，不

皖南事变烈士纪念碑

成者行大法。应声便为诗曰：'煮豆持作羹，漉菽以为汁。萁在釜下燃，豆在釜中泣；本自同根生，相煎何太急！'帝深有惭色。"曹丕做了皇帝以后，为了铲除曹植对其的威胁，就设置陷阱，欲置胞弟于死地，以绝心腹之患。蒋介石反动集团的做法，和曹丕如出一辙，在日寇铁蹄蹂躏国土、中华民族处于生死存亡的危急关头，他们表面上作出联合抗日的假象，而暗地里却对新四军发动突然袭击，把枪口指向共产党领导的抗日军队。周恩来同志运用这一典故，向国民党反动派提出严正的抗议。周恩来的《千古奇冤》一诗，充满了作者对牺牲的抗日将士的深切哀悼和对敌人的愤怒之情，诗句虽短，但感情激荡，概括力强，影响深远，成为后人谈及皖南事变的时代标识。

监狱里写下的自白歌

《囚歌》

叶挺　1942 年

为人进出的门紧锁着，

为狗爬走的洞敞开着，

一个声音高叫着：

爬出来吧，给你自由！

我渴望着自由，

但也深知道——

人的躯体哪能由狗的洞子爬出！

我只能期待着，

那一天——

地下的火冲腾，

把这活棺材和我一齐烧掉，

我应该在烈火和热血中得到永生。

　　叶挺，原名叶为询，字希夷，1896 年出生于广东惠阳一个农民家庭，父亲开过药铺，到南洋打过工。叶挺从小过着贫寒的生活，养成了勤俭朴实的作风。7 岁时，他上了刚由私塾改成的小学，15 岁时考上了免学费的惠州府立蚕业学校。1911 年受黄花岗起义影响，他因带头剪辫子而被捕入狱，幸好没多久就被放了出来。此后，他深深感受到要想救国就应该从军。在这个信念的鼓舞下，叶挺考入当时全国最高军事学府——保定陆军军官学校。叶挺早年追随孙中山参加革命，加入孙中山先生亲自组建的由革命党人掌握的"援闽粤军"。1924 年，叶挺被派赴苏联东方劳动者共产主义大学和红军学校中国班学习。同年 10 月加入中国社会主义青年团，12 月加入中国共产党。1925 年 9 月回国，参与组建以共产党员为骨干的国民革命军第四军独立团，任团长。从此，叶挺所率领的部队成为中国共产党直接领导的一支武装部队。

新四军军长叶挺

1926 年，在轰轰烈烈的北伐战争中，叶挺的独立团担任先遣队，他率领部队长驱直进，战无不胜，攻无不克，屡建战功，被誉为"北伐名将"，所率领的部队被称为"叶挺独立团"，为第四军赢得"铁军"称号。1927 年 8 月南昌起义时，他担任前敌总指挥，参与领导南昌起义。同年 12 月与张太雷等同志领导发动了广州起义，叶挺任工农红军总司令。广州起义失败后，因受到中共广东省委领导的责难和共产国际某些人的排斥而消沉，与党脱离关系，在国外流亡数年，后到澳门隐居。

1937 年 7 月 7 日，在抗日战争全面爆发后，叶挺受中共中央的委托，以非党员的身份与国民党交涉，将南方八省的红军游击队改编成新四军，并担任军长，指挥部队挺进华中敌后，开展游击战争。1938 年秋天，抗日战争进入战略相持阶段后，日军大部分兵力开始转入到对共产党敌后抗日根据地的扫荡中。1939 年 5 月，叶挺在皖中主持成立新四军江北指挥部，指挥部队挺进皖东敌后，在津浦铁路的东西两侧建立抗日革命根据地。

　　1940 年 10 月初，日军进犯皖南泾县云岭新四军军部，叶挺指挥直属部队顽强苦战，将敌击退。由于共产党在敌后放手发动群众，建立敌后抗日根据地，共产党的军事力量迅速壮大，引起了蒋介石的猜忌与部分国民党顽固派军事力量的敌视。国民党顽固派不断与敌后的抗日武装力量发生摩擦，双方部队之间产生了多次武装冲突。其中，有深远影响的武装冲突是"黄桥事件"，也称黄桥战役。在这场国民党顽固派发起的战役中，新四军获胜，不仅奠定了苏北抗日根据地的坚实基础，还打开了华中抗战的新局面。1940 年 10 月 19 日，国民党政府军事委员会的正、副参谋长何应钦和白崇禧向八路军朱德、彭德怀与新四军叶挺、项英致电，当时称为"皓电"，在电文中对中国共产党的武装力量进行污蔑，并要求黄河以南的八路军和新四军要在一个月内赶到黄河以北，还要把 50 万人的八路军和新四军缩编为 10 万人。与此同时，国民党已经做好向新四军进攻的准备，战争一触即发。

　　面对国民党的无理要求，中共领导人做出冷静分析并寻找应对之策，最后决定：江北的部队暂时免调，先将皖南部队向北迁移。中共中央的朱德、彭德怀、叶挺、项英对国民党做出回电，驳斥了他们的造谣诬蔑，同时表示为了顾全团结抗日大局，会将新四军部队转移到北方。但是，1941 年 1 月 6 日正在转移的 9000 余名新四军在行至皖南泾县茂林时，却突然遭到国民党 7 个师 8 万多人的伏击。新四军虽然英勇奋战、奋起突围，但终因弹尽粮绝，只突围出 2000 余人，大部分人壮烈牺牲。军长叶挺在与国民党谈判的时候被非法扣押，从此开始了囚禁的生活。这就是震惊世界的"皖南事变"。

　　皖南事变是抗战时期国民党顽固派对华中新四军的一次突然袭击，当时抗战正进入双方相持的阶段，国民党的顽固派便借此机会加紧制造反共摩擦活动。而蒋介石发动皖南事变的直接目的，就是为了控制共产党武装力量的发展，以确保江南不被共产党渗透和占领，所以才会派重兵围困叶挺的新四军军部。"皖南事变"发生后，周恩来总理立即写诗痛斥蒋介石这种倒行逆施的行径："千古奇冤，江南一叶。同室操戈，相煎何急？"叶挺被捕以后，曾

叶挺被囚照片

先后被囚于江西上饶、湖北恩施、广西桂林等地，最后被移禁于重庆"中美特种技术合作所"的集中营。

叶挺被反动派囚禁在上饶时，关押他的那间囚室既黑暗又潮湿，冰凉的地上铺着几把发霉的稻草，上面尽是臭虫和跳蚤，让他受尽了折磨。为了诱骗叶挺投降，国民党反动派挖空了心思。一天，国民党第三战区副司令长官顾祝同派了一辆豪华小轿车，要把叶挺接到司令部参加宴会。宴会开始后，顾祝同向叶挺敬酒，劝叶挺发表宣言，声明新四军违犯了军令，只要他这样做就可以被释放出狱，甚至可以做官。叶挺勃然大怒，站起来手拍着桌子说："无耻！你们制造皖南事变，陷害新四军，破坏抗日（民族统一战线），该是你们向人民认罪才对。"叶挺光明磊落，大义凛然，每句话如同尖刀利剑般刺向顾祝同，让其无以应对。后来，蒋介石亲自出马劝叶挺投降，也被叶挺严词拒绝。恼羞成怒的蒋介石最后把叶挺关进了臭名昭著的重庆"中美特种技术合作所"设立的集中营。

"中美特种技术合作所"的白公馆、渣滓洞是专门关押高级政治犯的地方，叶挺在那里受尽了折磨和迫害。叶挺一直身居囚室，想到自己不能带领士兵冲锋陷阵进行抗日，便愤然在关押他的渣滓洞集中营二号牢房的墙壁上大书一首《囚歌》，来表明自己的心志："为人进出的门紧锁着，为狗爬走的洞敞开着，一个声音高叫着：爬出来吧，给你自由！我渴望着自由，但也深知道——人的躯体哪能由狗的洞子爬出！我只能期待着，那一天——地下的火冲腾，把这活棺材和我一齐烧掉，我应该在烈火和热血中得到永生。"在国民党的种种威逼利诱面前，叶挺用这首《囚歌》来表明自己的心志，展现出一名大无畏的无产阶级战士的傲然风骨和高风亮节，是具有坚定理想信念的革命者对敌人严刑拷打、软硬兼施所作出的正义凛然的回答。

在被囚禁的 5 年时间里，叶挺在狱中遭受了各种屈辱和酷刑的非人折磨，但他仍然坚贞不屈，毫不动摇。叶挺是一个坚定的革命者，他在敌人暗无天日的监狱里饱受折磨，忍受着敌人的残害，但他仍表现出了革命者视死如归的凛然正气。他在监狱的墙壁上题写下了这首被后人广泛传诵的千古绝唱——《囚歌》，用它来表明自己拒绝国民党的威逼利诱，不愿卑躬屈膝，与国民党同流合污的高尚节操，表现自己不屈服的精神和愿为国家、为人民奋斗终生乃至献身的雄心壮志。叶挺的《囚歌》堪与文天祥的《正气歌》相媲美，当时在狱中被谱成歌曲，在难友中广为传唱，鼓舞着同志们的革命斗志，使敌人闻之胆战心惊。

鲁迅有句名言："从喷泉里出来的都是水，从血管里出来的都是血"。今天我们诵读《囚歌》这样慷慨激昂的诗句，仿佛一个大义凛然、视死如归的英雄形象就屹立在面前。这首诗是诗人高尚情操的真实流露，让读者情不自禁地被诗中的那股凛然正气而深深震撼，为诗人的高尚人格而肃然起敬。这同时也是一首用生命和热血写成的诗。诗人运用象征和对比的手法，向人们展示了革命者坚强的革命意志、崇高的革命气节和奋斗到底的革命精神。革命者所走道路的门被敌人紧紧地锁着，出卖革命、充当可耻叛徒的投降之门却敞开着。反动派声嘶力竭地叫喊着：投降吧！给你自由！作者渴望得到自由，但是，他深深地懂得——一个真正的革命者应该是一个有尊严的人，真正的革命者又怎么能靠出卖革命来获得个人仅有的一丝自由呢？他希望有一天，革命的烈火，把他和反动派的监狱一齐烧掉，为了更多人的自由，为了革命者的尊严，他将在血与火的斗争中得到永生。

　　《囚歌》是一篇白话述志诗，该诗分为上下两节，全诗明白晓畅，通俗易懂，犹如脱口而出，但感情炽烈，气势豪迈，意境表达清晰完整。"为人进出的门紧锁着，为狗爬走的洞敞开着"，《囚歌》的开始，叶挺以形象的语言，把囚禁在牢狱里受难者的自由与尊严相分离的境况展现出来。一方面，反动当局绝对不允许被囚者以自由之身保有人的节操和尊严；另一方面，他们又千方百计诱惑受难者以尊严的丧失来换取行动的自由。"爬出来吧，给你自由"这八个字，把专制独裁分子的狂妄、阴险、狰狞的嘴脸生动地勾画了出来。然而，革命者所渴求的自由从来就不以屈尊为代价，更不会以奴颜婢膝去换得所谓的"自由"。士可杀不可辱，这早已成为自古以来仁人志士们严以律己的法则。"我渴望着自由，但也深知道——人的躯体哪能由狗的洞子爬出！"诗人高傲地拒绝了反动派的诱惑。自由诚可贵，然而，失去了尊严的自由，又怎能俯就？被囚的勇士依旧是勇士，而自由的畜生，永远是畜生。自由的精灵被隔绝在专制独裁的高墙之外，受难的人们时时渴求着自由的温存，却无法与之结合。牢狱从来就不是自由美好之地，阴森、恐怖、死亡才是它的现实。弱者本来就少得可怜的骨气将在这里彻底消融，强者的凛然正气却可以在这里得到张扬。"我只能期待着，那一天——地下的火冲腾，把这活棺材和我一齐烧掉，我应该在烈火和热血中得到永生。"《囚歌》的结尾，慷慨而悲壮。

　　自 1941 年 1 月国民党蛮横地关押叶挺之日起，中国共产党一直积极营救叶挺出狱，为此做了大量的工作和坚持不懈的斗争。在抗战胜利后，1946 年 3 月 4 日，经中共中央多方面的努力，叶挺终于获释得以恢复人身自由。叶挺出狱后的第二天就电告中共中央，请求重新加入中国共产党："我已于昨晚出狱。我决心实行我多年的愿望，加入伟大的中国共产党，在你们的领导之下，为中国人民的解放贡献我的一切。我请求中央审查我的历史是否合格，并请答复。"3 月 7 日，毛主席以"亲爱的叶挺同志"相称，电告叶挺其被批准加入中国共产党，称赞他忠诚地为中国民族解放与人民解放事业进行了 20 余年的奋斗，经历了种种严峻的考验，决定接受他入党。

叶挺将军与妻子李秀文

然而，令人遗憾的事情又发生了。1946年4月8日，叶挺与夫人李秀文携儿女以及博古、邓发、王若飞等同志在由重庆飞赴延安的途中发生了空难，飞机坠落在山西兴县黑茶山，叶挺将军不幸遇难，年仅50岁。毛泽东沉痛地为叶挺等死难者题词："为人民而死，虽死犹荣。"

悼念捍卫自由中国的好男儿

《满江红·悼左权同志》

叶剑英　1942 年

　　敌后坚持，捍卫着自由中国。试看那，橇枪满地，汉家旗帜。剩水残山容我主，穿沟破垒标奇迹。问伊谁，百万好男儿，投有北。

　　崦嵫日，垂垂没，先击败，希特勒。会雄师，踏上长白山雪。风起云飞怀战友，屋梁月落疑颜色。最伤心，河畔倚清漳，埋忠骨。

　　左权，原名左纪权，号叔仁，伟大的中国无产阶级革命家、军事家，中国工农红军和国民革命军第八路军的高级将领。左权 1905 年出生在湖南醴陵黄茅岭一个贫苦农民家庭。大革命时期追随孙中山先生参加革命，考入黄埔军校第一期，成绩突出，周恩来曾称赞他是优等生，并两次接见他。1925 年 2 月左权加入中国共产党，其后，曾与叶剑英并肩战斗，参加统一广东、讨伐叛军陈炯明的东征行动，后赴苏联留学。1930 年，他由苏联返回中央革命根据地，先后任

左权将军

新编红军第十二军军长、红一军团参谋长和代理军团长等职。抗日战争爆发后，任国民革命军第八路军副参谋长，当时，叶剑英任参谋长。左权在抗日

斗争中作出了卓越的贡献，立下了赫赫战功，威震敌胆。

1940 年前后，日本侵略军对解放区实行"三光"政策，在这个节骨眼上，太行山区又遭到百年不遇的大旱灾。在那艰难困苦的岁月里，左权将军一面响应毛主席"自己动手，丰衣足食"的伟大号召，带领干部、战士开荒生产，减轻人民负担；一面带头艰苦奋斗，厉行节约。当八路军总部来到辽县麻田村时，左权将军听说民房不宽裕，就主动住在村中的一座小庙里。他从老乡家借来一张旧方桌，靠山墙用门板支了一个床铺，上面放着他仅有的一床薄薄的被褥。后墙上挂了一张画满红箭头的军用地图，窗台上摆了一大摞书，就算布置好了他的寝室兼办公室。左权同志对自己要求非常严格，他认为："工作可以比别人多做，生活却不能比别人特殊。"炊事员看着左权将军因工作劳累，身体一天比一天消瘦，就把部队喂养的鸡杀了一只，给左权将军炖好端去。可是，他却悄悄地将鸡肉转送给了伤病员吃。当伤病员又给他送回来时，他十分生气地说："你们在枪林弹雨中爬来爬去，挂了彩，流了血，多吃点肉，养好身体，多杀敌人，不是等于爱护我吗？"左权将军就是这样，别人送给他的一点食物，他却从不轻易吃一口，总是送给其他的人。有一次，左权将军的袜子破得实在不能穿了，脚后跟补了三四层，再也不能补了，勤务员带着请示的口气对他说："参谋长，用这个月的津贴买两双袜子吧！"原来这位有着赫赫战功的名将、八路军副总参谋长，每个月才有 5 块钱的津贴，买了袜子就不能吸烟了。由于当时战事频繁，除了战斗，每天都要熬夜工作。因此，烟似乎比袜子更重要些。他便决定：再想想办法，袜子先对付到下个月再说。

1942 年 5 月，日军集结了 3 万兵力，再次对太行山抗日根据地发动了空前残酷的"铁壁合围"大扫荡，形势万分严峻。5 月 20 日午夜时分，左权在战前部署会议上分析了敌我态势后说："面对日军重兵的多路合击，中共主力部队目前已转移出去，而中共中央北方局，八路军总司令部、野战政治部、供给部、卫生部、军工部以及新华日报社等尚处在敌军的合击圈内。眼下直接威胁我们的是由涉县、黎城等地来的一股日伪军，约 3000 人。"面对重兵压境的日伪军，这个合击圈内八路军能够应敌的兵力却很少，只有为数不多的警卫部队，等待他们的将是极其残酷的战斗。不过，左权冷静地告诉大家："从局部看，我们处在敌军的包围之中；但从全局看，敌人是处在我们的军队和人民的包围之中。"他对主要负责掩护任务的警卫连长唐万成说："你们连百分之八十的人是共产党员，百分之九十以上都是老红军，相信你们一定能够完成这次任务。告诉同志们：太行山压顶也决不要动摇！"

左权（左）在太行

鉴于当时敌我兵力对比悬殊，彭德怀、左权等连日开会研究对策。左权提出，在敌军分路合击时，我军趁隙钻出合击圈，当敌军扑空撤退时，伺机集中我军兵力歼其一路至几路。一切部署完毕，八路军总部各部门于5月23日奉命转移。次日凌晨，由掩护撤退的警卫连所扼守的虎头山、前阳坡、军寨等阵地都爆发了惨烈的战斗。在这次大扫荡中，身着便装，先于大扫荡部队潜入根据地的日军专门组建的"特别挺进杀人队"在麻田发现了八路军首脑机关，这就使得多路敌军都向麻田八路军首脑机关所在方向急进。仅仅两百多人的警卫连顽强地抵御着日伪军两千多人的轮番进攻。日伪军多次冲击失败后，便发射信号弹，召来了更多的援兵，射向八路军阵地的火力更加密集。铺天盖地的炮火将虎头山一线轰得地动山摇，敌军步兵随着遮天蔽日的烟尘直逼八路军阵地。为保证八路军总部的安全转移，左权不顾周围炮弹不断爆炸掀起的气浪，站在虎头山后面的山头上沉着地指挥战斗。他心里不仅想着八路军总部各部门的安全，也惦记着当地群众的安危。当他看到附近山上还有群众没有脱离险境时，急忙命令警卫连长唐万成从已经十分吃紧的兵力中抽出一部分兵力吸引敌军，以便给群众充分的时间进行转移。直到一切安排妥当，左权才不慌不忙地走下山去。

5月25日上午，突围队伍仍然未脱离险境，在南艾铺、高家坡一带的山沟里，集结着八路军总司令部、中共中央北方局、新华日报社等队伍的几千人马，四周都是激烈的枪炮声，日伪军以"纵横合击"战术构成的包围圈在一步步地收紧。天空中，日军飞机也不时地投弹、扫射，受惊的骡子狂奔乱跳，将密集的突围队伍堵在狭窄的山沟中。眼看秩序大乱，左权不顾日军飞机的威胁，跳上一匹黑骡子，跑前顾后地把混乱的队伍重新集合起来，加快了行军速度。左权一边指挥突围，一边观察着战场情况的变化。他根据日军飞机反复投弹扫射，以及千米之外响起的密集枪弹声判断出兵力占极大优势的日伪军已经发现了合围目标，必须尽快采取果断措施，兵分几路冲出包围圈。

日伪军发觉了八路军分路突围的意图，迅速收缩合围圈，并将一簇簇炮弹射向密集的人群，给突围的人们造成了极大的混乱和恐慌。面对这一极度危险的处境，左权一边鼓舞士气，一边迅速督促彭德怀加快转移。他说："你的转移，事关重大，只要你安全突出重围，八路军总部才能得救。"彭德怀关心仍困在合围圈里的大批同志，坐在马背上就是不挪动。左权急了，以强硬的口气命令唐万成："连人带马，给我推！"彭德怀被感动了，迫不得已地挥起马鞭，在警卫战士的掩护下，向西北方向疾驰而去。目送彭德怀离去后，左权又奔向队伍，继续指挥着大队人马的突围行动。他的身体这时已虚弱得厉害，但仍然尽全力招呼着每一个人。5 月 25 日下午 2 时，在十字岭高家坡，利用短暂的休整时间，左权用嘶哑的声音激励着已极其疲劳的队伍："同志们，尽管敌情严重，但大家不要慌。我们要胜利，就得一齐冲。一齐冲就要听从指挥，只要冲过前面一道封锁线，我们就安全了。"尽管突围形势愈加严峻，左权仍然要求警卫战士保护电台，保护机密材料和机要人员，并将身边的参谋人员、警卫战士分散到护送电台和机要人员的队伍中去。

当左权交代完上述任务后，突然觉得有人拉住了他的胳膊，他回头一看是唐万成，感到十分惊奇，刚才不是安排他去保护彭德怀突围吗？怎么小伙子又转回来了呢？唐万成告诉他："彭总已冲过封锁线"并请求左权撤离，左权拒绝了，坚决命令唐万成赶快去追上彭德怀，全力保护彭德怀安全。在他看来，彭德怀的安全远比自己的安全重要，这涉及八路军的安危和荣辱啊！现在自己的职责就是指挥突围。看着身为八路军副总参谋长的左权将军拖着虚弱的身子像普通战士一样在炮火中奔跑，唐万成实在不忍心，他执拗地紧紧攥住首长的胳膊不放。左权气极了，拔出手枪，喝令道："你要懂得，要是彭总有个三长两短，我要枪毙你！"唐万成只得松开手，转身朝彭德怀突围的方向赶去。太阳偏西了，日军的炮火依然很猛烈。

左权从容地指挥队伍继续突围，他登上一块高地，尽管他声音更加嘶哑了，但他还是一遍又一遍地高喊道："不要隐蔽，冲出山口就是胜利，同志们快冲啊！"大家见左权副总参谋长就在身边指挥，情绪很快就稳定下来，突围的速度也就加快了。当队伍冲向敌军最后一道封锁线时，敌人火力更加凶猛。突然，一发炮弹落在左权身边，他不顾危险，高喊着让大家卧倒。接着第二发炮弹又接踵而至，左权的头部、胸部、腹部都中了弹片。就这样，一位才华横溢、智勇双全的八路军高级将领，为了国家与人民，倒在了抗日的战场上，过早地失去了年轻而宝贵的生命。

1942 年 5 月 25 日，左权将军壮烈殉国。左权是八路军在抗日战场上牺牲的最高级别指挥员，名将阵亡，太行山为之鸣咽，全党为之悲痛。周恩来称他"足以为党之模范"，朱德赞誉他是"中国军事界不可多得的人才"，并亲自为他写下了荡气回肠的悼诗——《悼左权同志》："名将以身殉国家，愿拼热血卫吾华。太行浩气传千古，留得清漳吐血花。"

不朽之笔传不朽之人！左权牺牲的噩耗传来，叶剑英更是万分悲痛。怀着沉痛的心情，叶剑英伤心地提起笔来，为了悼念和歌颂昔日的战友，他特地为抗日英雄写下了这首悲壮的辞章——《满江红·悼左权同志》："敌后坚持，捍卫着自由中国。试看那，橄枪满地，汉家旗帜。剩水残山容我主，穿沟破垒标奇迹。问伊谁，百万好男儿，投有北。崦嵫日，垂垂没，先击败，希特勒。会雄师，踏上长白山雪。风起云飞怀战友，屋梁月落疑颜色。最伤心，河畔倚清漳，埋忠骨。"

叶剑英用《满江红·悼左权同志》这首悼亡词来表达对左权将军不幸遇难的沉痛哀悼，高度赞扬这位抗日英雄的历史功绩和革命精神。这首词分上下两阕，首先在上半阕描绘了抗日战争形势，介绍并赞扬左权同志在领导抗击日本侵略者的战斗中立下的赫赫战功。左权同志在领导抗日敌后斗争中发挥了重大作用。当时，他率八路军司令部东渡黄河，深入敌后，辅佐朱德总司令、彭德怀副总司令指挥八路军开展抗日游击战争，多次粉碎日军的疯狂扫荡，给侵略者以沉重打击，创建并巩固了华北抗日根据地，发展壮大了人民武装力量。在词的下半阕，诗人展望即将到来的抗战胜利，并对战友的牺牲表示痛惜，表达自己对左权的深厚感情和深切思念。

这首词的独特之处就是从"大"处着眼，跳出了一般悼亡诗词极尽表达追悼之情的常格，把表现怀念的挚情放到词的后面，通过前面对抗日战争和英雄功绩的描绘，把烈士的牺牲同抗日大业和历史时代紧密联系在一起，更衬托出了这位民族英雄的伟大，使人对他的牺牲倍感惋惜。同时，诗人把对烈士的哀思寄托于火热的抗日斗争之中，并化悲痛的思念为对敌人的愤怒，更激发起战斗的决心和必胜的信念，而不是沉溺于低沉的哀悼之中。立意高远，气势豪迈。

左权将军戎马一生，有着许多可歌可泣的感人故事，他的精神永远值得后人继承和学习。为纪念左权将军，1942 年 9 月 18 日，晋冀鲁豫边区政府根据辽县人民的强烈愿望，决定将辽县改名为左权县，辽县党政军民学 5000 余人举行了辽县易名典礼。

几十年风雨春秋，沧桑巨变，左权县人民永远缅怀左权将军的丰功伟绩，始终秉承着革命先烈艰苦奋斗、求真务实的光荣传统，在几代人的拼搏奋斗下，使得革命老区发生了翻天覆地的变化。如今，全县人民在左权精神的感召和鼓舞下，正朝着努力建设"能源工业强区、核桃产业大县、山水宜居名城、特色旅游胜地、和谐幸福家园"的宏伟目标大步前行。

万众瞩目清凉山

《七大开幕》

陈毅　1945年

百年积弱叹华夏，八载干戈仗延安。

试问九州谁做主？万众瞩目清凉山。

1945年春夏之交，在抗日战争即将取得胜利的前期，彪炳千秋的中国共产党第七次全国代表大会（简称七大）于4月23日至6月11日在延安隆重举行。此时正值世界反法西斯战争和中国抗日战争即将取得胜利的前期，也是决定中国命运的一个关键时刻。

中国共产党第七次全国代表大会会场

中国共产党为这次大会的召开进行了长时间的酝酿和筹备。从党的六大到党的七大，相隔了 17 年。党的六大闭幕以后，中共中央即酝酿筹备召开党的七大，但一直没能实现。直到整风运动后，全党思想空前统一，中共中央认为作出党的若干历史问题决议的时机已经成熟，党的七大的召开也具备了充分的思想条件。

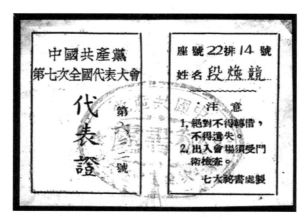

中共七大代表证

1945 年 4 月 23 日至 6 月 11 日，中国共产党第七次全国代表大会终于在延安召开。出席这次会议的代表共 755 名，其中，正式代表 547 名，候补代表 208 名，代表全党 121 万党员，分为中直（中央直属机关）、西北、晋绥、晋察冀、晋冀鲁豫、山东、华中和大后方 8 个代表团。在这些代表中，年龄最大的近 70 岁，最小的才 20 岁左右。

1945 年 4 月 23 日，在延安杨家岭中央大礼堂，七大开幕式的主席台上，简陋的条桌和木椅迎来了中国共产党的领袖。当毛泽东、朱德、刘少奇、周恩来、任弼时等人走上主席台的时候，全体代表起立，热烈鼓掌。在庄严的《国际歌》声中，大会秘书长任弼时宣布中国共产党第七次全国代表大会开幕，毛泽东致《两个中国之命运》的开幕词。他说："在中国人民面前摆着两条道路，光明的路和黑暗的路；有两种中国之命运，光明的中国之命运和黑暗的中国之命运……我们的任务不是别的，就是放手发动群众，壮大人民力量，团结全国一切可以团结的力量，在我们党领导之下，为着打败日本侵略者，建设一个光明的新中国，建设一个独立的、自由的、民主的、统一的、富强的新中国而奋斗。我们应当用全力去争取光明的前途和光明的命运。"毛泽东向大会提交了《论联合政府》的书面政治报告，并就报告中的一些问题以及其他问题作了长篇口头报告。朱德作了《论解放区战场》的军事报告和关于讨论军事问题的结论，刘少奇作了《关于修改党章的报告》和关于讨论组织问题的结论，周恩来作了《论统一战线》的重要讲话。大会充分发扬民主精神，对重要报告进行了认真深入的讨论，尤其对毛泽东的政治报告，先后讨论修改达 9 次之多。七大原定会期较短，大会开始后，代表们纷纷要求延长，大会发言人数也突破了原定人数，先后在大会上发言的还有陈云、彭德怀、张闻天、李富春、陈毅、叶剑英、杨尚昆、刘伯承、彭真、聂荣臻、陆定一、乌兰夫、博古、高岗等，他们的发言受到大会的普遍欢迎。大会经过深入讨论，一致通过了关于政治、军事、组织方面的报告，通过了政治决议案、军事决议案和新的党章。

刘少奇在七大《关于修改党章的报告》中深入论述了毛泽东和毛泽东思想在中国革命中的地位和作用，对毛泽东思想作了较为全面、系统和科学的概括，揭示了毛泽东思想的丰富内涵和本质特征，使全党对毛泽东思想有了比较完整的认识和深刻的理解。

大会选举产生了党的领导机关——中央委员会。其中，中央委员 44 人，中央候补委员 33 人。随后召开的七届一中全会，选举毛泽东、朱德、刘少奇、周恩来、任弼时、陈云、康生、高岗、彭真、董必武、林伯渠、张闻天、彭德怀为中央政治局委员；选举毛泽东、朱德、刘少奇、周恩来、任弼时为中央书记处书记；选举毛泽东为中央委员会、中央政治局主席；选举任弼时为中央秘书长，李富春为副秘书长。七大选举产生的中央领导机关是一个具有很高威信的、能够团结全党的领导集体。

1945 年 6 月 11 日，大会举行隆重的闭幕式。毛泽东致闭幕词。他说："我们开了一个很好的大会""我们开了一个胜利的大会，一个团结的大会。"

他在闭幕词中向全党发出了鼓舞人心的号召："下定决心，不怕牺牲，排除万难，去争取胜利。"毛泽东的这篇闭幕词，会后经整理修改后，以《愚公移山》为题，收入《毛泽东选集》第 3 卷，成为马列主义、毛泽东思想的经典之作。

七大的召开具有重要的历史意义。七大的一个重大历史功绩是确定了党的政治路线，即"放手发动群众，壮大人民力量，在我党的领导下，打败日本侵略者，解放全国人民，建立一个新民主主义的中国。"这条政治路线阐明了全党全国人民的奋斗目标是打败日本侵略者，建立一个新民主主义的中国；阐明了为实现这一奋斗目标，就要放手发动群众，壮大人民力量；阐明了加强党的领导是革命取得胜利的关键。

毛泽东指出："没有中国共产党的努力，没有中国共产党人做中国人民的中流砥柱，中国的独立和解放是不可能的，中国的工业化和农业近代化也是不可能的。"为加强党的领导，毛泽东号召全党要发扬理论和实践相结合的作风，和人民群众紧密地联系在一起的作风，自我批评的作风。这既是党的优良传统，也是中国共产党区别于其他非无产阶级政党的显著标志。

七大是中国共产党在新民主主义革命时期极其重要的一次也是最后一次代表大会。它总结了中国新民主主义革命 20 多年曲折发展的历史经验，制定了正确的路线、纲领和策略，克服了党内的错误思想，使全党特别是党的高级干部对于中国民主革命的发展规律有了比较明确的认识，从而使全党在马克思列宁主义、毛泽东思想的基础上达到了空前的团结。这次大会作为"团结的大会、胜利的大会"载入史册。它为党领导人民去争取抗日战争的胜利和新民主主义革命在全国的胜利，奠定了政治上、思想上和组织上的深厚基础。

另外，七大还确立了以毛泽东思想为党的指导思想。党的七大另一个重大历史性贡献就是将毛泽东思想写在了党的旗帜上，确立毛泽东思想为党的指导思想并写入党章。

七大通过的新党章指出："毛泽东思想，就是马克思列宁主义的理论与中国革命的实践之统一的思想，就是中国的共产主义，中国的马克思主义。"党章规定：中国共产党以马克思列宁主义的理论与中国革命的实践之统一的思想——毛泽东思想，作为自己一切工作的指导方针，反对任何教条主义的或经验主义的偏向。

七大确立毛泽东思想为党的指导思想，是近代中国历史和人民革命斗争发展的必然选择。中国共产党成立后，以毛泽东为主要代表的中国共产党人，根据马克思列宁主义的基本原理，经过 20 多年的艰苦探索，把中国革命实践中的一系列独创性经验进行理论概括，创造性地发展了马克思列宁主义，形成了适合中国情况的科学指导思想。七大之后，全党同志在毛泽东思想的指引下，团结一致，为推进中国革命的历史进程努力奋斗，终于在 1949 年取得了新民主主义革命的伟大胜利。

如何使中国人民摆脱黑暗的命运，走向光明的前途，七大的召开为当时中国的发展指明了方向。陈毅参加了七大，在聆听了毛泽东所作的开幕词之后，他感慨万千，决心用自己的笔记下这重要的历史时刻，便提笔写下了《七大开幕》一诗："百年积弱叹华夏，八载干戈仗延安。试问九州谁做主，万众瞩目清凉山。"清凉山在延安城东，抗战时期，这里设有新华通讯社、解放日报社、边区群众报社、中央出版社发行部、中央印刷厂、新华书店、新华广播电台等新闻出版机构，被称为"新闻山"。全国人民翘首仰望延安，把打败日本帝国主义、建立新中国的希望寄托于中国共产党。

《七大开幕》是一首七言绝句，是抒情诗中的小品，它尺幅虽短，但同样讲究起承转合。"百年积弱叹华夏"，作者起笔一句，突兀而来一个"叹"字，开启了对百年国运无限的忧思和伤情。自鸦片战争以来，列强入侵，中国积贫积弱，人民饱尝欺凌之苦，短短一句，回顾了百年以来中国人民的苦难历史，可谓精练之至。自 1937 年全面抗战以来，中国人民前仆后继，之所以从失败走向了胜利，除了依靠人民群众的力量，还依仗了中国共产党和毛泽东的正确领导。"八载干戈仗延安"，这一句并未直承起句，而是接转，歌颂了抗战胜利，歌颂了党和毛泽东的英明。第三句"试问九州谁做主"又是一转，提出问题：谁是中国人民的领导者？此问非同小可，要打败日本侵略者，建设新中国，亿万人民的领导者是谁？作者自问自答，但不是平铺直叙，也不是主观结论："万众瞩目清凉山"，犹如电影艺术中的推镜头，道出了万众一心、万目所向之地。作者庆幸中国人民找到了自己的英明领袖，中国共产党空前一致地团结在毛泽东周围，在毛泽东思想旗帜的指引下不断走向胜利，走向希望。

《七大开幕》以忧思伤感起笔，以欢欣昂奋收尾，有回顾，有歌颂，有设疑，有鼓舞，峰回路转，柳暗花明，无愧为一篇短而不简，尺幅之中有龙腾虎跃之势的贺词。陈毅将军这一"大手笔"不由令人啧啧称赞。

气势磅礴的时代颂歌

《莱芜大捷》

陈毅　1947 年

淄博莱芜战血红，我军又猎泰山东。

百千万众擒群虎，七十二崮志伟功。

鲁中霁雪明飞帜，渤海洪波唱大风。

堪笑顽酋成面缚，叩头请罪詈元凶。

1946 年 6 月 26 日，蒋介石在完成了各项战争准备之后，彻底撕下和平面具，动用 25 个师共 30 万大军分四路向中原解放区大举进攻，接着又在其他地区向解放区实行全面进攻，从而发动了全面内战。

1947 年 1 月，蒋介石集中国民党精锐部队 31 万余人，分南北两线大举进攻山东解放区。南线由整编第十九军军长欧震指挥 8 个整编师 20 个旅分三路沿沂河、沭河北犯临沂，北线李仙洲集团以 3 个军 9 个师的兵力由淄川、博山等地南下莱芜、新泰地区策应，企图与华东野战军主力决战于沂蒙山区。敌参谋总长陈诚亲抵徐州指挥，并声称："党国成败，全看鲁南一役。只许成功，不许失败。"蒋介石气势汹汹地集中优势兵力进攻山东，形势咄咄逼人。

根据中国共产党中央军事委员会的指示，1946 年 9 月，山东、华中两个野战军指挥部合并，陈毅为司令员兼政委。1947 年 1 月下旬，华东全军统一整编，正式成立华东军区，山东、华东两野战军撤销合编为华东野战军（辖 9 个步兵纵队和 1 个特种兵纵队，共约 27 万人），并成立中共华东野战军前线委员会，陈毅被任命为军区司令员、野战军司令员兼政治委员，并担任前委书记。宿北战役后，华东野战军又挥师北上，于1947年1月2日至20日在峄县、枣庄等地连续作战，歼敌整编第二十六师、五十一师及第一快速纵队共5.3万余人，缴获大批武器装备，生擒敌中将师长马励武和周毓英，取得了鲁南大捷。这两个战役，使华东野战军在华东战场上由被动转为主动，并使得全国战局向不利于国民党的方向发展。

在作战过程中，华东野战军以一部之力阻击南线之敌，主力北上莱芜歼击李仙洲集团。战斗自1947年2月20日开始，到2月23日下午结束，仅用了三天时间，就全歼国民党2个军部、7个师，共6万余人，活捉徐州公署第二绥靖区副司令李仙洲。当时共俘虏敌人5万4千余人，因俘虏人数太多，连通信员、炊事员都被调去押俘虏了。时任国民党山东省政府主席、第二绥靖区司令王耀武得知消息后大为震惊，气得大骂道："5万多人，不知不觉三天就被消灭光了。老子就是放5万头猪在那里，叫共军抓三天也抓不完！"

而1947年2月23日，是莱芜战役打得非常激烈与辉煌的一天。天刚亮，国民党军动用20多架飞机，对吐丝口和莱芜之间的公路、村庄进行狂轰滥炸和空中扫射。之后，李仙洲兵分两路企图向吐丝口突围。10时许，国民党军先头部队进入华东野战军阻击阵地，埋伏的野战军猛烈向敌人开火，战士们个个奋勇杀敌，敌人上来一批就消灭一批，尸体在阵地前垒成堆，最后敌人失去指挥，乱成一团。

在战斗中，战士们动作敏捷、快速行军，以顽强的毅力与疲劳作斗争。在山东山区作战，道路崎岖难行，时有碎石磨脚，战士们的一双新鞋，不到两天就会被磨坏。所以，当时战士们中间流传着这么一句话："到了山东，脚下磨起泡，鞋底磨成洞。"莱芜战役时值冬季，战士们白天隐蔽，晚上行军，克服严寒，以"冰天雪地只等闲"的大无畏精神，互助互爱，按时到达目的地。尽管行军如此艰难，战士们仍以高昂的斗志坚持前进。所以，莱芜战役被誉为中国运动战的"光辉范例"，这次战役成为世界军事史上"百战经典"之一。莱芜战役共解放了胶济线沿途13个城镇，使鲁中、渤海、胶东三个解放区连成一片。此次战役给敌人造成了沉重打击，迫使山东方面的国民党军队在一个多月内未敢出动。莱芜战役的胜利，是毛泽东军事思想和人民战争思想的一个成功范例。这次战役的胜利可以归结为毛主席统帅部署有方，华东野战军领导集体指挥作战得力，军民同仇敌忾、奋勇杀敌的共同结果。

莱芜大捷

陈毅同志在指挥华东野战军取得了这场战役的胜利以后，满怀喜悦之情写下了《莱芜大捷》这首胜利之诗。此诗与其后所作的《如梦令·临沂蒙阴道中》《孟良崮战役》等诗篇，曾在解放区报纸上发表，对华东军民夺取战争胜利起了很大的鼓舞作用。

《莱芜大捷》以饱含革命英雄主义的豪情概括了莱芜战役的始末。诗作一开始就点明了大战的地点和战斗的激烈情形，"淄博莱芜战血红，我军又猎泰山东"，诗人开门见山，仅用七个字就写出了战斗的地方和战场的情况。"战血红"三个字写尽了战斗的激烈，使人不禁联想到硝烟弥漫的战场，想到英勇作战的将士。一个"猎"字既形象地表明国民党徐州公署第二绥靖区副司令李仙洲指挥的北线之敌已成为解放军包围之中的猎物，更形象地表现出了野战军将士的雄壮威猛气势，他们就像勇猛的猎人追逐和击杀猎物一样奋勇血战。同时，尽管此诗如同陈毅其他描写战斗生活的诗词一样，未正面写血战，也未正面写到作为战役指挥官的自己，但从这个"猎"字中，完全能够看到一个胸怀韬略、举重若轻、指挥若定、稳操胜算的军事指挥官的形象。"又猎"二字不仅点明了各大战役之间的先后关系，而且其中充溢着作者作为军事指挥员驰骋疆场、连获大胜的喜悦之情。"百千万众"写出了华东野战军的同仇敌忾。一个"擒"字便使解放军英勇迅猛之姿、摧枯拉朽之势跃然纸上。"群虎"则用比喻的手法写出国民党军队的凶残，反衬了野战军追击敌人的英勇和迅猛，这才会有"七十二崮志伟功"。敌我双方的战斗以及华东野战军的胜利自会有青山作证，血染的七十二崮为这场激烈战斗留下了永恒的纪念，见证了人民解放军的胜利。颔联紧紧承接首联，描写出解放军将士奋力作战并很快取得胜利的英勇形象。

诗的后半部分，诗人将笔锋从硝烟弥漫的战场转移到了胜利之后的现实场景。"鲁中霁雪明飞帜，渤海洪波唱大风"进一步描写了解放军取得胜利后无比欢乐的情景。不过，诗人没有直接描写解放区军民敲锣打鼓、欢呼雀跃、载歌载舞的场景，而是用衬托和拟人的手法间接烘托了这种欢乐气氛。在晴朗明净的鲁中天空下，莹莹白雪映照着飞舞的胜利旗帜，分外壮丽；浩浩渤海也扬起波涛阵阵，唱起"大风"之歌，威武嘹亮。这里，诗人以"唱大风"化用了刘邦《大风歌》的典故，来歌颂胜利大军的威武雄壮。"堪笑顽酋成面缚，叩头请罪詈元凶"，"顽酋"即顽敌的首领，这里是指李仙洲；"缚"字与前面的"猎"字和"擒"字又形成照应。全诗以敌军惨败后狼狈不堪的丑态作结，不仅给全诗对战役的描述画了一个完整的句号，而且与前述解放军作战时的勇猛无敌和胜利后的无比欢乐形成了鲜明的对比，令人回味无穷。

总之，《莱芜大捷》这首诗热情洋溢地讴歌了华东野战军英勇善战的英雄气概，气势豪放，感情磅礴，读来令人痛快淋漓。全诗按战役的时间顺序为结构主线，层层递进，前后照应，气势贯通，浑然一体。作者运用了对比、衬托、拟人等多种艺术手法，用词也颇见锤炼功夫，如"猎"字、"擒"字都遒劲有力，富于艺术表现力。此外，出现于诗中的泰山、渤海、七十二崮、鲁中霁雪等不仅是山东特有的地理风物和自然景观，十分契合战役发生的地域特征，而且与大军逐鹿血战的场面相互映衬，使诗作更显出一派雄壮豪迈和辽阔高远的境界，尤其是"渤海洪波唱大风"一句更为沉雄壮阔，让人情绪激昂。总之，莱芜战役是一场胜利的战役，《莱芜大捷》是对这次战役绝美的记录！

开国元帅的剑侠情

《记羊山集战斗》

刘伯承　1947 年

狼山战捷复羊山，炮火雷鸣烟雾间。

千万居民齐拍手，欣看子弟夺城关。

羊山集位于山东西南部巨野、嘉祥和金乡三县交界处，是个有千余户居民的大镇。这个古老的镇子依羊山而居，故名曰"羊山集"。不知是哪位富有智慧的人给羊山起的名字，一个"羊"字把这座不大的山点化活了。羊山东西走向，五里长，东头有一个圆圆的山包，就像仰着的头；中间一段曲而长，似躬着背的腰；西头小山包一个个挤在一起，似翘着的尾巴。远远望去，极像一只仰着头、拖着尾、跪着腿、躬着背、正在吃奶的小羊羔。居民称东峰为"羊头"，中峰为"羊身"，西峰为"羊尾"，"羊身"高于"羊头"和"羊尾"，能俯瞰整个羊山和羊山集。

羊山一带自有战争开始，便是屯兵据守之地。羊山的周围至今还完好地保留着明末时期的寨墙，寨墙外面东、南、西三面有三、四米深的水壕，这是侵华日军、汉奸部队盘踞时留下的。国民革命军第六十六军开进羊山集后，又在寨墙、水壕之间加筑了一道坚固的墙体。大大小小、明明暗暗的碉堡、射击孔密密匝匝地分散在墙体之中，火力可控制羊山周围 1000 米开外的地区。第六十六军军长宋瑞珂是个既懂战术又有战略眼光的人，他巧妙地利用羊山的"羊身"制高点，与山下羊山集镇的民房构成核心阵地，隐蔽工事一层又一层，像个铁筒，易守难攻。除此之外，宋瑞珂又在羊山集镇二里开外的村庄和四野作了布局，开辟了辐射状的野外阵地。

1947 年 3 月，国民党军胡宗南部进占延安，毛泽东率领中央机关辗转于陕北的大山之中。毛泽东和中央军委采取"蘑菇战术"，利用陕北的险要地势和群众基础，与 20 余万敌军周旋，"将敌磨得筋疲力尽"，然后将其慢慢消灭。在与敌军打"蘑菇战"的同时，毛泽东已开始思考如何打破敌人的重点进攻，转入战略进攻的问题。他认为战略进攻的主要方向是在中原地区。中原的战略地位极为重要，又是蒋介石国民党统治的腹心地区。中原地跨苏、皖、豫、鄂、陕五省，北枕黄河，南临长江，东起运河，西迄汉水。如果经略中原，建立巩固的根据地，就可南扼长江，东摄南京，西逼武汉，直接威胁蒋介石南京政权，将战争引向国民党统治区。

古人云："得中原者得天下"。中原逐鹿，鹿死谁手？毛泽东同蒋介石的较量，将决定战争的命运，同时也决定着国共两党和中国革命的命运。那由谁来担当"出击中原"的重任呢？毛泽东经过深思熟虑，选择了刘伯承和邓小平。

为适应"出击中原"战略进攻的需要，1947 年 5 月 16 日，毛泽东和中共中央决定：成立中共中央中原局，以邓小平、刘伯承、李先念、张际春、郑位三、李雪峰、刘子久、陈少敏等为常委，邓小平为书记。1947 年 6 月 3 日，毛泽东和中央军委电令刘、邓：晋冀鲁豫野战军主力积极准备于 6 月底突破黄河，挺进中原。刘、邓接电后，立即部署进行各项准备。1947 年 6 月 30 日晚，刘邓大军四个纵队 12 万余人，在山东省的临濮集至张秋镇 150 千米的地段上，一举突破天险，强渡黄河。此举打破了蒋介石号称可抵 40 万大军的黄河防御体系，揭开了人民解放军战略进攻的序幕。这无疑是一个惊世之举！

敌人做梦也没有想到刘、邓大军如此神速。蒋介石立马飞至郑州，召开作战会议，对下属将领开口就说："对付刘邓，可并不简单啊！"蒋介石亲自在郑州调兵遣将，以 10 个旅的兵力布下"长蛇阵"，挡在鲁西南一线，企图迫使刘、邓大军背水而战，回渡黄河以北。

刘邓大军夜渡黄河

向羊山集发动攻击

　　面对敌人逼迫我军背水一战的图谋，邓小平在纵队首长作战会议上坚定地说："我们决不去学韩信。在对待生死的问题上，我们只能有一种选择。为了人民的利益，我们要生存下去，让敌人去跳黄河！敌人是在平均使用兵力，造成了尾大不掉的局面……"刘伯承说："蒋介石这是摆了条'死蛇阵'，简直是首尾难顾。我们打出去，逼敌人背水而战！"刘、邓立即组织发起鲁西南战役，于 1947 年 7 月 8 日攻克郓城。

在消灭郓城、定陶等地的国民党守军后，刘、邓大军与占据羊山集的国民革命军第六十六军一个半旅相遇。这支国民党部队装备精良，战斗力较强。首战失败后，第二纵队司令员陈再道立下军令状：不活捉宋瑞珂，我就解甲归田。羊山集战斗是继郓城战役、六营集战役后的又一个著名战役。1947 年 7 月，正值雨季刚过，羊山集附近形成了沼泽地带。因羊山集一面靠山，三面环水，部队行军极为困难。羊山集内国民党军的火力可以控制羊山周围 1000 米的距离，有利于其固守和相互支援，易守难攻。陈再道指挥第二纵队，陈锡联指挥第三纵队，一起向羊山集地域敌第六十六军发起攻击。羊山集内的国民党军凭借坚固工事作战顽强，刘、邓大军连攻两天未能奏效，伤亡不小。

1947 年 7 月 15 日，大雨滂沱。夜晚，野战军向羊山守敌发起围攻。第二纵四旅从羊山西南角进攻，抵达西阁门；五旅攻占了"羊尾"。第三纵八旅攻占了"羊头"；九旅进攻南门。拂晓时分，因受敌守军羊山制高点火力压制，刘邓大军伤亡惨重被迫退出，遂总结经验，调整部署，准备再战。7 月 16 日，敌军约一个团的兵力分两路向南突围，企图逃跑。第三纵九旅一部在刘庄一带进行截击，顽强扼守阵地，歼敌大部。7 月 17 日，敌军在羊山火力掩护下，进行反冲击。野战军除二纵五旅一个营占领羊山尾部及四旅一营占领西关外一所独立院落外，其余全部溃败，部队伤亡惨重。

1947 年 7 月 19 日，蒋介石紧急飞往开封城，亲自督战，又调来 8 个师、1 个旅的重兵驰援羊山集。7 月 23 日，毛泽东从陕北致电刘（伯承）邓（小平）、陈（毅）粟（裕）谭（震林）和华东局，要刘、邓改变作战方针，确定了确保并扩大战略主动权的军事部署。电报中说："刘、邓对羊山集、济宁两点之敌，判断确有迅速攻歼把握，则攻歼之；否则，立即集中全军休整十天左右，除扫清过路小敌及民团外，不打陇海，不打新黄河以东，亦不打平汉路，下决心不要后方，以半个月行程，直出大别山，占领大别山为中心的数十县，肃清民团，发动群众，建立根据地，吸引敌人向我军进攻打运动战。"同时，毛泽东还要求陈毅领导的华东野战军和陈赓、谢富治集团配合向中原推进，共同实施战略进攻的任务，并规定陈、谢集团挺进豫西后归刘、邓指挥。这一部署，是毛泽东整个战略的关键部分之一。

正处于鏖战中的刘伯承、邓小平领会了毛泽东的战略意图，但是，他们也深深感到，不打好羊山集这一仗，下一步棋要走好也不容易。他们认为，各路援敌尚在行进途中，金乡之敌已无力北援，主力可以集中，完全有迅速击败羊山守敌的把握。这些敌人不歼灭，有可能增加南进的阻力。于是，他们决定继续进攻据守羊山的敌第六十六军。邓小平坚定地说："攻羊山的部队不能后撤！"刘伯承鼓励将士们说："蒋介石送上来的肥肉，我们不能放下筷子！"刘、邓既希望尽早南下，又不想放弃这次歼敌机会。他们说，就算有蒋介石亲自坐镇指挥，我们也一定要啃下这块硬骨头。为此，刘、邓调整了部署，加强炮火，使兵力上达到了 10∶3 的优势。而后，刘、邓亲临羊山集前线，向正在组织攻打羊山集的指战员传达了中央军委的指示精神，并指示陈锡联、陈再道："不能疏忽大意，更不能急躁。"命令他们要亲自到前沿看看地形，了解一下为什么攻不下来，与指战员一起研究打法，尽快把羊山集之敌击败。

1947 年 7 月 25 日夜里，大雨倾盆，直下到 26 日黄昏，总攻计划无法实施，推迟到 27 日。这天得到情报，蒋介石于 7 月 25 日向顾祝同发出命令："刘、邓被大雨所困，交通、通讯均发生困难，是围抄歼灭的良好时机。命王仲廉一日内赶到羊山，与金乡王敬久集团、鲁道源五十八师合击刘伯承部。此战若予以彻底歼灭，则结束山东战事，指日可期。自明日（7 月 26 日）起，各部队即应逐渐与匪主动接战，望各级官兵猛打穷追，达成任务。希饬遵照。"

1947 年 7 月 27 日，天气突然放晴，下午 6 时 30 分，刘、邓部队发起总攻。野炮、山炮、迫击炮交织在一起射向羊山主峰。担任主攻任务的第三纵七旅十九团三营营长南风岚，指挥突击九连在炮火掩护下向前运动。此时，敌军暗堡火力点复活，十几挺重机关枪火力交织成一道火墙，"羊头、羊尾"的侧射火力也疯狂向九连射击，九连前进受阻。离山头还有 50 米的时候，九连只剩下 20 余名战士。九连连长张玉喜组织战士扔出集束手榴弹，趁手榴弹爆炸时的烟雾掩护，继续向一座断岩冲锋。九连战士越来越少。十连连长赵金来见断岩太陡，冲击困难，命令一排长带二班从右侧顺交通沟迂回上去，占领断岩，接应九连。这时，野战军一排炮弹落在断岩上，一排长趁着烟雾冲了上去。

1947 年 7 月 28 日拂晓，敌军终因无力抵抗，大部撤退。军长宋瑞珂率领其亲信和三个警卫连固守在羊山集东北角的一所院子里，做最后一搏。二纵六旅十八团接受围歼敌第六十六军的命令后，马上命令三营击退敌警卫一、二连；二连击退敌警卫三连；一营击败敌师部。在刘、邓大军的攻击下，宋瑞珂的三个警卫连无力抵抗被迫投降。一营二连指导员葛玉侠、一排长白振东率领 30 余名战士攻打宋瑞珂退守的高楼，解放军高喊："缴枪不杀。解放军优待俘虏。"话音刚落，一名中尉举着双手出来投降。宋瑞珂倒戴着军帽从楼内走出，规规矩矩地向葛玉侠行军礼。此时，朝霞映天，战斗宣告结束。

羊山激战一天，蒋介石的第六十六军被全歼，击落飞机 2 架，摧毁坦克 2 辆，缴获野炮和迫击炮 28 门、各种小炮 102 门、轻重机枪 367 挺、手提机枪 158 支、长短枪 2516 支、汽车 35 辆、电台 7 部、骡马 420 匹。解放军也伤亡惨重，第二纵队司令员陈再道后来感慨万千地说："羊山集这一仗，是我们打得最苦的一仗！阵亡的战士最多！"至此，刘、邓大军结束鲁西南战役，共歼敌 5 万余人，俘敌 4.3 万余人，收复了鲁西南地区，这次战斗打开了刘、邓大军千里挺进大别山的大门。

宋瑞珂在回忆录中说："由于我顽抗了半个月，使双方损失都很大，使羊山集人民遭受惨重的损失，延缓了刘、邓大军向大别山进军的时日，对国家人民造成严重损失，今天回忆起来不能不更加认罪忏悔……刘、邓大军强渡黄河，旗开得胜，运用集中兵力各个击破的原则，进行这次战役还不到一个月，就歼灭蒋军九个半旅。这次战役的胜利，给蒋军以严重打击。"

战役结束的第二天，素来不大写诗的刘伯承伏在油灯下，在黄色粗糙的纸上满怀豪情地写下《记羊山集战斗》："狼山战捷复羊山，炮火雷鸣烟雾间。

千万居民齐拍手，欣看子弟夺城关。"这是一首通俗明快、热情洋溢的诗，它是 1947 年鲁西南战役中的羊山集战斗纪实。首句高度概括，以叙事起笔，交代了羊山集战斗发生在"狼山战捷"后，一个"复"字，不仅言其连战连捷，也抒发了诗人轻松愉快的心情。"狼山战"即六营集战役，"复羊山"指羊山集大捷。因羊山集地势险要，易守难攻，经过激战，最终全歼守敌第六十六军和援军 15000 余人。从"千万居民齐拍手，欣看子弟夺城关"的热烈欢呼声中，歌颂了人民子弟兵英勇奋战、勇夺敌人阵地的顽强作风。既可体现人民的拥军之心，又可体现军民鱼水之情。

刘伯承用这首气势磅礴的《记羊山集战斗》来颂扬鲁西南战役的胜利，通过这首记录羊山集战斗的小诗，我们仿佛听到了刘伯承讲"两军相遇勇者胜"，我们也仿佛看到了刘伯承那"神奇"的指挥艺术和他的"古名将风"。

纪念那个怕死不当共产党的女孩

《刘胡兰同志流血一周年》

熊瑾玎　1948 年

朴实农家女，雄豪胜过男。

立场能站定，奋斗不辞艰。

头断铡刀下，芳留宇宙间。

阎獠刽子手，血债必追还。

刘胡兰画像

刘胡兰是中国革命斗争中的女英雄。她 1932 年 10 月出生于山西文水云周西村的一个贫苦农民家庭。刘胡兰 9 岁上了抗日民主政府办的冬学，10 岁起参加儿童团。在艰苦卓绝的抗日战争时期，她当上了儿童团的团长，和小伙伴们一起站岗、放哨，掩护抗日干部，还常常为八路军送干粮、传情报。1945 年，刘胡兰参加了中共文水县委举办的妇女干部训练班。1946 年在文水云周西村做妇女工作，担任妇女抗日救国联合会（简称"妇救会"）秘书，后为主任。14 岁时，她就被吸收为中共候补党员，积极领导群众投入土地改革运动和支援前线工作。

1946 年秋天，国民党军队大举进攻解放区。文水县委决定留少数武工队队员坚持斗争，大批干部则转移上山。当时，刘胡兰也接到了转移通知，但她主动要求留下来坚持斗争。这时候，家乡已被敌人占领，她往来奔走，秘密发动群众，配合武工队打击敌人。

反动村长石佩怀为军阀阎锡山的部队派粮、派款、通风报信，是当地一害。1946 年 12 月初，刘胡兰配合武工队队员将他处死。阎匪军恼羞成怒，决定报复，大举进袭文水一带。为保存实力，中共晋绥八分区决定让当地大部分干部转移上山。刘胡兰以自己年纪小、熟悉环境为由，主动要求留下来，党组织同意了她的请求。八路军某部连长王本固负伤，她将王本固隐蔽在一户军属家，用自己平时节省的钱给他买药治伤，并精心护理直至痊愈返队。1946 年 12 月中旬，敌人频繁出击云周西村，并抓捕了地下交通员石三槐等，形势日益严峻。刘胡兰家人劝其撤退，但她仍坚持等上级通知。

1947 年 1 月 11 日夜晚，上级通知她转移。次日拂晓，天还没亮，阎匪军却突然包围了云周西村，不让任何人出去，并命令全村人都到观音庙前集合，村里总共有四五百人。敌人在观音庙西边的护村堰前架起了机枪。

由于叛徒告密，刘胡兰和另外 6 名同志被捕。气势汹汹的敌人把刘胡兰等 7 人带进观音庙里。敌人利诱她说："自白就等于自救，只要你自白，就放你，还给你一份好土地……"刘胡兰在敌人面前坚贞不屈、大义凛然地回答："给我一个金人也不自白！只要还有一口气，我就要为人民干到底。"

　　敌人抬来铡刀，把他们 7 个人从庙里拉出来，先将地下交通员石三槐、民兵石六儿、张年成，干部家属石世辉、陈树荣、刘树山 6 位同志用乱棍打晕后拖到铡刀下杀害了。鲜血染红地面，锋利的铡刀也卷了刃。敌人企图先杀死被捕的其他同志来威吓刘胡兰，让她说出党的机密。但没想到的是，刘胡兰毫不畏惧，拒绝说出任何机密，从容地应对凶神恶煞的敌人。

　　瑟瑟寒风中，敌人在杀害刘胡兰的战友后，又把她推到铡刀面前。那里已经躺着几具无头的、淌着鲜血的尸体。躺在地上的这几个人她都认识，甚至就在刚刚，她亲眼看到了他们身首分离的过程，就那么一小会儿，活生生的人变成了血淋淋的尸体。现场行刑的刽子手们用一种奇怪的眼神看着这个小女孩，他们大概想捕捉到她的恐惧感，最好是这个女孩被吓得瘫倒不起、痛哭流涕，然后跪地求饶。在他们的潜意识里，男人在铡刀面前都会屈服，何况这个年纪轻轻的小女孩呢？然而，令他们失望的是，这一幕并没有出现。

　　敌人反复推搡刘胡兰，但都被她一一甩开。只见刘胡兰昂首挺胸，镇定地走向了铡刀，睁大的眼睛显示出只有她这个年龄才有的清晰和明亮。她先是扫视了围在一旁的父老乡亲，又愤怒地看了看那些即将要杀死她的刽子手，然后把头上的毛巾整了整，坦然躺到刀座上，闭上眼睛平静地迎接死亡。阎匪军特派员"大胡子"张全宝问："怕不怕？"刘胡兰斩钉截铁地说："怕死不当共产党！"然后，坚毅地远望着巍峨的吕梁山。大胡子以为她若有所思，等着她招供。刘胡兰猛地转过头，怒道："死就死，不用废话！"大胡子圆睁着血红的眼珠，声嘶力竭地吼道："一个样，

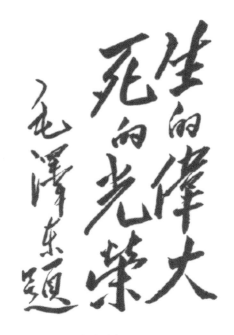

毛泽东为刘胡兰题词：
"生的伟大，死的光荣"

铡！”敌人压下铡刀……

　　英勇就义时，刘胡兰尚未满 15 周岁。1947 年 3 月 26 日，毛泽东带领中
共中央机关转战陕北途中，中央书记处书记任弼时向他汇报了刘胡兰英勇就
义的事迹。毛泽东知道刘胡兰的事迹后非常感动，专门为刘胡兰题词：“生的
伟大，死的光荣”。邓小平同志也专门为刘胡兰题词：“刘胡兰的高贵品质，
她的精神面貌，永远是中国青年和少年学习的榜样。”刘胡兰牺牲半年后，
1947 年 8 月 1 日，中共中央晋绥分局决定破格（通常年满 18 岁方可转正）追
认刘胡兰为中国共产党正式党员。中华人民共和国成立后，刘胡兰的事迹被
写成书，改编成戏剧、电影、电视剧，生前所在村更名为“刘胡兰村”。

刘胡兰纪念碑

　　1948 年 1 月，刘胡兰逝世一周年。熊瑾玎为纪念刘胡兰同志遇难一周年
而特意写了这首诗——《刘胡兰同志流血一周年》。“朴实农家女，雄豪胜过
男”是说刘胡兰原本是一个朴实的农民的女儿，虽然是女儿身，却并不娇气
柔弱，英雄气概超过了男人。“立场能站定，奋斗不辞艰”指的是刘胡兰在平

时关心爱护贫苦群众，对反动派的斗争则机智勇敢，爱憎分明，才会在面对敌人屠刀的关键时刻，严守党的机密，坚贞不屈，英勇斗争，革命立场很坚定。"头断铡刀下，芳留宇宙间"则表明刘胡兰虽然牺牲在敌人的铡刀下面，但是她的名声将永远留在人民心中。刘胡兰牺牲距今已70多年了，但是她的英雄事迹还留在广大人民群众的心中。"阎獠刽子手，血债必追还"中"阎獠"指当时割据山西省的军阀阎锡山。"獠"本意指牙齿露在嘴外，在此则形容阎锡山及其军队像野兽一样凶残。刘胡兰被阎锡山的部下杀害，血债一定要用血来还。诗人愤怒斥责反动军阀阎锡山，表示决心要消灭反动派，为牺牲的女英雄刘胡兰报仇雪恨。

《刘胡兰同志流血一周年》是一首五言律诗，读起来富有节奏美。全诗的语言平易质朴，富有真情实感，极易引起人们的共鸣。诗人紧紧围绕刘胡兰英勇牺牲的事迹，歌颂女英雄刘胡兰立场坚定，有艰苦奋斗的革命精神和视死如归的大无畏精神，正如毛泽东的题词所说："生的伟大，死的光荣"。她的这种为革命事业不怕牺牲的高贵品质将流芳千古。

诗友间的深情唱和

《七律·和柳亚子先生》

毛泽东　1949 年

饮茶粤海未能忘，索句渝州叶正黄。

三十一年还旧国，落花时节读华章。

牢骚太盛防肠断，风物长宜放眼量。

莫道昆明池水浅，观鱼胜过富春江。

柳亚子（1887—1958），江苏省苏州市吴江区黎里镇人，本名慰高，号亚子。他创办并主持了中国近代第一个革命文学团体——南社，是我国颇具声望的爱国诗人。

1926 年，毛泽东、柳亚子因为反对蒋介石日渐显露的独裁野心而相识了。在此后的二十多年中，他们在不同的战线与蒋介石的独裁统治进行了艰苦卓绝、不屈不挠的斗争。在斗争中，他们的友谊与日俱增，成为一对情意深厚、交往密切的挚友。毛泽东和柳亚子之间的诗文唱和，为中国诗坛留下了一段佳话。更有意义的是，毛泽东还通过诗词来开导老友振作精神，发挥积极性，为国为民出力献策。

柳亚子先生

1948 年 1 月，柳亚子、何香凝、李济深等在香港成立了"中国国民党革命委员会"，柳亚子出任"民革"中央常委兼秘书长。1949

2 月，毛泽东电邀柳亚子赴北平共商建国大计。1949 年 3 月 25 日，毛泽东抵达北平。当天下午，毛泽东在西苑机场与柳亚子、郭沫若等各界代表及民主人士亲切会面。当晚，毛泽东在颐和园益寿堂举行宴会，柳亚子应邀出席。席间，毛泽东与大家频频举杯，谈笑风生，柳亚子亦是春风满怀，感慨良多，当夜就写了三首七律诗。

然而，仅仅过了三天，即 3 月 28 日夜，事情却发生了戏剧性的转折。柳亚子突然写了一首心情郁闷、满腹牢骚的七律诗，表达了自己的"退隐"之意，这就是有名的《感事呈毛主席》：

> 开天辟地君真健，说项依刘我大难。
>
> 夺席谈经非五鹿，无车弹铗怨冯驩。
>
> 头颅早悔平生贱，肝胆宁忘一寸丹。
>
> 安得南征驰捷报，分湖便是子陵滩。

这首诗委婉地表明了作者事不随意的苦闷，要回家乡分湖隐居的意愿。柳亚子自诩有"夺席谈经"的学问，但是并非像西汉时期五鹿充宗那样是依附权势、徒具虚名的人，他是借古代故事表示自己对待遇的不满。此外，柳亚子还借东汉初严子陵隐居子陵滩的故事，表示自己有回乡归隐之意。

毛泽东看到柳亚子的诗后，觉察出柳亚子的言外之意，这引起了他的高度重视。他曾对身边的工作人员说："我这位老诗友的倔脾气又上来了，要退隐是假，有牢骚才是真，看来还得好好和他谈谈，以便更好地发挥他的积极性啊！"1949 年 4 月 29 日，毛泽东不顾手头诸事繁忙，采取诗词唱和形式，给柳亚子回赠了一首情真意切、哲理深远的绝唱：《七律·和柳亚子先生》"饮茶粤海未能忘，索句渝州叶正黄。三十一年还旧国，落花时节读华章。牢骚太盛防肠断，风物长宜放眼量。莫道昆明池水浅，观鱼胜过富春江。"毛泽东同志先从两人的相识相知谈起，然后用严子陵隐居垂钓富春江畔这件事，劝说柳亚子先生留在北京继续参加新中国成立的工作。

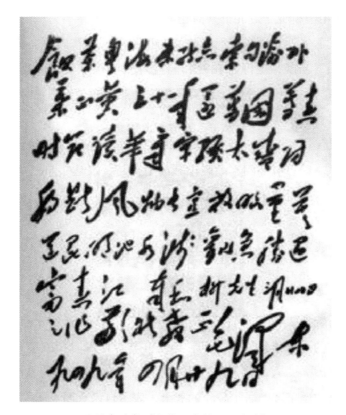

毛泽东手书《七律·和柳亚子先生》

诗的前四句，毛泽东深情回忆了他们之间的三次相会，"饮茶粤海""索句渝州"和"还旧国"。广州（粤海）、重庆（渝州）、北平（旧国）的有意"袭用"，表明中国共产党人和毛泽东本人，始终没有忘记柳亚子等民主人士过去同情共产党人，为抗日民族统一战线效力的革命功劳。后四句，出于诗友和净友间的相互爱护之情，委婉含蓄地批评了柳亚子的牢骚情绪，真诚地挽留他在北京参加新中国成立的工作，体现了毛泽东"风度元戎海水量"，爱人以德，重人以才的宽广胸怀。

全诗 56 个字，有意淡化了两人之间三次交往的政治内容，而强调友人间的文化交流，从而使这首诗带有浓浓的情谊，深深体现了诗人的宽广胸怀。这首诗是老朋友之间的私人唱和之作。毛泽东的和诗针对原诗作者柳亚子牢骚愈盛而身体健康每况愈下的状况，借唱和的方式叙旧谈心，对老友进行坦诚恳切地开导规劝，表达了对挚友的一片爱护之情。全诗清新和雅，语言温婉秀润，情意绵长，看似清淡，味之弥甘，有很强的启悟和感化力量。

这首诗最早公开发表在《诗刊》1957 年 1 月创刊号上，一经发表立刻风靡全国，广为传诵。其中"牢骚太盛防肠断，风物长宜放眼量"两句，被人们转用引申最多。关于柳亚子为何情绪一落千丈，突然之间心生满腹牢骚，历来众说不一，可谓"注家蜂起"，读来饶有兴味。最早谈及此事的是臧克家先生。他认为，"这两句在全篇里最关紧要。这不但表现了友好的规劝情意，也表现出了两个人的心胸气度和对人生问题的看法。'牢骚'的具体内容，我们不得而知。由此可以推测柳亚子先生对有些问题的看法，可能不免从个人的立脚点出发，心胸显得狭窄些。"

但是，毛泽东对待诗友发"牢骚"而写诗相劝，既表现了诗人的含蓄机敏，又展示了政治家的宽容大度。他没有纠缠于柳亚子究竟为什么牢骚郁闷，更没有半点歧视排斥之意。毛泽东深知，柳亚子社会声望很高，是对中国革命有过贡献的党外民主人士，虽然还留有旧知识分子的毛病，但思想主流是爱国的，是能和中国共产党精诚合作的。《七律·和柳亚子先生》以情感人，以理服人，读来如望霁月，如沐春风。

后来，柳亚子见到毛泽东的回赠诗后，很受感动。他欣然接受了毛泽东的规劝，立即叠韵奉和一首，诗句中有："离骚屈子幽兰怨，风度元戎海水量。倘遗名园长属我，躬耕原不恋吴江。"不仅表达了诗人对毛泽东的赞许，还隐含着自我检讨之意。

1949 年 5 月 1 日，毛泽东专程到颐和园拜访柳亚子先生，同乘画舫，比肩爬山，促膝相谈。5 月 5 日，是孙中山就职非常大总统纪念日，毛泽东和柳亚子一起到香山拜谒孙中山衣冠冢并合影留念，随后接柳亚子到家中共进午餐，作陪的有朱德总司令和秘书田家英。大家谈诗论政，极为高兴。散席的时候，柳亚子拿出随身携带的《羿楼纪念册》，请毛泽东和朱德题词。毛泽东写了一首集句诗：

池塘生春草，空梁落燕泥。

竹外桃花两三枝，春江水暖鸭先知。

"池塘生春草"出自南北朝诗人谢灵运的《登池上楼》，"空梁落燕泥"出自隋朝诗人薛道衡的《昔昔盐》，"竹外桃花两三枝，春江水暖鸭先知"出自宋朝苏东坡的《惠崇春江晚景二首》。四句诗而集三人之句，读来却不见一点斧凿痕迹，犹出一人之手，浑然天成。毛泽东的集句诗，既充分表达了冬天已逝，春天即将到来的情景，更表达了中国革命即将取得胜利，新中国即将诞生的喜悦和兴奋。

毛泽东和柳亚子是近现代中国诗坛上的双子星。一个是具有诗人气质的政治家，一个是具有政治家气质的诗人。他们之间思想的表达，心灵的沟通，往往借助于诗词的唱和。他们仿佛心有灵犀，很多复杂的问题，无须过多的言谈或文字叙述，一唱一和之间就达成了共识。

人间正道是沧桑

《七津·人民解放军占领南京》

毛泽东　1949 年

钟山风雨起苍黄，百万雄师过大江。

虎踞龙盘今胜昔，天翻地覆慨而慷。

宜将剩勇追穷寇，不可沽名学霸王。

天若有情天亦老，人间正道是沧桑。

　　1949 年年初，在中国共产党领导的人民解放军已经接连取得了辽沈战役、淮海战役、平津战役三大战役的伟大胜利之后，以蒋介石为首的反动统治集团并不甘心。为了争取喘息时间，保存残余的反革命势力，然后伺机卷土重来，国民党反动集团提出了缓兵之计——"和谈"方案。在和平谈判的烟幕掩护下，国民党军队积极谋划和布置长江防线。以毛泽东为首的党中央并没有被敌人施放的烟幕弹所迷惑。毛泽东针对当时国内外存在的许多错误认识，在 1949 年的新年献词《将革命进行到底》中明确提出，必须"用革命的方法，坚决彻底干净全部地消灭一切反动势力"，"在全国范围内推翻国民党的反动统治，在全国范围内建立无产阶级领导的以工农联盟为主体的人民民主专政的共和国"。

中国人民解放军百万大军横渡长江

1949 年 4 月 20 日，南京国民政府悍然拒绝最后在《国内和平协定（最后修正案）》上签字。当天夜间，中国人民解放军按照预定部署发起渡江作战。1949 年 4 月 21 日，中国人民革命军事委员会主席毛泽东和中国人民解放军总司令朱德发出《向全国进军的命令》，命令中国人民解放军"奋勇前进，坚决、彻底、干净、全部地歼灭中国境内一切敢于抵抗的国民党反动派，解放全国人民，保卫中国领土主权的独立和完整"。1949 年 4 月 20 日晚和 21 日，中国人民解放军第二、第三野战军遵照中央军委的命令和总前委的《京沪杭战役实施纲要》，先后发起渡江战役。

渡江作战开始后，粟裕通宵达旦地坚守在指挥所里。他对身边的工作人员说："为了保证渡江战役胜利，今夜你们谁也不能睡，我也不睡。你们不要考虑我的休息，有什么情况马上告诉我，我就守在电话机旁。"

中国人民解放军首先实施千帆竞发渡江作战，强渡"天堑"，只用了一个多小时就突破鲁港至铜陵段国民党军队的江防阵地，攻占铜陵、顺安、繁昌、峨桥等地，把蒋介石的千里江防斩成数断。粟裕直接指挥的第三野战军 4 个军在江阴至扬中段渡过长江后，迅速突破国民党军队防御阵地，打退敌人 3 个军的多次反扑，建立了东西 50 公里、纵深 10 公里的滩头阵地，继续向纵深进击。刘伯承指挥的第二野战军在江西省彭泽县至安徽省贵池县地段突破敌人江防，并迅速向纵深发展，隔断了汤恩伯部队与白崇禧部队的联系。国民党军队苦心经营 3 个多月的长江防线顷刻土崩瓦解。

与此同时，在中国人民解放军的政治争取与中共地下党组织的策动下，江阴要塞国民党守军 7000 多人起义，生俘要塞司令戴戎光，并立即调转炮口支援解放军渡江作战；国民党海军第二舰队司令林遵率领所部 25 艘舰艇在南京附近起义，另一部 23 艘舰艇在镇江江面起义，其余海军舰艇逃往上海，蒋介石部署在长江的海军舰队宣告瓦解。

粟裕率领第三野战军指挥机关渡江南进，特地到江阴要塞视察，接见了组织起义的中共地下党员唐秉琳等人。粟裕说："你们为大军胜利渡江作了重要的贡献，为党为人民立了大功，党和人民是不会忘记你们的。"中国人民解放军以迅雷不及掩耳之势一举渡江成功，国民党反动派乱作一团，仓促部署实行总退却，代总统李宗仁率领留在南京的国民党政府部分机构人员逃

中国人民解放军占领南京总统府（油画）

出南京。粟裕根据各方面情况判断，"南京敌已极形混乱，正向南或向东撤退"，指令各部加速渡江，截歼逃敌。粟裕的电令指出："如南京之敌逃窜，则三十五军应立即渡江进占南京，维持秩序，保护敌人遗弃之一切公私财产。该军应特别注意遵守政策，严肃城市纪律。"

1949 年 4 月 23 日，在南京中共党组织和人民群众接应下，第三野战军部队胜利进占南京，冲进蒋介石的总统府，降下国民党的青天白日旗，宣告统治中国 22 年之久的"蒋家王朝"覆灭。从长江北岸严阵以待的百万雄师，在东起江苏江阴、西至江西湖口的 1000 余里的战线上千帆竞渡，万炮齐鸣，以摧枯拉朽之势，风卷残云一般突破了蒋介石苦心经营了 3 个多月的"长江天

险""千里江防"，到中国人民解放军占领了国民党反动统治中心——南京总统府，仅仅用了不到 3 天的时间。至此，蒋介石做了 22 年的金陵梦终于结束了，延续了 22 年的专制独裁统治垮台。

中国人民解放军占领南京

1949 年 4 月 23 日下午，人民解放军冲破长江天险、解放南京的喜讯传到了北京。远在北平香山双清别墅运筹帷幄的毛泽东异常兴奋，他情不自禁地挥毫写下了气势磅礴的不朽诗篇《七律·人民解放军占领南京》："钟山风雨起苍黄，百万雄师过大江。虎踞龙盘今胜昔，天翻地覆慨而慷。宜将剩勇追穷寇，不可沽名学霸王。天若有情天亦老，人间正道是沧桑。"中央军委立即将此诗拍电报发至前线，鼓舞将士们大踏步地向西南、西北进军，走向解放全中国，取得人民民主革命完全胜利的新征途。

渡江战役的胜利"对中国革命的发展具有极大的意义"，"单从军事上去看国民党的崩溃是不够的，更重要的是从政治上去看。我们不仅在军事上过了江，而且在政治上过了江"。渡江战役历时 42 天，中国人民解放军以木帆船为主要航渡工具，一举突破国民党军的长江防线，并以运动战和城市攻坚战相结合，合围并歼灭其重兵集团。在这场战役中，人民解放军伤亡 6 万余人，歼灭国民党军 11 个军部、46 个师，共 43 万余人，解放了南京、上海、武汉等大城市，以及江苏、安徽两省全境和浙江省大部分地区，江西、湖北、福建等省各一部分地区，为之后解放华东全境和向华南、西南地区进军创造了重要条件。

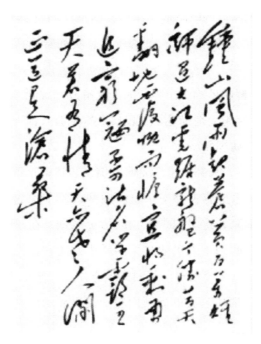

毛泽东手书《七律·人民解放军占领南京》

　　南京的解放宣告了国民党统治的彻底覆灭，在中国革命史上具有划时代的意义。面对这一重大历史时刻，毛泽东以无产阶级革命家的雄才大略，纵观历史，透视现实，提出了狠追穷寇，将革命进行到底的战略思想。因为这不仅是一场战役的成败问题，而且关系着整个国家、民族的未来，关系着数亿中国人的命运。

　　《七律·人民解放军占领南京》整篇诗作从艺术上再现了中国人民解放军解放南京这一伟大历史事件，表现了中国人民解放军彻底打垮国民党反动派的信心和决心，以及解放全中国的必胜信念。

"钟山风雨起苍黄，百万雄师过大江"，写出了革命风暴席卷南京的磅礴气势。这两句是倒装，是"百万雄师过大江"才促成了"钟山风雨起苍黄"，它们总起全诗，形象地描绘了人民解放军强渡长江攻占南京的雄伟场面，既写出渡江进军的神速，又写出渡江进军的勇猛气势。正当敌人还梦想卷土重来的时候，人民解放军已经浩浩荡荡地渡过了长江，以迅雷不及掩耳之势直捣敌人巢穴。在大军压境的隆隆炮火声中，南京反动政府人员犹如黄叶纷飞，鸟兽走散。此诗的开头异峰突起，气魄不凡，犹如泰山压顶，雷霆万钧。语言简洁有力、形象鲜明。"苍黄"两个字生动地表现了革命的暴风雨迅猛异常，"雄师"两个字鲜明地刻画出强大的人民解放军威武雄壮、锐不可当的英姿。"过大江"三个字生动地描述了人民解放军强渡长江那种排山倒海的英雄气概和浩浩荡荡的生动场面。

"虎踞龙盘今胜昔，天翻地覆慨而慷"突出表达南京解放的政治意义。用天翻地覆的今昔对比来形容古都南京重新回到人民手中的喜悦和人民对反动统治极端的仇恨。南京，这座虎踞龙盘的历史名城，在军事上自古就形势险要，而解放后，南京回到了人民解放军的手中，使它显得更加雄伟壮丽。在政治上，过去这里是反动统治根深蒂固的地方，今天它成为人民的英雄城市，"换了人间"，呈现出前所未有的崭新面貌，真正显示出其雄姿秀色，比以往任何时代都更加英姿勃发。南京的解放，宣告了"蒋家王朝"的覆灭和国民党反动派统治中枢被摧毁，标志着中国革命取得了决定性的胜利，人民头上的三座大山终于被推翻。这的确是一次天翻地覆的巨大变化，是一个具有伟大历史意义的事件。渴望胜利的全国军民都在为这扭转乾坤的巨大变化和空前伟大的历史事件而慷慨激昂、鼓舞振奋。"天翻地覆"这个成语既写出变化的巨大，又显示出事件意义的伟大。"慨而慷"一方面赞扬了人民解放军的壮志和英勇，又一方面表达了举国欢庆、闻风而起的豪情。这些语言刚健有力，豪情奔放。

"宜将剩勇追穷寇，不可沽名学霸王"是毛泽东"将革命进行到底"伟大战略思想的集中表现，是全诗的核心，也是全诗的灵魂。诗句借用了两个典故来表达诗人的战略思想。南京解放后，是"追穷寇"还是"穷寇勿追"呢？是将革命进行到底，还是使革命半途而废呢？这是两条路线的斗争。在人民解放军渡江解放南京的前期，国内外都有人主张划江为界，南北分治，以免引起帝国主义的干涉。他们的主张无疑是使革命半途而废。毛泽东当时在《将革命进行到底》一文中严肃地指出："如果要使革命进行到底，那就是用革命的方法，坚决彻底干净全部地消灭一切反动势力，不动摇地坚持打倒帝国主义，打倒封建主义，打倒官僚资本主义。在全国范围内推翻国民党的反动统治，在全国范围内建立无产阶级领导的以工农联盟为主体的人民民主专政的共和国……如果要使革命半途而废，那就是违背人民的意志，接受外国侵略者和中国反动派的意志，使国民党赢得养好创伤的机会，然后在一个早上猛扑过来，将革命扼死，使全国回到黑暗世界。"在这关键时刻，毛泽东主张坚持革命的正确路线，使革命沿着正确的航道前进，不仅渡江解放了南京，而且乘胜追击，解放了全中国。诗句中"宜"字用得特别好，不但指出应该"追穷寇"，而且指出若不在适当的情况下"追穷寇"，就会重蹈西楚霸王的覆辙。这里使用典故是要大家注意吸取历史教训，并有力地批判了当时出现的错误思想倾向，这样就把历史典故和现实情况天衣无缝地结合起来，既达到"古为今用"的目的，又使议论达到形象化的艺术境界。

而"天若有情天亦老，人间正道是沧桑"则揭示出不断革命、不断改革、不断前进是人类发展的必然规律。"天若有情天亦老"一句出自唐代诗人李贺《金铜仙人辞汉歌》，相传金铜仙人因被迫离开汉宫"临载乃潸然泪下"。李贺原句的含意是：天如果有情感，看到因辞别汉宫而哭泣的金铜仙人，也一定会因悲伤而衰老。这是渲染"仙人"迁移的极度悲哀，借此表现出李贺对人间沧桑变化的无限感慨。毛泽东在这首诗中给"天若有情天亦老"赋予了新的意义：自然界四季变化，运行不息，使天地万物新陈代谢永不休止，这是符合客观事物发展规律的。而不断向前发展，不断地革命和改革，正是人类社会的发展规律。这里清楚指明了前面所描述的历史事件，即"蒋家王朝"的覆灭和中国革命的胜利，是符合社会发展规律的必然趋势，揭示了"社会主义制度终究要代替资本主义制度，这是一个不以人们自己的意志为转移的客观规律"。此外，毛泽东还特别指出，前面所提出的"将革命进行到底"的论点是完全符合社会发展规律的客观真理。人民响应毛泽东同志的号召，将革命进行到底，彻底消灭国民党反动派，正是行天下之"正道"。正如毛泽东当时所说的那样："中国人民将会看见，中国的命运一经操在人民自己的手里，中国就将如太阳升起在东方那样，以自己的辉煌的光焰普照大地，迅速地涤荡反动政府留下来的污泥浊水，治好战争的创伤，建设起一个崭新的强盛的名副其实的人民共和国。"

《七律·人民解放军占领南京》既写出了革命风暴席卷南京的磅礴气势，展示了中国人民解放军的巨大胜利，也形象地表现了一个伟大革命家、战略家的胆识和气魄，抒发了诗人内心的激动和喜悦。此诗气势恢宏，语言铿锵有力，它表现了中国人民解放军彻底打垮国民党反动派的信心和决心，以及解放全中国的必胜信念！70多年过去了，今天再读此诗，其中蕴含的自信、豪迈之气仍扑面而来。

绝唱送给最重要的人

《蝶恋花·答李淑一》

毛泽东　1957 年

我失骄杨君失柳，杨柳轻飏直上重霄九。

问讯吴刚何所有，吴刚捧出桂花酒。

寂寞嫦娥舒广袖，万里长空且为忠魂舞。

忽报人间曾伏虎，泪飞顿作倾盆雨。

李淑一

1957 年 5 月的一天，女教师李淑一手中举着一个大信封，步履轻盈地迈进长沙市第十中学初三的教室，声音有些发颤地对学生们说："毛主席给我写信了!"一刹那,学生们都愣住了。只见李老师从大信封中抽出一个小信封,左下方写着遒劲、潇洒的三个字:毛泽东。在学生们热烈的掌声中,李老师饱含激情地朗诵了毛泽东主席赠给她的《蝶恋花·游仙》(后改为《蝶恋花·答李淑一》)一词:"我失骄杨君失柳,杨柳轻飏直上重霄九。问讯吴刚何所有,吴刚捧出桂花酒。寂寞嫦娥舒广袖,万里长空且为忠魂舞。忽报人间曾伏虎,泪飞顿作倾盆雨。"

李淑一和杨开慧是 1920 年在长沙福湘女中念书时相识并成为好朋友的。杨开慧思想进步,学习努力,生活朴素,为人豁达乐观。她经常向李淑一宣传妇女解放和婚姻自主的道理,对李淑一的影响非常大。杨开慧英勇就义后,李淑一曾多次去看望她的母亲,深情地对老夫人说:"开慧牺牲了,我就是您的女儿。"毛泽东在写下著名的《蝶恋花》一词的同时,还特地委托李淑一在暑假或寒假时到板仓代他看一看开慧墓。

正是由杨开慧介绍,出身书香门第的李淑一与革命青年柳直荀相识,并于 1924 年 10 月结婚。婚后,柳直荀一边办长沙协均中学,一边参与和领导学生运动及农民运动,历任湖南各界联合会"救国十人团"总干事、湖南省农民协会秘书长。1927 年 5 月"马日事变"后,柳直荀参加了八一南昌起义;1928 年任中央特派员,来往于河南、湖北、江苏、陕西等省巡视工作;1929 年冬任中共中央长江局秘书长兼湖北省委书记;1930 年夏到湖北洪湖革命根据地工作,先后担任中国工农红军第二军团及红三军政治部主任、红六军政委、中共鄂西北临时分特委书记、湘鄂西省苏维埃政府财政部长等职;1932 年 9 月在洪湖蒙难。李淑一与柳直荀结婚三年左右,柳直荀因革命离家,李淑一独自在家教书,养育孩子,两人再也没有见过面,直到中华人民共和国成立后,李淑一才知道柳直荀早在 1932 年就因王明"左"倾路线的影响而牺牲。她守了几十年的寡,一生十分坎坷。

1957 年,李淑一将自己填写的《菩萨蛮·惊梦》一词寄给毛主席请他指正。早在 1933 年夏天的一个晚上,李淑一在梦中见到丈夫衣衫褴褛,血渍斑斑,不禁大哭而醒,于是连夜写下了《菩萨蛮·惊梦》一词:"兰闺索寞翻身早，夜来触动离愁了。底事太难堪，惊侬晓梦残。征人何处觅，六载无消息。醒忆别伊时，满衫清泪滋。"这首诗情真意切，字字触人心弦。毛泽东收到李淑一的信后，立即写下了著名的《蝶恋花·答李淑一》，以寄托他对杨开慧和柳直荀的哀思。

毛泽东在回信中说："淑一同志：惠书收到了。过于谦让了。我们是一辈的人，不是前辈后辈关系，你所取的态度不适当，要改。已指出'巫峡'，读者已知所指何处，似不必再出现'三峡'字样。大作读毕，感慨系之。开慧所述那一首不好，不要写了吧。有《游仙》一首为赠。这种游仙，作者自己不在内，别于古之游仙诗。但词里有之，如咏七夕之类。（下面为这首蝶恋花）"。后来，这首词正式发表时词题改为"赠李淑一"，后又改为"答李淑一"。

《蝶恋花·答李淑一》不仅是抒发悼念情感之作，更是寄托了毛泽东对夫人杨开慧烈士和亲密战友柳直荀烈士的无限深情，以及对革命先烈的深切悼念和崇高敬意，歌颂了革命先烈生死不渝的革命情怀，激励广大人民要积极捍卫革命成果。毛泽东所写的这首词翻译成白话文就是指：我失去了深爱自己的妻子杨开慧，而李淑一你失去了你的丈夫柳直荀，杨、柳二人的英魂轻轻飘向深广的天空。试问吴刚天上有什么好东西来招待升天的杨、柳二人？吴刚捧出了月宫特有的桂花酒。寂寞的嫦娥也喜笑颜开，舒展起宽大的衣袖，在万里苍穹为烈士的忠魂翩翩起舞。忽然听到凡间传来的捷报，两位烈士的忠魂激动泪流，天地有感而人间大雨倾盆。

《蝶恋花·答李淑一》词中的"柳"专指李淑一的丈夫柳直荀（1898—1932），他是湖南长沙人，也是毛泽东青年时代的挚友。柳直荀的名字是其父亲取自"蓬生麻中，不扶而直"，就是希望柳直荀不负所望，以自己的一生来诠释"正直"二字。他如同柳树一般，党将他栽植在哪里，他就在哪里生存发展，郁郁葱葱。1932年9月在湘鄂西苏区"肃反"中，柳直荀在湖北监刑惨遭夏曦杀害。1945年4月，党中央给柳直荀平反昭雪，并追认其为革命烈士。

　　而词中的"杨"，众所周知，指的是毛泽东的夫人杨开慧。杨开慧是毛泽东风华正茂时浪漫爱情的营造者，这个出生于颇有名望的知识分子家庭、有教养、有理想的大家闺秀，不仅是毛泽东早期革命活动的伴侣，也是一位深爱着丈夫的贤妻，同时还是中国共产党最早的女党员之一。可惜的是，她在1930年10月的一天不幸被捕。敌人说只要她在报上发表声明与毛泽东脱离夫妻关系，就可以马上获得自由，但遭到了杨开慧的严词拒绝："要我和毛泽东脱离夫妻关系，除非海枯石烂！"她对前去探监的亲友说："（我）死不足惜，惟愿润之革命早日成功！"同年11月14日，杨开慧在长沙浏阳门外识字岭刑场英勇就义，年仅29岁。

毛泽东手书《蝶恋花·答李淑一》

　　词中"骄杨"二字，毛泽东曾特别解释说："女子革命而丧其元（头），焉得不骄?"一个"骄"字瞬间让悲哀化作了敬仰，将一首"悼念"词升华成一曲忠魂颂。毛泽东失去了爱妻，李淑一也不幸失去了丈夫。《蝶恋花·答李淑一》一词，字字句句都是诗人对妻子和战友的深切悼念，是一段浪漫的感怀与追思，更是一场超越时空、直击灵魂的对话，抒发了对革命烈士的敬仰之情，歌颂了革命先烈生死不渝的革命情怀。

井冈山会师的颂歌

《井冈山会师》

朱德　1957 年

革命雄师会井冈，集中力量更坚强。

红军领导提高后，五破围攻固战场。

井冈山，属于万洋山的北支，位于湘赣边界罗霄山脉的中段，东起江西永新的拿山，西到湖南炎陵的水口，北起江西宁冈的茅坪，南到江西井冈山的黄坳，方圆 275 公里。海拔高度约为 1000 多米。距茨坪 12.5 公里的八面山，是井冈山五大哨口之一的最高哨口，其海拔高度也不过约 1500 米。显然，在中国众多的大山之中，井冈山并不算出众。既然井冈山在中国为数众多的山脉中并不算出众，为什么毛泽东还会在 1927 年 10 月率领秋收起义的部队挺进井冈山，选择在这里创建中国第一个农村革命根据地呢？毛泽东在1928 年 4 月朱毛会师后，又正式决定在井冈山建立革命根据地。其中的原因与两个人的推荐有关。

王新亚，江西安福人，早年参加共产党，当过北伐军营长，大革命失败后潜回家乡组织农民武装。他与井冈山的袁文才、王佐是拜把子兄弟，彼此互相支援。有一天，他接到来信，信中通知他速到安源开会。会议是由中共中央特派员毛泽东主持的。在会上部署完秋收起义工作后，毛泽东郑重地对众人说："还要考虑一个问题，就是敌强我弱，倘若暴动失利，退路在哪里？"众人七嘴八舌地议论着。王新亚把腿一拍，说："要是咱们打输了的话，就退到我的两个老庚（袁、王）那里去。那里高山大岭，险要得很，进可攻，退可守，而且连绵好几百里，安得下千军万马呢！"大家忙问是哪儿，他说："井冈山嘛！"毛泽东听后，连忙要他把井冈山和袁、王的情况再讲清楚些。就这样，"井冈山"这个名字便在毛泽东的心里扎下了根。其实，在这之前，湖南衡山一位名叫张琼的妇女会干部也曾向毛泽东推荐井冈山。对此，作家叶永烈有以下的记述：毛泽东此前并未上过井冈山，他怎么会做出如此"天才的选择"呢？据了解，那是毛泽东写《湖南农民运动考察报告》时，在1927年2月20日至23日来到湖南衡山县城，访问过当地的妇女会干部张琼。他们在聊天中张琼说起她有个表兄，受国民党追捕，无处可逃，逃进了井冈山。那儿山高皇帝远，国民党鞭长莫及。她的表兄在井冈山上躲了几个月，知道山上的详细情形，知道山上有"山大王"——土匪盘踞。毛泽东非常重视张琼提供的信息，从此，井冈山就存储在他脑海中"信息库"里……从上述情况来看，最初向毛泽东推荐井冈山的人，应该就是衡山县妇女会干部张琼。王新亚在安源军事会议上正式向毛泽东推荐井冈山，是在张琼向毛泽东推荐井冈山之后的又一次。而王新亚的推荐，可以说对毛泽东下定决心去井冈山起到了重要的作用。

1927年10月，毛泽东率领秋收起义部队到达井冈山，开始了"工农武装割据"。1928年1月上旬，朱德、陈毅率领南昌起义军余部近800人从粤北转至湘南宜章县境。1928年1月12日，起义军智取宜章城，揭开了湘南起义的序幕。随即，南昌起义军余部改编为工农革命军第一师，朱德任师长，陈毅任党代表，并组建了宜章农军。在粉碎国民党军许克祥部反扑后，于1928年2月6日建立宜章县苏维埃政府。与此同时，在中共湘南特委和各地党组织领导下，工农群众纷纷起义。工农革命军第一师先后协助当地革命武装力量占领郴县、资兴、永兴、耒阳等县城，并相继建立了县苏维埃政府。1928年3月中旬，湘南特委在永兴县太平楼召开湘南工农兵代表大会，成立了湘南苏维埃政府。湘南起义过程中，中共湘南特委将宜章、耒阳、郴县和永兴、资兴五县农军，分别编成工农革命军第三师、第四师、第七师和两个独立团，共8000余人。

1928 年 3 月下旬，国民党军 7 个师向湘南地区反扑。为保存革命力量，避免在不利的条件下同敌人决战，朱德当机立断，作出退出湘南、上井冈山的重要决策。在毛泽东率工农革命军第一师进驻酃县（今炎陵县）中村时，得知朱德、陈毅、王尔琢率领的南昌起义军余部正向井冈山方向撤退，当即决定兵分两路去迎接朱德、陈毅率领的部队上山：一路由他和何挺颖、张子清率领工农革命军第一师第一团，从江西宁冈的砻市出发，楔入湘南的桂东、汝城之间；另一路由何长工、袁文才、王佐率领工农革命军第一师第二团从井冈山大井出发，向资兴、郴州方向前进。毛泽东还派毛泽覃带着一个特务连赶到郴州，同朱德、陈毅领导的部队取得联系。1928 年 3 月 29 日，朱德率领部队完成了转移的准备。在毛泽覃带领的特务连的接应下，朱德、王尔琢率领的工农革命军第一师主力经安仁、茶陵到达沔渡。陈毅率领湘南特委机关、各县县委机关和部分工农革命军第一师的战士于 1928 年 4 月 8 日到达资兴县城，同从井冈山下来的工农革命军第一师第二团会合。毛泽东等率第一团在桂东、汝城牵制敌军，掩护湘南起义军转移，并于 4 月中旬到达资兴县的龙溪洞，同萧克领导的宜章独立营会合。这是第一支与毛泽东亲自率领的部队会合的湘南起义军。同时，陈毅带着工农革命军第一师主力一部以及何长工、袁文才、王佐带领的第二团一起到达沔渡，和朱德率领的主力部队会合。接着，朱德、陈毅带领直属部队从沔渡经睦村到达井冈山下的宁冈砻市。

1928 年 4 月下旬，毛泽东率领部队返回砻市后，立刻到龙江书院去见朱德。毛泽东同朱德的这次历史性的会见，是中国共产党历史上光辉的一页。从此，毛泽东和朱德的名字便紧紧地联系在一起。两军会师后合编为工农革命军第四军（之后改称中国工农红军第四军，简称"红四军"），朱德任军长，毛泽东任党代表和军委书记，王尔琢任参谋长，辖 3 个师，朱德、毛泽东、陈毅分任第十师、第十一师、第十二师师长，共 1 万余人。不久取消师的建制，编为 6 个团。1928 年 5 月下旬，第三十团、第三十三团返回湘南开展游击战争，在井冈山的部队为第二十八团（由南昌起义军余部组成）、第二十九团（由湘南宜章农军组成）、第三十一团（由湘赣边界秋收起义部队组成）、第三十二团（由袁文才、王佐部队组成），共 6000 余人。

1928 年 12 月，彭德怀、滕代远率领在平江起义中创建的红五军主力 800 多人，突破敌人的围追堵截，来到井冈山同红四军会合。自此，井冈山又多了一支革命劲旅。井冈山会师和红四军的成立是"两支铁流汇合到了一起，从此形成红军主力，使我党领导的武装斗争的大旗举得更高更牢"，这不仅是中国工农红军发展史上的一件大事，而且也是中国共产党发展史上的一件大事。这不仅大大增强了井冈山的武装力量，有力地推进了井冈山革命根据地的斗争，而且对推动红军队伍的建设和中国革命战争的发展，"对以后建立和扩大农村革命根据地，坚持走农村包围城市的革命道路"，以及推动全国革命事业的发展，都具有十分重大的意义。井冈山会师在中国人民解放军的建军史上与井冈山革命根据地的发展史上都占有极其重要的地位。今天，由毛泽东同志和朱德同志亲手缔造的这支人民军队已发展成为强大的中国人民解放军。几十年来，这支人民军队在中国的新民主主义革命、社会主义革命和社会主义建设事业中，都立下了不朽的功勋。

井冈山会师极大地打击了国民党反动派的嚣张气焰，塑造了一大批坚定的红军政治干部和军事干部，凝聚了湘赣边界武装力量的精华，壮大了井冈山革命根据地的武装力量，坚定了党和群众建立与发展罗霄山脉中段政权的信心和决心，在中国革命史上具有极其深远的意义。井冈山会师后，一大批坚定信仰马列主义的工农红军指战员，经历了艰苦卓绝的井冈山斗争。在艰难困苦的战争年代，他们得到了千锤百炼，增强了革命信念，培养了革命意志，提高了实际工作能力和对敌作战水平。在伟大的井冈山斗争中，一大批优秀红军指挥员经过血与火的洗礼，历经艰辛磨砺，遍尝酸甜苦辣，脱颖而出，成为中华人民共和国的一代开国元勋。历数井冈山斗争的参加者，朱德、彭德怀、林彪、陈毅、罗荣桓 5 位荣膺中国人民解放军元帅，人数占所有元帅的一半；粟裕、谭政、黄克诚 3 位荣膺中国人民解放军大将，人数占所有大将的三分之一；邓华、朱良才、李聚奎、杨至成、杨得志、萧克、宋任穷、宋时轮、张宗逊、陈士榘、陈伯钧、赵尔陆、黄永胜、赖传珠 14 位荣膺中国人民解放军上将；王辉球、王紫峰、毕占云、杨梅生、李寿轩、肖新槐、张令彬、张国华、阳毅欧、赵镕、姚喆、周玉成、唐天际、曹里怀、韩伟、赖毅、谭甫仁、谭希林、谭冠三、谭家述20位荣膺中国人民解放军中将；王云霖、王耀南、龙开富、张平凯、赖春风、刘显宜、黄连秋、郑效峰、陈云中、曾敬凡、龙潜、彭龙飞12位荣膺中国人民解放军少将；毛泽东、谭震林、滕代远、何长工、陈正人、江华、刘型、李立、李克如、吴仲廉、杨立三、张际春、周里、贺敏学、贺子珍、高自立、黄达、曾志、彭儒、段子英、谭政文、肖明等担任了中央或地方重要领导职务。井冈山会师塑造的一大批红军政工干部和军事干部都是国家的栋梁和中华民族的精英。井冈山会师后，朱德和毛泽东肩并肩南征北战，为人民军队与革命根据地的建设和发展作出了卓越贡献。

1957年7月，朱德在回忆当年井冈山会师时的情景时，满怀激情地挥毫赋诗《井冈山会师》："革命雄师会井冈，集中力量更坚强。红军领导提高后，五破围攻固战场。"这首诗既歌颂了井冈山会师的伟大历史壮举，也歌颂了毛泽东的建军思想和井冈山精神。

"革命雄师会井冈，集中力量更坚强"直扣诗题，"雄师"即雄壮威武之师，这里实指秋收起义部队、南昌起义部队和湘南暴动农军三支武装力量。这三支部队会合后，威武雄壮之势顿时明显增强，形成了有统一指挥、有军事战略的新型武装力量。这支革命雄师实行工农武装割据，实践以农村包围城市，最后夺取城市的革命道路。这支革命雄师有明确的革命目标：为广大被压迫被剥削的劳苦大众求解放。因而它能够得到广大群众的积极拥护，能够得到不断发展，无论在军事还是政治上都显得更坚强了。这些都是包含在这首《井冈山会师》里简明而朴素的意蕴。

"红军领导提高后，五破围攻固战场"这两句写起义军会师后，领导、战斗水平明显提高，并且粉碎了敌人的五次围攻，保卫了井冈山革命根据地。在井冈山会师前，无论是毛泽东率领的秋收起义军，还是朱德、陈毅率领的南昌起义军，都曾屡次遭受挫折。井冈山会师后，由于集中了力量，特别是在红军连以上军事组织中建立了党的组织，在各级军队中实行了"三大民主"等原则，发挥党的"三大作风"，制定了"三大纪律""八项注意"等军事条规，尽可能地清除了旧军队残留的不良制度和习气，对红军实行了革命化的领导，部队战斗力明显提高，因此才能以前所未有的战斗力屡次打败围攻井冈山的敌军。而这里的"五破围攻"是指从 1928 年 6 月至 1929 年 1 月，红四军所粉碎的敌军对井冈山革命根据地发动的五次围攻。在井冈山会师后，湘赣国民党军受命于蒋介石，频繁围攻井冈山革命根据地。例如 1928 年 6 月底，湘赣之敌向井冈山革命根据地发动首次"会剿"，当时，敌前锋逼近永新，毛泽东亲率三十一团袭扰来犯之敌，而朱德、陈毅则率主力红二十八团和红二十九团向敌占区酃县、茶陵进攻，迫使来犯之敌慌忙回援茶陵，因而首次"会剿"被击破。再如 1928 年 8 月间，湘赣之敌又向井冈山革命根据地发动了第二次"会剿"，红军取得了黄洋界保卫战的胜利，敌之围攻又被击破。另有在永新地区打垮了敌军杨如轩、杨池生两个师的兵力，朱德还风趣地写了一副对子："不费红军三分力，打垮江西'两只羊'！"总之，"五破围攻"的战例，都充分说明了"井冈山会师"的重大意义，说明了红军建军思想的正确，显示了井冈山道路是一条胜利之路。

《井冈山会师》这首诗是七言绝句，平仄合律，一韵到底。全诗语言明白如话，但却极富深情，朴实真诚，表现了战争年代革命者之间肝胆相照，心心相印。井冈山会师是中国革命的里程碑，是历史的丰碑；而《井冈山会师》也是精神丰碑、人格丰碑。它们共同构成了永远的丰碑！

敢教日月换新天

《七津·到韶山》

毛泽东　1959年

别梦依稀咒逝川，故园三十二年前。

红旗卷起农奴戟，黑手高悬霸主鞭。

为有牺牲多壮志，敢教日月换新天。

喜看稻菽千重浪，遍地英雄下夕烟。

　　韶山在湖南湘潭、宁乡、湘乡三市交界处，是一块美丽的山中平地，这里孕育了一位名叫毛泽东的伟人。1925年1月，毛泽东从上海回到故乡，在这里建立了中国共产党韶山支部，又组织了20多个秘密农民协会。1927年1月，毛泽东在湖南考察农民运动时，又一度回到韶山。这次回到故乡，他忙了三天三夜，向群众作讲演，组织了几次农民运动工作座谈会，听取党支部的工作汇报。他特别指出要建立农民革命武装，随时准备粉碎反革命力量破坏农民运动的阴谋。自此，韶山一带农民运动的发展更加深入。三个月后，国民党反动派发动"四一二"反革命政变，接着湖南反动军阀也于1927年5月21日在长沙突然袭击湖南省总工会、农民协会等革命组织，大肆逮捕和屠杀革命党人。这就是血腥的"马日事变"。这次事变激起了广大工农群众的愤怒，各地立即组织革命武装队伍。当时韶山也成立了农民自卫军，集中了一千多人，三百多支枪，准备配合友军夺取长沙。但由于陈独秀右倾机会主义的错误领导，这个革命计划没有成功，农民武装力量反而被反动派各个击破。后来反动派的军队分三路进攻韶山，对农民自卫军进行残酷镇压。虽然农民自卫军进行了英勇抵抗，终因寡不敌众而失败，许多农民都壮烈牺牲了。在这以后的土地革命战争时期、抗日战争时期和解放战争时期，毛泽东始终忙于革命工作，没有时间回到韶山。最终在中华人民共和国成立后的第十年，即1959年，毛泽东才返回故乡。一别32年，故乡的面貌已经发生了翻天覆地的变化。

韶山毛泽东故居

　　回望历史，毛泽东就是从韶山告别父老乡亲，冲破重重危难，走向革命征途。经过几十年的斗争，革命取得了胜利，新中国已经成立十周年了，他才得以抽空回归故里。毛泽东这次回到故乡一共只住了两天，与家乡父老欢聚畅谈，大家非常激动和开心，这两天成了韶山人民的节日。已离别家乡32年的毛泽东回到韶山老家不由得触景思人，百感交集。他回忆自己从1927年参加农民革命运动后离开韶山冲，分别32年间中国革命的历程，往事历历在目。回韶山的当晚，毛泽东的住室灯火通明，通宵达旦。他久久难以入眠，遂写下了这首著名诗篇《七律·到韶山》："别梦依稀咒逝川，故园三十二年前。红旗卷起农奴戟，黑手高悬霸主鞭。为有牺牲多壮志，敢教日月换新天。

喜看稻菽千重浪,遍地英雄下夕烟。"诗人通过对韶山人民革命历史的回顾,以及对人民公社社员通过辛勤劳动而喜获丰收场景的描绘,赞扬了革命人民艰苦卓绝的战斗精神,歌颂了中国人民战天斗地的精神风貌,鲜明地表现了毛泽东高远的思想境界。

毛泽东手书《七律·到韶山》

在离别韶山的这 32 年间,毛泽东一家先后有 6 位亲人为革命献身,包括其夫人杨开慧,弟弟毛泽民、毛泽覃,妹妹毛泽建,长子毛岸英,侄儿毛楚雄。6 位至爱亲人先后为民族解放事业献出了宝贵的生命。写词时,毛泽东思念亲人的心情极为沉痛,感慨革命胜利的来之不易和艰难悲壮。悲怆才起又笔锋一转,写出了革命者誓要改天换地的那种激昂豪迈、勇猛向前的精神。这首七律,是在 1959 年 6 月 25 日深夜写成的,它真实地记述了毛泽东回到阔别 32 年的故乡时的真实感受。

毛泽东抚今追昔、感而赋诗。"别梦依稀咒逝川,故园三十二年前。""逝川",是化用孔子的话,是说过去的岁月。《论语·子罕》中记载:子在川上曰:"逝者如斯夫,不舍昼夜。"毛泽东是写自从他离开韶山,在那黑暗的旧社会中,为革命东奔西忙,韶山的乡亲们却遭受了无穷的灾难,国民党反动派的白色恐怖笼罩在韶山的上空,韶山的大地上洒下了无数革命先烈的鲜血。但是韶山的人民并没有屈服,他们与反动派进行了坚决的斗争,终于在中国共产党的领导下,迎来了社会主义的新时期。毛泽东回到韶山,看到的景象与以前大不相同了。韶山也像中国各地一样,在党的领导下,正在进行着轰轰烈烈的社会主义建设。面对眼前韶山的大好形势,不禁回想起过去,在那如火如荼的革命岁月里，韶山的人民真是经历了血与火的考验。

"红旗卷起农奴戟，黑手高悬霸主鞭。"韶山人民高举着革命的旗帜，武装起来与反动派进行斗争。十四年抗日战争，三年解放战争，韶山的人民从未畏惧。这句诗反映了两个方面，一方面是韶山的人民高举起红旗为自己的解放而斗争；一方面是反动派高举起霸主的铁鞭，对革命人民进行血腥的镇压。韶山人民与反动派的斗争是一种你死我活的斗争，是根本没有调和余地的。他们从不气馁，从不退让，从不妥协，心中只有一个坚定的信念："为有牺牲多壮志，敢教日月换新天。"韶山的先烈们牺牲了，但是他们的血没有白流，他们的鲜血换来了革命的胜利，换来了社会主义的新天地，他们为无产阶级革命作出了何等伟大的贡献啊！一切都过去了，旧社会的苦难生活终于过去了，蒋介石的黑暗统治过去了，一切封建剥削制度都过去了，都成为历史的陈迹了。

"喜看稻菽千重浪，遍地英雄下夕烟。"这是写太阳快要落山时的景象。在夕阳之下，万物都将休息了，鸟儿也要归巢了，这时候毛泽东又看到了什么呢？他惊喜地看到韶山的水稻等农作物，被风一吹，掀起了重重的稻浪。就在这种非常优美的景象下，遍地的英雄——也就是在农田里劳动的人民公社的社员们，趁着夕阳的美景，在一天紧张的劳动之后收工回家了。

这首诗以景写意，虚实结合，动静相宜。整首诗虽然写的是韶山，但实际上却是概括了整个中国。事实上，中国各地的情况都和韶山一样，在经历了血与火的考验之后，中国人民终于迎来了新中国的成立。

今天，伟人的故乡已成为全世界了解中国农村的一个窗口，每年到韶山参观的中外人士已超过100万人次。毛泽东一家为革命奉献、牺牲的事迹感动了所有到韶山参观的人。中国现代著名作家周立波曾说："真正的一门忠烈！"墨西哥一个参观团的团员们说："世界上有谁能像毛泽东那样，将自己的兄弟、夫人、儿子等至亲都动员起来，走上革命道路并为革命献身呢？他的家真是一个忧国忧民、一心一意的革命家庭。"如今，伟人故乡的人们继承着先烈们的遗志，在实践"敢教日月换新天"的改革创业之举的时候，正一笔一画地续写着"韶山精神"。

美丽的韶山冲，现在放眼望去，随处可见郁郁葱葱的苍松翠竹。军阀混战时期，这片土地书写的是苍凉；抗日战争时期，这片土地书写的是悲壮……今天，这片土地则书写着骄傲。韶山人民的骨子里，永远流淌着无私无畏、蓬勃向上的力量。

意志坚定的报春使者

《卜算子·咏梅》

毛泽东　1961 年

读陆游咏梅词，反其意而用之。

风雨送春归，飞雪迎春到。

已是悬崖百丈冰，犹有花枝俏。

俏也不争春，只把春来报。

待到山花烂漫时，她在丛中笑。

　　1958 年发动的"大跃进"遭受挫折之后，中国出现了三年困难时期，国民经济处于重重困难之中。1961 年 12 月，毛泽东在广州筹划中共中央即将召开的扩大的中央工作会议。当时中国面临的国际环境不容乐观，欧美封锁、苏联翻脸，承受着国内外重重压力。这个时期，中国正经历着一次严峻的考验。

　　面对国内的经济困难和国际政治环境的压力，当时国内有许多人对社会主义前途丧失信心，极为悲观消极。在这种历史背景下，毛泽东想要表明共产党人的态度和斗志，便酝酿着要写一首词。一天，他读到了陆游的《卜算子·咏梅》："驿外断桥边，寂寞开无主。已是黄昏独自愁，更著风和雨。无意苦争春，一任群芳妒。零落成泥碾作尘，只有香如故。"陆游是南宋著名的爱国诗人，他屡次遭到投降派奸臣秦桧的排挤和打压，情绪消极颓丧，就以梅花自比。陆游的这首词表面是写傲然挺立的梅花，实际上是暗喻自己坚贞不屈的品质，笔法细腻，意味深长，是咏梅词中的绝唱。写这首词时的陆游，当时正处在人生的低谷，他所在的主战派整体士气低落，因而他对前途十分悲观，整首词体现出了悲凉失落的意境，尤其词的开头就渲染了一种冷寂的气氛。尽管陆游的爱国热情惨遭打击，但其爱国志向却始终不改，这在他的诗词中得到了充分的体现，其《卜算子·咏梅》正是以梅寄志的代表，那"零落成泥碾作尘，只有香如故"的梅花，正是陆游一生对恶势力不懈抗争的精神和对理想坚贞不渝的品格的真实写照。毛泽东手捧陆游的《卜算子·咏梅》反复吟咏，细加品味。他感到陆游的这首词文辞很好，但他又觉得陆游意志消沉，只可借其形，不可用其义，所以，他要写与陆游这首词风格不同的咏梅词。

毛泽东联想到当时中国所处的国内国际双重压力之下的艰难处境，他认为自己很有必要写出一首词。写这首词的目的主要是来鼓舞全国人民要蔑视困难，敢于战胜困难。毛泽东借用了陆游的原调原题，填写了这首主题鲜明、意境深远的新版《卜算子·咏梅》："风雨送春归，飞雪迎春到，已是悬崖百丈冰，犹有花枝俏。俏也不争春，只把春来报。待到山花烂漫时，她在丛中笑。"毛泽东的整首词所反映出来的意境与陆游的《卜算子·咏梅》截然不同。毛泽东的这首词是写梅花的美丽、积极、坚贞，梅花不是愁而是笑，不是寂寞孤傲而是具有新时代革命者的操守与傲骨。所以说，毛泽东的这首《卜算子·咏梅》是"读陆游咏梅词，反其意而用之"。

郭沫若对毛泽东的《卜算子·咏梅》有最为贴切的认识，他曾说："主席的词写成于 1961 年 11 月，当时是美帝国主义和他的伙伴们进行反华大合唱最嚣张的时候……主席写出了这首词鼓励大家，首先是在党内传阅的，意思是希望党员同志们要擎得住，首先成为毫不动摇、毫不害怕寒冷的梅花，为中国人民作出好榜样。斗争了两年多，情况好转了，冰雪的威严减弱了，主席的词才公布了出来。不用说还是希望我们继续奋斗，使冰雪彻底解冻，使山花遍地烂漫，使地上永远都是春天。"郭沫若的这段话，把毛泽东写这首词的目的讲得非常清楚。

同样是咏梅之作，同样以梅花为题材，毛泽东写出的词与陆游词的孤寂、悲观截然不同，他的整首词充满着自信和乐观。那么，毛泽东为什么认定梅花能够鼓舞振奋当时国人低沉的士气呢？首先，梅花属阳性长寿命树种，具有不畏严寒的品质。其次，从气候和地理上分析，我国遭受的寒流几乎全部来自西伯利亚地区，而原产地就在中国的梅花，又恰恰毫不畏惧那里的寒流。基于此，他借梅花藐视并回应苏联当局的丧心病狂和背信弃义。全词仅用了44个字，但精妙之处就有四处之多，其中，有两处鲜明对比与两处和谐共鸣。"送春归"和"迎春到"是消极悲观与积极乐观情绪的鲜明对比；"百丈冰"和"花枝俏"是冰冷的压迫与顽强的绽放态度的鲜明对比；"不争春"和"春来报"是宽阔情怀与奉献精神的和谐共鸣；"山花烂漫"和"丛中笑"是成就感与自豪感的和谐共鸣。

诗词大都出自诗人的有感而发。毛泽东在读了陆游的《卜算子·咏梅》之后，感触颇深地写了这首新版的《卜算子·咏梅》。他一反陆游原词的消极悲观、格调低沉，将新词风格转为积极乐观，充满希望和信心，表现了作者敢于斗争，坚信胜利；梅花的形象也不同于陆游原词的孤芳自赏，自命清高，转为谦逊虚心，不计名利，进而完全清晰地为人民、为革命的顽强精神塑造出了一个全新的梅花形象。

毛泽东这首词前加有序语："读陆游咏梅词，反其意而用之。"表明了他创作的契机。"风雨送春归，飞雪迎春到"词的起句就以健笔凌云之势，表现出了与陆游明显不同的胸襟与气魄。"风雨""飞雪"写出了季节的鲜明变化，时间的明显更替，"春归""春到"着眼于事物的运动，既给全篇造成了一种时间的流动感，又为下文描写雪中饱经沧桑、不畏严寒的梅花作了铺垫，词句气势昂扬。"风雨送春归，飞雪迎春到"仅从表面文字上来看，似乎描写的是自然规律的变化，即风风雨雨送走了春天，漫天飞雪又把春天迎来了，但其真正内涵是写当时复杂的国际国内形势，暗示人们所期望的生机勃勃的春天一定会到来。不难想象，毛泽东一开始以纵横的笔墨和恢宏的气势，阐明反动势力多行不义必自毙的自然规律，这句就足以鼓舞国人坚定信心、保持乐观。

接下来，"已是悬崖百丈冰，犹有花枝俏"这句依然是用自然现象比喻政治气候，表现了毛泽东岿然不动的坚定信念。不管环境和气候多么恶劣，梅花始终不畏严寒，独自开放在枝头，以此昭示世人，任何反华势力的叫嚣都是枉费心机和徒劳无益的。"已是悬崖百丈冰"一句，描绘出寒冬中梅花严酷的生存环境。可即便是在艰难的环境和险恶的氛围中，依然"犹有花枝俏"。"悬崖"表明环境是如此险峻，"百丈冰"显示出寒威如此酷烈，而梅花竟然在这冰凝百丈、绝壁悬崖上俏丽地开放着。一个"俏"字，不仅描绘出梅花的艳丽形态，更突出了梅花傲岸挺拔、花中豪杰的精神气质。毛泽东笔下的梅花充满着自豪感，坚冰不能损其骨，飞雪不能掩其俏，险境不能摧其志，这和陆游笔下"寂寞开无主""黄昏独自愁"的梅花形象形成了鲜明的对比。结合毛泽东这首词的写作背景来看，他如此刻画梅花的形象有着深刻的政治寓意。正是因为当时正值我国遭遇三年困难时期，苏联领导人对中国施加了政治上、经济上、军事上的重重压力，各种困难使得新中国处在内忧外患之中，面临着严峻的考验。"已是悬崖百丈冰"就是当时政治环境的象征。作为中国共产党的领袖，毛泽东写这首词就是要以梅寄志，表明中国共产党人在险恶的环境下决不屈服，勇敢迎接挑战，直到取得最后胜利的决心。虽然"已是悬崖百丈冰"，但"犹有花枝俏"，而中国共产党就是傲霜斗雪的梅花，就是那俏丽的"花枝"。

进一步而言，"俏也不争春，只把春来报"，毛泽东又把梅花比喻为报春的使者，对其更加热情地礼赞。英国诗人雪莱在《西风颂》中吟咏道："严冬已经来临，春天还会遥远吗？"严冬中怒放的梅花，正是报春的最早使者。"俏也不争春，只把春来报"，这种无私无欲的品性，使梅花的形象更为丰满。梅花虽然鲜艳夺目，馥香迷人，但从不以此而骄傲，只是默默地充当报春的使者，让人们知道姹紫嫣红的春天即将到来，同时也让人们坚信社会主义的前景是光明的，胜利的曙光一定会到来。

最后，毛泽东以"待到山花烂漫时，她在丛中笑"作为结尾句。这样的结尾浪漫且富有激情，将词推向一个更高的境界。春天来临了，人间充满了柔和温暖的气息，悬崖上终于山花烂漫，一片绚丽。梅花以自己的赤诚迎来了灿烂的春天。此时，原来一枝独秀、傲然挺立的梅花，没有丝毫的妒意，只是很欣慰地隐于烂漫的春色之中。"丛中笑"三字，以传神之笔写出了梅花与山花共享春光的喜悦之情。特别是"笑"字，写出了梅花既谦逊脱俗又豁达大度的精神风采和美好神韵，极大地升华了这首词的艺术境界。在陆游的原词中，梅花是遭"群芳妒"的，与众花是对立的，且以"香如故"自命清高，表现了他孤芳自赏的情绪。毛泽东此词的结尾，突出梅花"丛中笑"的风度，进一步引申，则表现了共产党人斗争在前、谦逊在后的崇高美德和奉献精神。在百花争艳的大好春光中，梅花早已结成了果实，俨然是一个成熟者，享受着胜利的喜悦。而就当时的时代背景而言，这里的另外一层含意则是谁笑到最后，谁才是真正的英雄。

纵观毛泽东的这首咏梅词，结构严谨协调，在塑造梅花形象时，上阕重点写背景，以背景反衬描写对象，写出了梅花的铮铮铁骨和挑战精神；下阕则浓墨重彩具体描写对象，突出梅花甘愿隐于百花之中的高尚情操，使梅花具有了明媚开朗、至刚无欲的品格。一个"俏"字，成为过渡的桥梁，词的境界浑然天成。加之这首词语句通俗却气势恢宏，字里行间无不渗透出一代伟人无所畏惧的豪迈情怀、中华民族不屈不挠的顽强意志和无私无畏的高尚品格。

今天，当我们再次吟诵这首词时，依然能够感受到梅花那倔强刚毅、挺拔向上的性格；感受到它"俏也不争春，只把春来报"的那种威武不屈、富贵不淫的君子气魄；感受到"待到山花烂漫时，她在丛中笑"时的豁然开朗。所以，自有咏梅诗词以来，毛泽东的这首词无疑是前无古人、后无来者的。